古典文獻研究輯刊

十二編

曾永義 主編

第4冊

宋代屈原批評研究

林 姍 著

國家圖書館出版品預行編目資料

宋代屈原批評研究／林姍 著 -- 初版 -- 新北市：花木蘭文化出
版社，2015〔民104〕

序2+目2+148 面；19×26 公分

（古典文學研究輯刊 十二編；第4冊）

ISBN 978-986-404-402-3（精裝）

1. 楚辭 2. 離騷 3. 研究考訂 4. 宋代

820.8   104014979

ISBN- 978-986-404-402-3

9 789864 044023

古典文學研究輯刊
十二編　第四冊   ISBN：978-986-404-402-3

宋代屈原批評研究

作　　者　林姍
主　　編　曾永義
總 編 輯　杜潔祥
副總編輯　楊嘉樂
編　　輯　許郁翎
出　　版　花木蘭文化出版社
社　　長　高小娟
聯絡地址　235 新北市中和區中安街七二號十三樓
　　　　　電話：02-2923-1455／傳眞：02-2923-1452
網　　址　http://www.huamulan.tw 信箱 hml 810518@gmail.com
印　　刷　普羅文化出版廣告事業
初　　版　2015 年 8 月
全書字數　133,566 字
定　　價　十二編 26 冊（精裝）新台幣 48,000 元

宋代屈原批評研究

林　姍　著

作者簡介

林姍，女，1984 年生，福建平潭人，文學博士。2000～2007 年就讀於福建師範大學文學院，獲文學碩士學位。2008-2011 年於福建師範大學文學院繼續攻讀博士學位，師從郭丹教授，研究方向爲先秦兩漢經學與文學，獲博士學位。2011 年至今，任教於福建中醫藥大學中醫學院，承擔《醫古文》、《國學經典精讀》、《大學語文》等課程教學工作，主要研究方向爲中醫醫史文獻，已發表論文十餘篇。

提　　要

　　本文以宋代屈原批評爲研究對象，在梳理宋代楚辭學基本脈絡以及宋代屈原批評概況的基礎之上，分別考察宋人對屈原其人與其作的批評情況。宋人對屈原其人的關注主要體現於倫理思想批評、行爲批評與人格批評三個方面，分別以屈原之「忠」、屈原之「死」與屈原之「醒」爲中心話題。宋代比之前任何一個朝代都更加強調屈原的忠君思想，關於屈原之「忠」的倫理思想批評成爲宋代屈原批評的核心，無論是行爲批評、人格批評還是作品批評都繞不開其忠君思想。在楚辭學史上，宋人首次提出「忠君愛國」說，屈原的忠君愛國形象自此初步確立。對於屈原自沈的原因，宋人主要從「屍諫」與「泄忿」兩個方面分析，並將屈原之死置於「去」與「隱」的視野中進行評判，其褒貶態度呈現出複雜乃至矛盾的特點。屈原之「醒」則是宋人熱議的新話題，其以漁父之「醉」否定並重構屈原之「醒」，宣揚「身醉心醒」、「屈陶相融」相融的品格。在屈原作品批評方面，本文主要從屈騷文體觀與屈原創作技巧兩個方面探討宋人的認識與評價。宋人在屈騷與《詩》及賦的關係中考察騷體特徵，突出其諷諫寄託的內容，確立其文學正統的地位。同時，就「賦比興」及寓言的藝術手法剖析屈原的創作技巧，探索屈騷的藝術世界。

序

　　楚辭批評史與楚辭研究史之類的課題，的確已經有不少的成果，要繼續深入下去，有一定難度。要在這個範圍內再做文章，是要有一定創意的。所幸，林姍的博士論文還是基本達到了這樣的要求。

　　宋代的楚辭批評是個興盛期，可以洪興祖的《楚辭補注》和朱熹的《楚辭集注》為其標誌。此外，像蘇軾、黃庭堅、司馬光、晁補之、楊萬里、錢杲之、吳仁傑、魏了翁、葉適等等，都是留下了楚辭研究成果的。通常的楚辭研究史多為歷時性的線性描述，對於宋代也同樣如是。而林姍的論文，則避開傳統的描述方式，從批評的形式、倫理思想批評、行為批評、人格批評、文體批評、創作技巧批評等幾個方面入手，因此也就使得她的文章顯得有新意。

　　在批評形式方面，宋代屈原批評的形式豐富多樣，包括楚辭專著、詩話文話、詩詞文賦、史書策論以及各種札記序跋等等，作者擇取了其中最為突出的專著與詩話這兩種批評形式，它們構成了宋代屈原批評的重要組成部分。論文著重剖析晁補之《重編楚辭》及《變離騷》、《續楚辭》，洪興祖《楚辭補注》與朱熹《楚辭集注》及《楚辭辯證》、《楚辭後語》等專著的批評成果，以揭示詩話的形式對屈原的生平事迹及其作品進行批評的優劣得失。屈原倫理思想批評方面，以宋人對屈原之「忠」的評論為中心，探討了宋人關於屈原的「忠」「怨」之辯，總結宋人對屈原忠君思想的三種看法，即「忠而不怨」說，「忠而怨」說和「主怨」說三種，重點分析了朱熹提出的「忠君愛國」說，並剖析朱熹「忠君愛國」說的實質。作者認為，《集注》將「愛國」附於「忠君」之後而提，「愛國」說本身並不具備獨立的意義，「忠君」完全涵蓋了「愛國」。朱子首創「忠君愛國」說來闡釋屈原思想並立之為典範，儘管仍然限定在「忠君」這一「天理」之內，但「愛國」與「忠君」並提本身

已具有了新的意義。在異族入侵的時代背景下，「愛國」不僅與君國相連，亦與民族意識相連，在某種程度上已經超出了「忠君」的範疇。屈原行爲批評方面，以屈原之「死」爲中心討論宋人對屈原自沈的原因分析與價值判斷。經過認眞分析，作者總結出宋人對屈原自沈原因和動機的分析，一是「屍諫」說，一是「泄忿」說。認爲宋人對屈原之死的褒貶呈現出複雜乃至矛盾的現象，是基於君臣大義與中庸的行事哲學兩個不同層面思考的結果。關於屈原人格批評，作者提出了以「獨醒」爲中心的精神內核，考察宋人對屈原獨醒品格的認同與排斥的兩種不同態度，並就此分析其內在原因。而後由此探討宋人對屈原獨醒精神的重構。認爲宋人對屈原之「醒」的主流看法是否定的，他們以漁父之「醉」否定屈原之「醒」，但他們並沒有全面背離屈原之「醒」，而是以「醉」重構了屈原之「醒」，達到「身醉心醒」與「屈陶相融」的境界。屈陶相融而成的人格讓宋代士大夫在仕進的時候悠然自處，在退居的時候亦心懷蒼生社稷，在窮達得失之時皆力圖保持高潔的道德情操與廉正的政治品格。這就把屈原的精神內核與宋代士大夫的精神內核聯繫起來了。在宋代的屈騷文體批評方面，作者概括了宋人的詩體說、賦體說以及獨立的騷體說等幾種不同意見，作者分析了不同文體批評的內容以及宋人對詩騷的淵源關係的褒揚與貶斥的不同意見；還注意到宋代學者開始在經典之外尋找屈騷的淵源，即屈騷的獨特個性與其所屬的楚地文化的關係，這正是宋人的創舉。對於屈原創作技巧的批評，作者以朱熹爲主，認爲他首次以「賦比興」的綜合手法全面分析屈原的創作技巧，突破舊注一一對應的譬喻之說而從整體上把握屈原的比興寓意，揭開屈騷以「比」爲中心多層次的比興寄託方式。宋人還認識到屈騷虛構與想像的特點，以「寓言」目之，並就此將屈騷類比於《莊子》，「莊騷」並稱成爲宋代屈原批評中的普遍現象。

　　林姍做這篇論文，花費了很多的功夫和精力，對於文獻的掌握也相當深入，有的方面雖還不盡完善，但卻是她沈潛深思的結果，頗有會心。林姍是從學士、碩士直升攻讀博士學位的，她還年輕，但她是用功的，她的學術道路還很長，雖然博士畢業已有幾年，作爲她的導師，我期待著她的更大的成績。

　　謹以爲序。

郭　丹

2014 年 10 月 13 日於福州適齋

目

次

序　郭　丹

緒　論 ………………………………………………………… 1

第一章　宋代楚辭學的繁榮與屈原批評概況 ………… 7

　第一節　宋代楚辭學的繁榮及其原因 …………………… 7

　第二節　宋代屈原批評概況 ……………………………… 12

　　一、楚辭專著中的屈原批評概說 ……………………… 13

　　二、宋詩話中的屈原批評概說 ………………………… 17

第二章　屈原倫理思想批評──以屈原之「忠」
　　　　為中心 ……………………………………………… 21

　第一節　「忠」「怨」之辯 ……………………………… 22

　　一、「忠而不怨」說 …………………………………… 24

　　二、「忠而怨」說 ……………………………………… 28

　　三、「主怨」說 ………………………………………… 33

　第二節　「忠君愛國」說 ………………………………… 34

　　一、「忠君愛國」說的提出與屈原愛國形象在
　　　　宋代的初步確立 ………………………………… 34

　　二、朱熹「忠君愛國」說的實質 …………………… 38

第三章　屈原行為批評──以屈原之「死」為中心
　　　　……………………………………………………… 45

　第一節　屈原自沈的原因與動機 ……………………… 45

　　一、「屍諫」說 ………………………………………… 47

二、「泄忿」說⋯⋯⋯⋯⋯⋯⋯⋯⋯⋯⋯⋯⋯⋯⋯⋯⋯48

第二節　屈原自沈的價值評判⋯⋯⋯⋯⋯⋯⋯⋯⋯⋯50

第三節　在「去」與「隱」的視野中觀照屈原之死
⋯⋯⋯⋯⋯⋯⋯⋯⋯⋯⋯⋯⋯⋯⋯⋯⋯⋯⋯⋯⋯⋯⋯55

一、「去」與「死」的抉擇⋯⋯⋯⋯⋯⋯⋯⋯⋯⋯⋯56

二、「隱」與「死」的抉擇⋯⋯⋯⋯⋯⋯⋯⋯⋯⋯⋯58

第四章　屈原人格批評——以屈原之「醒」為中心
⋯⋯⋯⋯⋯⋯⋯⋯⋯⋯⋯⋯⋯⋯⋯⋯⋯⋯⋯⋯⋯⋯⋯67

第一節　屈原之「醒」的精神內核⋯⋯⋯⋯⋯⋯⋯⋯67

第二節　對屈原之「醒」的體認⋯⋯⋯⋯⋯⋯⋯⋯⋯69

一、對屈原之「醒」的認同與讚賞⋯⋯⋯⋯⋯⋯⋯69

二、對屈原之「醒」的排斥與否定⋯⋯⋯⋯⋯⋯⋯70

第三節　對屈原之「醒」的重構⋯⋯⋯⋯⋯⋯⋯⋯⋯74

一、身醉心醒的狀態⋯⋯⋯⋯⋯⋯⋯⋯⋯⋯⋯⋯⋯74

二、屈陶相融的境界⋯⋯⋯⋯⋯⋯⋯⋯⋯⋯⋯⋯⋯78

第五章　屈騷文體批評⋯⋯⋯⋯⋯⋯⋯⋯⋯⋯⋯⋯⋯83

第一節　屈騷的文體歸屬⋯⋯⋯⋯⋯⋯⋯⋯⋯⋯⋯⋯83

一、屈騷為詩體說⋯⋯⋯⋯⋯⋯⋯⋯⋯⋯⋯⋯⋯⋯84

二、屈騷為賦體說⋯⋯⋯⋯⋯⋯⋯⋯⋯⋯⋯⋯⋯⋯86

三、騷體說及騷體特徵⋯⋯⋯⋯⋯⋯⋯⋯⋯⋯⋯⋯88

第二節　騷體探源⋯⋯⋯⋯⋯⋯⋯⋯⋯⋯⋯⋯⋯⋯⋯94

一、屈騷與《詩經》的源流關係⋯⋯⋯⋯⋯⋯⋯⋯95

二、屈騷與楚文化的關係⋯⋯⋯⋯⋯⋯⋯⋯⋯⋯100

第三節　騷體流變⋯⋯⋯⋯⋯⋯⋯⋯⋯⋯⋯⋯⋯⋯102

一、屈騷與賦的源流關係⋯⋯⋯⋯⋯⋯⋯⋯⋯⋯102

二、楚辭選本中的騷體觀⋯⋯⋯⋯⋯⋯⋯⋯⋯⋯109

第六章　屈原創作技巧批評⋯⋯⋯⋯⋯⋯⋯⋯⋯⋯117

第一節　「賦比興」的手法⋯⋯⋯⋯⋯⋯⋯⋯⋯⋯117

一、「賦」⋯⋯⋯⋯⋯⋯⋯⋯⋯⋯⋯⋯⋯⋯⋯⋯120

二、「興」⋯⋯⋯⋯⋯⋯⋯⋯⋯⋯⋯⋯⋯⋯⋯⋯121

三、以「比」為中心的比興寄託藝術⋯⋯⋯⋯⋯125

第二節　「寓言」說⋯⋯⋯⋯⋯⋯⋯⋯⋯⋯⋯⋯⋯131

結　語⋯⋯⋯⋯⋯⋯⋯⋯⋯⋯⋯⋯⋯⋯⋯⋯⋯⋯⋯139

參考文獻⋯⋯⋯⋯⋯⋯⋯⋯⋯⋯⋯⋯⋯⋯⋯⋯⋯⋯141

緒　論

　　自漢代以來，中國楚辭研究已經有了兩千多年的歷史，各種學說紛繁複雜，各執一端。王逸《楚辭章句》標誌著全面而系統地進行楚辭研究的開始。在宋明理學的學術風氣之下，朱熹《楚辭集注》一反兩漢經學的訓詁義疏傳統，將理學全面貫徹到楚辭研究中，並對王逸章句之法進行了反思，批評王逸牽強附會，未明大義。楚辭研究發展明末清初，開始進入空前的繁榮期，開啓了清代楚辭研究百家爭鳴的時代。傳統的楚辭研究主要以注釋爲研究形式，其方法總是跳不出「義理」、「考據」、「音義」三個模式。「五四」以後，西方民俗學、人類學、神話學、地理學、文藝學等理論大量輸入，楚辭研究不再限於對古代典籍的利用與傳統章句訓詁之法的運用，而呈現出紛繁蕪雜、蔚爲大觀的景象。1978 年，香港學者饒宗頤提議建立「楚辭學」。1986年，方古將楚辭學分出了三個層次：文獻楚辭學、文藝楚辭學、社會楚辭學。1990 年，周建忠提出了楚辭學學科分類的三個原則：綜合性原則、總結性原則、歷時性原則，進而將楚辭學界定爲九個分支學科，其中包括三個大型學科：楚辭文獻學、楚辭文藝學、楚辭社會學，四個中型學科：楚辭美學、楚辭學史、楚辭比較學、海外楚辭學，兩個小型學科：楚辭傳播學、楚辭再現學。〔註1〕這一分類得到學術界的普遍肯定與接受。

　　其中，楚辭學史的研究是對歷代楚辭研究的回顧和總結，它涵蓋各時代楚辭研究的各個方面，旨在理清歷代楚辭研究的發展線索，形成一條條清晰的學術脈絡，爲其它各類研究提供文獻借鑒。最早進行楚辭學史論述的當推王逸，《楚辭章句·離騷敘》讚揚了劉安對《離騷》大義的闡發，肯定了劉向

〔註1〕參見周建忠《關於楚辭的傳播和楚辭學的分類》，載《中州學刊》，2007.2。

典校《楚辭》的功績，同時嚴厲批評了班固和賈逵；《楚辭章句·天問敘》指出了太史公、劉向、揚雄他們解說《天問》的缺點。王逸把西漢劉安、太史公到東漢班固、揚雄這一段楚辭學歷史作了明晰的描述，可謂楚辭學史的濫觴；而後的劉勰、朱熹、樓鑰也對楚辭學史上的代表性學者進行了隻言片語的零星敘述。《四庫全書》收錄了歷代楚辭學著作記 26 種，按時代先後編次，構成了史的線索，且每種著作都從作者、源流、得失等方面作「提要」式介紹，其中宋代的有洪興祖《楚辭補注》、楊萬里《天問天對解》、朱熹《楚辭集注》、吳仁傑《離騷草木疏》和錢杲之《離騷集傳》。

現代楚辭學史的研究成果頗豐，從時代來說，有歷代總體研究，亦有各代斷代研究；就涉及內容而言，有搜羅萬象的整體研究，也有針對個別現象的特殊研究。〔註2〕饒宗頤《楚辭書錄》（1956 年）是現代最早出版的楚辭書目專著，其體例完備，陳煒舜總結其體例為九則：備舊說；撮旨意；發體例；查亡佚；考版本；錄甌藏；記生平；述學術；辯傳承。〔註3〕該書發揮了傳統書目「辨章學術，考鏡源流」的學術功能，輯錄歷代重要的楚辭研究著作，體現了中西貫通，古今融合的宏闊的學術視野。成書於 1958 年的姜亮夫《楚辭書目五種》分楚辭書目提要、楚辭圖譜提要、紹騷偶錄、楚辭札記目錄和楚辭論文目錄五部分。同樣以書目的形式總結了《楚辭》產生以來的各代研究成果，取得了比《楚辭書錄》更大的影響。1986 年湖北人民出版社出版了馬茂元先生主編的《楚辭研究集成》，凡五編，即《楚辭注釋》、《楚辭要籍解題》、《楚辭評論資料選》、《楚辭研究論文選》、《楚辭資料海外編》，氣魄恢宏、體例豐富，為楚辭研究集中了大量的信息資料，為楚辭研究的史學建構奠定堅實基礎。而潘嘯龍、毛慶《楚辭著作提要》、易重廉《中國楚辭學史》、李中華、朱炳祥《楚辭學史》、郭在貽先生的《楚辭要籍述評》、崔富章《楚辭研究史略》、黃中模《屈原問題論爭史稿》、孟修祥《楚辭影響史論》、李大明《楚辭文獻學史論》在佔有豐富史料的基礎上，對歷代楚辭研究進行回顧與總結，比較全面、系統、具體、深入地描述和揭示了楚辭學研究歷程和發展規律，客觀地描述了楚辭學的發展史與流變。以上著作中都有對宋代楚辭學的相關論述，為筆者提供了充足的文獻資料；然而，它們只是整個楚辭學史研究中的一個部分，或為提要式的簡介，或為概括性評價，其論述相對粗略。

〔註 2〕參見易重廉《楚辭學史研究綜述》，http://www.lhlz.net/Article.asp 抬 ArticleID=220
〔註 3〕參見陳煒舜《饒宗頤〈楚辭書錄·知見楚辭書目第一〉體例發凡》，
http://www.tianya.cn/publicforum/content/books/1/41905.shtml

此外，「楚辭研究集成」中楊金鼎編撰的《楚辭評論資料選》與「楚辭學文庫」中李誠、熊良智編撰的《楚辭評論集覽》輯錄了各個時代對楚辭作家作品的評價和論述，以思想、藝術、文學地位的評論為主，兼及作家生平記述，作品時代、真偽的考訂等，收集比較豐富，為楚辭批評的研究提供了直接資料。之後周殿富《楚辭論——歷代楚辭論評選》輯為古今歷代名家學者的楚辭文論詩贊，加深對楚辭源流的理性認識，與《楚辭評論資料選》互為補充，成為楚辭批評研究的可資參考的基礎資料。

　　隨著楚辭學史研究的不斷發展，斷代研究接踵而至，它們以某個朝代的楚辭學為研究對象，從各個方面對這個時期的楚辭研究進行動態考察。各代楚辭學史中最受關注的當屬漢代楚辭學史。1963 年，《山東大學學報》第 2 期發表了著名楚辭學家陸侃如和虞振國合著的《漢人論〈楚辭〉》的論文，第一次比較全面地用史的手法寫了一篇簡明扼要的楚辭學斷代史——漢代楚辭學史。1984 年 8 月，郭維森在《求索》發表了《論漢人對屈原的評論》將漢人評屈分為兩個時期，一為西漢時賈誼、劉安和司馬遷等人，認為屈原有「聖人之神德」，其作品足以「與日月爭光」，幾為正面評價；二為從西漢後期至漢末，學者對屈原的評價頗有分歧。最有影響的是楊雄、班固、王逸三人。此後，漢代楚辭學史研究成果迭出，相關論文、專著、博士論文接連湧現，群星麗天，引發楚辭學史斷代研究的興盛。主要有：李大明《漢楚辭學史》（中國社會科學出版社，2004 年版）、孫光《漢宋楚辭研究的歷史轉型——〈章句〉、〈補注〉、〈集注〉比較研究》（2006 年河北大學博士論文）、朴永煥《宋代楚辭學研究》（1996 年北京大學博士論文）、徐在日《明代楚辭史論》（1999 年北京大學博士論文）、陳煒舜《明代楚辭學研究》（2003 年香港中文大學中文學部博士學位論文）、林潤宣《清代楚辭學史論》（1997 年北京大學博士論文）等。顯然，而今的楚辭學史斷代研究已經涉及各個朝代，顯現了各個朝代楚辭研究的基本脈絡。相比之前所概述的通史性研究，這些文章的材料更為細緻、翔實，論述更為深入、具體，體現了楚辭學史研究的繼承與發展。應該說，各代楚辭學史的撰寫有著共同的模式，大致按時代的順序梳理主要的注本，並在一個跨時代的視野中評論其得失、評價其作用。而宋代之外的各代斷代研究為本課題提供了參照，我們得以在一個縱向的比較中窺見宋代楚辭研究的新特點，考察宋代楚辭學在整個楚辭學史中的地位。

　　有關宋代楚辭學的研究可謂汗牛充棟，對洪興祖《楚辭補注》、朱熹《楚辭集注》等注家、注本的個案分析更是不絕如縷。在這裏，我們主要關注的是宋代楚辭學整體研究的研究現狀，而不談浩如瀚海的個別研究情況。

　　關於宋代楚辭學的文獻整理，開始於宋代。晁公武《郡齋讀書志》載有《補注楚辭》十七卷，考異一卷；晁補之《重編楚辭》十六卷、《續楚辭》二十卷、《變離騷》二十卷。陳振孫《直齋書錄解題》載有洪興祖考異一卷；晁補之《重編楚辭》十六卷、《續楚辭》二十卷、《變離騷》二十卷；周紫芝《楚辭贅說》四卷；朱熹《楚辭集注》八卷、《楚辭辯證》二卷；林應辰《龍崗楚辭說》五卷；黃伯思《校訂楚辭》十卷、《翼騷》一卷。馬端臨《文獻通考》在參考晁、陳二人的著錄後，錄楚辭著作八家十三部。除了《楚辭章句》與《楚辭釋文》之外，其餘均爲宋人之作，與陳振孫所錄大體一致。而後是元代修成的《宋史·藝文志》，共著述宋人楚辭類著作七家十部，即：晁補之《續楚辭》二十卷、《變離騷》二十卷；黃伯思《翼騷》一卷；洪興祖《補注楚辭》十七卷、《考異》一卷；周紫芝《竹坡楚辭贅說》一卷；朱熹《楚辭集注》八卷、《辯證》二卷；黃銖《楚辭協韻》一卷；錢杲之《離騷集傳》一卷。饒宗頤、姜亮夫及後來人的相關文獻學研究都是在這些目錄學著作的基礎上或有增補，它們一併爲宋代楚辭批評的研究提供文獻依據。

　　朴永煥的博士論文《宋代楚辭學研究》最早對宋代楚辭學單獨進行全面的史的研究，該文從文獻資料出發，以時間爲序，以注本爲綱，採取史與論結合的方法，對宋代楚辭學的發展變化作了系統的研究。文章分八個部分：緒論主要論述宋代楚辭學興起的社會背景、文化思潮，及宋前楚辭學研究狀況與宋代楚辭學的發展；第一章論北宋文人對楚辭的認識及其與詩文革新運動的關係；第二章論蘇軾與《楚辭》；第三章是晁補之的《楚辭》研究，考證其重新編訂《楚辭》的情況；第四章爲洪興祖與《楚辭補注》，從版本校勘、方言考證、博引文獻三個方面論述其成就；第五章論朱熹與《楚辭集注》，剖析其體制特點、思想內容、學術成就及其對後世的影響；第六章是南宋其它各家論楚辭。2006 年，河北大學孫光的博士論文《漢宋楚辭研究的歷史轉型——〈章句〉、〈補注〉、〈集注〉比較研究》則採取比較研究的方法，選取最具代表性的注本，以點帶面，考察漢宋之際楚辭學研究的歷史轉型。主要從五個方面展開論述：篇目選擇和體例確定；具體的文本注釋，包括異本標校、語音訓釋、詞語解釋、方言注釋、文獻徵引；對屈原思想的闡發；對楚辭的

藝術觀照；各自的注釋特點及其影響因素。這篇文章側重於微觀分析，論述細緻而深入，但與其說它是宋代楚辭的整體研究，不如說是代表性注本的個案研究。與漢代楚辭學不同的是，宋代楚辭專著迭出；札記、圖譜、擬騷作、詩文評論中的楚辭研究更是琳琅滿目，僅從《補注》與《集注》來歸納宋代楚辭學，未免有管中窺豹之嫌。

　　也正是因為宋代楚辭學的豐富與繁雜，全面的「史」的研究需要逐步細化，研究視角也正趨於多樣化：或從人物入手評述宋代楚辭的接受情況，或超出注本體例考察宋代有關楚辭的評論，或以某個現象為切入點重新觀照宋代楚辭……羅敏中《屈騷與宋代愛國文學》一書立足楚辭接受史，梳理了宋代愛國主義文學與屈騷精神的內在傳承關係；採用總論與個案研究結合的方法，重點研究了李綱、朱熹、張孝祥與陸游，引出了屈騷精神在時代中的影響，大氣磅礴，縱橫捭闔，避免了空洞的敘說。李青《唐宋詞與楚辭》（蘇州大學博士論文，2006）探討了唐宋詞與楚辭的密切關係，從文學現象層面上二者的契合與審美傳統層面上的傳承與接受兩大方面進行研究。該文認為，楚辭在唐宋詞中是以九歌——宋玉——屈原這樣的順序出場的，而這也正與唐宋詞從民間狀態轉入抒寫豔情再發展為滿篇的比興寄託這樣的發展順序相吻合。蔣駿的碩士論文《宋代屈學研究》（揚州大學，2004）除了關注《楚辭補注》與《楚辭集注》之外，也是將視野集中於兩宋之交及南宋時期，其文第一部分考察宋人對屈原作品的真偽之辯，並圍繞洪、朱二家闡述其各自疏證方面的新見與不足；第二部分以洪、朱二人為中心，結合歷史背景、個人遭際等分析在宋代產生的尊屈與抑屈的爭論；第三部分研究《楚辭》對宋詞、宋賦等文學體裁的影響。該文的創新處在於第三部分，主要從南宋詞賦看宋人對《楚辭》的接受，注意到張炎的「騷雅」說及宋詞中的比興與《楚辭》的關係。但該文材料略顯單薄，分析不夠深入，有隔靴搔癢之憾。游筱的碩士論文《屈騷精神與宋代詩人心態》（四川大學，2007）從宋詩著眼研究宋代詩人對屈原的認知與評價，分別就宋詩中的屈原之死、屈原之醒、屈原的流放、宋詩中的《離騷》以及宋詩中的屈原與端午節這五個方面探討宋人對屈原及《離騷》的看法。該文搜集了比較充足的宋詩材料，側重於微觀分析，行文較為細緻；其不足之處在於常常以詩句代替論點，文章的後半部分尤其欠缺對詩句的分析與觀點的歸納，以致於章節內部條理不夠清晰，略顯瑣碎。還值得一提的是另一篇碩士論文——《宋代楚辭評論及其文學意義研究》（李

薇，四川大學，2008），該文認爲，宋代的楚辭評論是宋人對屈原和《楚辭》解讀和接受的最佳途徑，它反應了宋代一段心靈史和文學史的演變過程。全文從四個方面展開討論，首先探討了宋代楚辭評論興盛的原因，其次從漢、宋楚辭評論的思想差異對比分析宋代楚辭評論的新特點；再次從分析屈原形象在三個歷史階段的變化，從而對宋人的心態的發展進行剖析；最後從接受的角度分析宋人的騷體觀念。這篇文章涉及了各種不同類型的評論方式，搜集了大量資料，進行分類、總結，細緻入微，且有新發現。

除了上述專著、碩博論文之外，有關宋代楚辭學的整體研究還有十幾篇的單篇論文。有的文章對宋代詩話中的楚辭批評進行分析研究，如李大明《宋詩話中的楚辭評論》、朴永煥《南宋詩話中的評騷論點》、高獻紅《宋詩話之楚騷接受》，這三篇文章從文體、楚騷精神、屈原生平事迹等多個方面對於宋人詩話中的楚辭評論進行分析，爲我們從詩話批評的角度來探討宋代楚辭學提供了方法和視角。有的學者將宋詞與楚辭比較，由此考察詞對楚辭的接受，如殷光熹《從南宋詞作和楚辭研究看屈原的影響》、郭建勳《論詞對楚辭的接受》、潘守皎《試論楚辭與唐宋詞的共同文學特徵》，探索兩種不同的文體間共同的創作規律及其影響。一些研究者從文化的角度切入，如王瑩《宋代歷史文化對楚辭研究的影響》、熊良智《屈原身世命運的關注與宋代士大夫的人生關懷》、鄧瑩輝《論屈原在宋代文化語境中的受容》、葉志衡《宋人對屈原的接受》各自從詩文革新運動、理學思潮、南宋忠君愛國的特殊文化語境等方面考察社會文化背景對於楚辭研究的影響。有的學者專門探討宋人對《楚辭》中的某篇作品的研究情況，如香港學者陳建樑《宋代〈離騷〉釋義考索》及《宋代〈離騷〉名義說考索》、王長紅《宋代〈天問〉研究管窺》、徐寶余《宋人〈離騷〉辨體》等文章針對《離騷》與《天問》進行研究。不難發現，這些研究的視角相對集中，並都未能對宋代楚辭批評的各個方面集中進行全面、深入的研究。可見，本選題仍有廣闊的研究空間。本文力圖全面佔有宋代楚辭學的文獻材料，圍繞宋代屈原批評的幾個基本論題展開研究，分析宋人對屈原其人其作的整體看法及基本態度，勾勒出宋代屈原批評的主要線索，在此基礎上考察、評價宋代屈原批評在傳統楚辭學中的地位。

第一章　宋代楚辭學的繁榮
與屈原批評概況

第一節　宋代楚辭學的繁榮及其原因

　　易重廉《中國楚辭學史》將楚辭研究史分爲六個階段：兩漢——楚辭學的初興期，魏晉南北朝——楚辭學的發展期，隋唐五代——楚辭學的中落期，宋代——楚辭學的興盛期，遼金元明——楚辭學的繼興期，清代——楚辭學的大盛期。宋代楚辭研究是傳統楚辭學的第一個大盛時期，它扭轉了隋唐五代楚辭學發展的頹勢，在整個楚辭學發展史中具有轉折性的地位。按朴永煥《宋代楚辭學研究》的觀點，宋代楚辭學又可分爲三個階段：第一個階段爲北宋中前期的醞釀期，代表人物是歐陽修、梅堯臣、王安石等一批主張詩文革新的文人；第二個階段爲北宋後期及兩宋之際的勃興期，代表人物是蘇軾、晁補之與黃伯思等；第三個階段爲南宋時期的全盛期，代表人物是洪興祖、朱熹、楊萬里、錢杲之、吳仁傑等《楚辭》注家。宋人開始對漢代以來的楚辭研究成果進行較爲全面的總結並取得獨創性的發展，將中國楚辭學推向了一個高峰。其中，洪興祖《楚辭補注》與朱熹《楚辭集注》更是被公認爲與王逸《楚辭章句》並列的三大《楚辭》注本。宋代楚辭學的空前興盛與兩宋時期的國家政治、文化的繁榮以及楚辭學內在發展趨勢不無關係。首先，宋代士人（尤其是兩宋之際與南宋士人）所面臨的國家形勢與屈原極爲相似，他們自然而然地受到屈原及《楚辭》的感召，對屈原的身世命運感同身受。宋太祖「杯酒釋兵權」後建立了高度的中央集權，崇文抑武、守內虛外的國

家政策造成宋王朝的國防極爲薄弱。北部的契丹族與西部的西夏國不斷侵擾邊境，遼、吐蕃、大理等周邊國家都對北宋政權構成了一定威脅。自「慶曆新政」失敗後，宋神宗起用王安石實行變法，由此引起激烈的黨爭，加重了國家的內部矛盾；在民族矛盾方面，此時北部的女眞族建立了金朝，先滅遼國，後滅北宋，虜徽、欽二帝。與這種頹敗的國家政治相對的是，宋代士人的國家責任感與參政的熱情空前高漲，他們多以天下爲己任，堅守尊王攘夷的政治立場，他們對屈原在國家危難的政治漩渦中所體現的忠直的政治品格與高潔的道德情操傾慕不已。「靖康之變」後，宋高宗趙構南渡，建都臨安。南宋政權雖統治了半壁江山，但統治者苟且偷安，國勢益弱，難抵外患。主戰派與主和派的鬥爭貫穿南宋百年，基於統治者不思進取、偏於主和的立場，朝中投降派日益得勢。腐敗的國內政治尤其是激烈的黨爭不斷擠壓忠臣志士的生存空間，使之普遍經歷屈原一樣「忠而被謗，信而見疑」而遭受貶謫流放的政治命運，於是對屈原產生了深刻的情感共鳴。在相似的國家命運與類似的個人遭際之下，宋代士人們廣泛地談論屈原、讚頌屈原，其實是借屈原之酒杯、澆心中之塊壘，表達他們在頹敗的末世裏對個人生死、窮達、榮辱的思考，抒發壯志難酬之憾、家國傾覆之痛。其次，宋代的文化繁榮促進了楚辭學的發展。「崇文抑武」是兩宋的基本國策，統治者大興科舉，振興文化，促進了兩宋文化的興盛。宋儒反對繁瑣陳舊的傳統儒學，在儒、釋、道三家交互影響中形成了以理學爲特徵的宋代新儒學。二程、朱熹等理學家講求性命義理之學，他們打破了前人章句注疏的陳規，對經典進行新的思考和闡釋。這種疑經、疑古的理性思潮也影響到楚辭學領域，引起宋人對屈原其人其作進行新的思考與評判，進而批判性總結宋前楚辭學研究成果。同時，在文化的繁榮及理性好議的集體性格的影響之下，宋代文學批評得到了長足的發展，且批評形式日益多樣化，詩話與詩歌在宋代成爲文學批評領域裏的中堅力量。基於屈原在文學史上的典範性地位，文學批評的整體繁榮必然帶動宋代屈原批評的發展。第三，漢唐的楚辭學研究也爲兩宋楚辭學的繁榮積累了豐厚的學術基礎。漢人偏重於對屈原其人的評價並由此引發激烈論爭，褒貶雙方分別以司馬遷、王逸與班固、揚雄等人爲代表；魏晉與唐代則更關注屈原其作，以劉勰、柳宗元等人爲代表。宋人則作家、作品批評兼重，他們在屈原思想人格的研究上更多繼承了漢人的成果，在屈原作品的研究上則更多吸收了魏晉與唐代的觀點，由此而形成楚辭學的繁榮，呈現出整合、集成的態勢。

　　據姜亮夫《楚辭書目五種》考證，宋代楚辭學專著凡二十二種，包括輯注類十一種，音義類三種，論評類一種，考證類四種，紹騷隅錄三種。現簡要介紹如下：

1、晁補之《重編楚辭》十六卷（輯注類）、《續楚辭》二十卷（紹騷隅錄）《變離騷》（紹騷隅錄）

　　《重編楚辭》對《楚辭》舊本中的篇目進行改動，同時改變了舊本各篇的次序，全書分《楚辭上》八卷，《楚辭下》八卷，並在序言中說明調整的內在原因。《楚辭上》八卷全部為屈原作品，皆名之「離騷」，依次為：《離騷經》、《遠遊》、《九章》、《九歌》、《天問》、《卜居》、《漁父》、《大招》；《楚辭下》八卷為宋玉及漢代擬騷作品，依次為：《九辯》、《招魂》、《惜誓》、《七諫》、《哀時命》、《招隱》、《九懷》、《九歎》，刪去王逸所作《九思》，恢復了劉向舊錄篇目。

　　《續楚辭》、《變離騷》二書共收錄漢至宋文賦共一百五十篇，今已亡佚，從晁氏《雞肋集》中所存諸序以及朱熹《楚辭後語》中可見其大致面貌。

2、洪興祖《楚辭補注》十七卷（輯注類）《楚辭考異》一卷（音義類）

　　此書以王逸《楚辭章句》為底本，對之進行補充與辨析，其形式是補注於王逸舊注之下，並冠以「補曰」二字以示區別。陳振孫《直齋書錄解題》曰：「興祖少時，從柳展如得東坡手校《楚辭》十卷，凡諸本異同，皆兩出之。後得洪玉父而下本十四五家參校，遂為定本，始補王逸《章句》之未備者。書成，又得姚廷輝本，作《考異》，附古文《釋文》之後，其末又得歐陽永叔、孫莘老、蘇子容本於關子東、葉少協，校正以補《考異》之遺。洪於是書用力亦以勤矣。」〔註1〕《補注》一書重點在訓詁考證，於《章句》後或引書以證，或辯解以明，保存了宋代所傳各異本之說並加以校勘，訂正王注謬誤不少。《考異》已散入今本《補注》一書，已非兩書本來面目。

3、楊萬里《天問天對解》一卷（輯注類）

　　楊氏此書採用「問曰」、「對曰」的體例，在屈原《天問》原文與柳宗元《天對》原文參校的基礎之上，博引前人注釋並敘之以個人的理解。既借柳氏《天對》闡發《天問》的旨意，又從屈原《天問》的角度解釋《天對》的意義。其訓釋頗為淺易，亦有所辯證。

〔註1〕陳振孫《直齋書錄解題》，上海古籍出版社，1987年，第434頁。

4、黃伯思《校定楚辭》十卷（輯注類），附《翼騷》一卷（論評類）
　　（皆已亡佚）

　　《校定楚辭》以先唐舊本爲參校，增編了揚雄《反離騷》、《史記·屈原賈生列傳》以及柳宗元《天問天對》諸篇合爲十卷。今存序文一篇，見《宋文鑑》卷九十二，該文論述「楚辭」由來及其地域特點：「蓋屈宋諸騷，皆書楚語，作楚聲，紀楚地，名楚物，故可謂之楚辭」，並說明《翼騷》之內容：「自《屈原傳》而下，至陳說之序，又附以今序，別爲一卷，附十通之末，而目以『翼騷』。」〔註2〕

　　5、黃銖《楚辭協韻》一卷（音義類）（已佚）

　　《宋志》著錄此書，朱熹嘗採入《集注》中，並寄之漳守傳景仁刻板。《朱子大全》卷八十二《書楚辭協韻後》稍辨《協韻》正誤。

　　6、朱熹《楚辭集注》八卷（輯注類）附《楚辭辯證》二卷（輯注類）
　　　　及《楚辭後語》六卷（紹騷隅錄）

　　朱熹以《詩集傳》分章注釋的體例注《楚辭》，亦以賦、比、興論其手法。《集注》訓釋多以四句爲一章，先釋字義，而後通釋整章大義。與《章句》、《集注》相比，《集注》詳於義理闡發，以儒家正統觀念爲圭臬。朱注文字簡潔，在名物訓詁、考據校勘、題旨大義、風格意象等方面均有成就。《楚辭辯證》二卷是針對楚辭中具體問題進行考證，或駁舊說，或創新解，其《序》曰：「余既集王、洪《騷》注，顧其訓詁文義之外，猶有不可知者，然慮文字之太繁，覽者或沒溺而失其要也，別記於後，以備參考」。〔註3〕《楚辭後語》凡六卷五十二篇，參晁補之《續離騷》、《變離騷》二書刪定，其《序》云：「以晁氏所集錄《續》、《變》二書刊補定著，凡五十二篇。晁氏之爲此書，固主於辭，而亦不得不兼於義。今因其舊，則其考於辭也宜益精，而擇於義也當益嚴矣。」〔註4〕朱氏三書成爲宋代楚辭學中最重要的文獻，代表了宋代屈原批評的最高成就。今《楚辭集注》通行本爲上述三書合集。

　　7、錢杲之《離騷集傳》一卷（輯注類）

　　錢氏單注《離騷》一篇，以王逸《章句》爲底本，旁採《爾雅》、《山海

〔註2〕黃伯思《翼騷序》，見李誠《楚辭評論集覽》，湖北教育出版社，2003年，第139頁。
〔註3〕朱熹《楚辭集注·楚辭辯證》，上海古籍出版社，1979年，第171頁。
〔註4〕朱熹《楚辭集注》，上海古籍出版社，1979年，第9頁。

經》、《淮南子》諸書。《集傳》分《離騷》三百七十三句為十四節，分別為：「高陽」以下二十四句，「三后」以下二十四句，「滋蘭」以下八句，「競進」以下二十八句，「靈修」以下十二句，「鷙鳥」以下三十二句，「女嬃」以下十二句，「前聖」以下四十句，「上征」以下七十六句，「靈氛」以下二十句，「巫咸」以下三十六句，「以蘭」以下二十句，「將行」以下三十六句以及「亂」五句，極為細緻。

8、呂祖謙《離騷章句》一卷（輯注類）（已佚）

此書亦專釋《離騷》一篇，分其為十六章。趙希弁《郡齋讀書志·附志》曰：「右呂成公所分也。以《離騷經》一篇為十六章。公謂王逸嘗言，劉向點校，分《離騷》為十六卷。班固、賈逵各作《離騷章句》，惟一卷傳焉，餘十五卷闕而不錄。今觀屈平所作，凡二十有五，各有篇目，獨此一篇謂之《離騷》。竊意劉向所分，即此篇，猶一篇之中有數章焉。故嘗因逸之言，即《離騷》一篇，反覆求之，考其文之起伏，意之先後。固有十六章次第矣。」〔註5〕按趙氏所言，《離騷章句》分《離騷》為十六章是以劉向為本，其劃分標準是按照文意的前後與起伏。因此書已亡佚文，我們已經無從得知該書的具體的斷章情況。

9、吳仁傑《離騷草木疏》四卷（考證類）

該書對見於屈原二十五篇作品的各種草木分別加以注疏，前三卷為芳草嘉木，共44種；第四卷為11種惡草。每種之下先列屈騷原文，次引王逸、洪興祖之說，而後以「仁傑按」申說己見，雜引《爾雅》、《神農》、《山海經》等各種材料加以詳釋，並闡發各種草木的象徵意義，過於強調「香草美人」之寄託，難免附會之嫌。

10、林至《楚辭故訓傳》六卷（輯注類）、《楚辭草木疏》一卷（考證類）、《楚辭補音》一卷（音義類）。（皆已亡佚）

三書僅見於樓鑰《攻媿集》載《林德久秘書寄〈楚辭故訓傳〉及〈叶音〉、〈草木疏〉求序於余，病中未暇，因以詩寄謝。》，詩中未及林氏三書具體內容與特點，故無從得知其優劣。

11、林應辰《龍岡楚辭說》五卷（輯注類）（已佚）

據陳振孫所言，該書分段立釋，分《離騷》為二十四段，《九章》等亦隨

〔註5〕晁公武《昭德先生郡齋讀書志·附志》卷五下，上海書店出版社，1935年。

長短分之；林氏認為《離騷》詞雖哀痛，而意則宏放。《直齋書錄解題》曰「《龍岡楚辭說》五卷，永嘉林應辰渭起撰。以《離騷》分段釋，為二十四段。其《九章》諸篇，亦隨長短分之。其推屈子不死，沈汨羅比諸浮海居夷之意，其說甚新而有理。其論《離騷》一篇，詞雖哀痛，而意則宏放，與夫直情徑行，勇於河者，不可同日語。且其興寄高遠，登崑崙、歷閬風、指西海、陟陞皇，皆寓言也。世儒乃以為實者，何哉？」〔註6〕

12、周紫之《竹坡楚辭贅說》一卷（輯注類）（已佚）

此書錄於《宋志》，《直齋書錄解題》作四卷，《遂初堂書目》無卷數，皆未言其詳，今已不可知其詳。

13、傅子雲《離騷經解》（輯注類）（已佚）

《宋元學案・槐堂諸儒》提及此書，亦未作具體說明，今已不可知其詳。

14、謝翱《楚辭芳草譜》一卷（考證類）

該書譜江蘺、薰草、杜若等二十三種香草，體式與吳仁傑《離騷草木疏》略同，訓釋則較為簡單。

第二節　宋代屈原批評概況

「楚辭」這一名稱形成於西漢初年，在漫長的傳播過程中，「楚辭」一詞已具有三重涵義：一為詩體，指戰國時楚國地區出現的一種帶有楚地特色的新詩體。二為書名，指漢人輯錄屈宋及漢代擬作而成的《楚辭》一書，今指王逸《楚辭章句》本。三指以屈原二十篇作品為代表的文體，包括歷代文人模倣屈宋辭作的形式所寫擬騷之作。「擬騷」是以騷體為模擬對象的作品，其中有兩類：一是只模擬「騷」的形式體制，其內容與屈宋無涉，如王安石《書山石辭》、《寄蔡氏女》等。這類擬騷作因為並沒有涉及對屈原其人其文的詮釋，所以不具文學批評上的意義，不在本文的研究範圍之內。二是不只模擬屈作的形式體制，並且以屈原其人其文作為內容，從而具備了文學批評的意義，如蘇軾《弔屈原賦》、高似孫《騷略》等，他們從超越時空的共鳴中挪用屈辭的書寫形式，懷想並重述屈原，也為自己尋找精神依託與生命價值。以上三重內涵所涉及的作家作品是歷代楚辭研究的基本範疇，而屈原作為「楚辭」的首要作家一直是楚辭研究的中心。基於此，薛威霆、王季深早

〔註6〕陳振孫《直齋書錄解題》，上海古籍出版社，1987年，第436頁。

已於 1986 年提議建立「屈原學」，將其從「楚辭學」中獨立出來。本文的研究對象即為宋代所有關於屈原其人其作的批評，包括宋人對屈原行為、思想及人格等各類評述；宋人對屈原作品的總體評價與各篇的微觀分析，涉及題旨內容、風格技巧及文體認識等各個方面；以及他們對宋代以前屈原研究成果的總結與評析。而對於屈原之外的作家作品，若與屈原無涉則撇開不論，有關名物考證、音義訓詁等不體現文學批評的相關內容皆不在考察範圍之內。筆者試圖以屈原思想、品格、行為以及作品四個方面為軸心對兩宋屈原批評進行整體的觀照，對各種類型的批評觀點作出梳理，歸納兩宋各時期屈原批評的主要成果，並結合兩宋時代背景、批評者的個人立場與文學觀念分析宋代屈原批評的特殊性，並指出其對前代楚辭學的繼承及其對後世楚辭研究的具體影響。

　　在宋代文化繁榮的背景下，宋代士人廣泛地參與屈原批評活動，從北宋初直至南宋末都未曾間斷。兩宋屈原批評的主體有理學家，如二程、胡安國、朱熹、真德秀、魏了翁等大儒；有文學家，如梅堯臣、蘇軾、辛棄疾、陸游等文豪；有詩評家，如嚴羽、張戒、胡仔等詩話作者，亦有陶然世外的僧人和隱士，如釋圓智、釋寶曇、林逋、郭祥正等。他們從各自的立場出發，以不同的視角和標準考察，有的看到作為臣子的屈原，有的看到作為詩人的屈原，有的則撇開外在身份單從個體生命的角度評判屈原。於是，他們或褒揚屈原的忠貞廉潔，或批評其行為不合君臣之道；或讚賞屈原獨立不遷的高蹈，或批評其不善處窮，或貶抑其執著於功名而不得解脫；或讚美其文學才華，同情其不幸的遭遇；同時他們還將視角轉向文學內部研究，探討騷體歸屬、淵源流變、藝術技巧等。宋代屈原批評的形式豐富多樣，包括楚辭專著、詩話文話、詩詞文賦、史書策論以及各種札記序跋，不一而足。現擇取其中較重要的兩類概而論之：

一、楚辭專著中的屈原批評概說

　　上文所述宋代楚辭專著凡二十二種，在楚辭學史上最為重要的自然是洪興祖《楚辭補注》與朱熹《楚辭集注》。然而，就屈原批評而言，因《補注》志在補《章句》訓詁考證之不足，涉及批評的文字較少。而晁補之《重編楚辭》雖只是依舊本重新選篇編次，《續楚辭》與《變離騷》二書也已亡佚；但《離騷新序》上、中、下三篇，《變離騷序》一、二兩篇及《續楚辭序》

一篇皆存於《雞肋集》中，其中兼論屈原其人其作，並側重屈原作品批評，其在宋代屈原批評史上的分量並不亞於《補注》。「考證類」中，林至《楚辭草木疏》已佚，謝翱《楚辭芳草譜》因幾為名物考證，而與批評無涉，二者皆不列入考量範圍；《楚辭辯證》一書則與《楚辭後語》一同歸於《集注》作整體觀照。「音義類」中，《楚辭補音》等三種純為訓釋，也不在研究範疇之內。「輯注類」中，呂祖謙《離騷章句》、林至《楚辭故訓傳》、林應辰《龍岡楚辭說》、周紫芝《竹坡楚辭贅說》、傅子雲《離騷經集解》和黃伯思《校定楚辭》六種以及「論評類」中黃伯思《翼騷》）皆已亡佚，所遺存的有關屈原批評的材料極為有限。而錢杲之《離騷集傳》與楊萬里《天問天對解》只是針對屈原單篇作品的注釋，吳仁傑《離騷草木疏》僅著眼於屈騷中的草木之名，在此亦不專門論述。餘下《楚辭集注》、《重編楚辭》、《楚辭補注》三種保存了豐富的楚辭批評原始材料，詩詞、詩話等其它形式的批評中頻頻引用其中的觀點，它們是宋代屈原批評的最重要的組成部分。

（一）晁補之《重編楚辭》（《變離騷》、《續楚辭》）

晁補之的屈原批評自覺以漢代至魏晉南北朝的屈原批評成果為參照，或駁斥前人之謬，有撥亂反正之意；或繼承先人之說，深化發展。晁氏極力推崇屈原忠貞的人格，重點批駁了班固對屈原露才揚己的批評與怨懟沉江的指責，就此闡發屈原自沉的積極意義，認為屈原若「不得則龍蛇，雖歸潔其身，而《離騷》亦不大耀」〔註7〕，由此可見其人品決定文品的批評立場。晁氏從屈原人品論出發，著力於屈原作品批評。在作品的批評方面，晁補之繼承和發展了蘇軾的觀點，蘇軾認為屈騷是《風》、《雅》之再變者，主要是就二者的情感和藝術表現而言；而晁補之則直接把《離騷》認作《詩經》的繼續，是承接《詩》、《春秋》與孟子、荀子之間的過渡，進而把屈騷納入儒家的道統中進行解讀。在很大程度上，他僅關注屈騷對《詩經》的怨刺功能的繼承。為了將屈騷比附於《詩經》，晁氏以「《小弁》之怨」來闡釋屈騷中的怨憤之情，進一步強調屈騷的教化功能，直接影響了後來洪興祖等人的觀點。就屈騷的藝術而言，晁氏批駁了班固、劉勰等人對於屈騷的虛無、荒淫的論說，提出了「寓言」說，高度肯定了屈騷的浪漫主義精神，「正而託譎詭以諭志，使世俗不得已其淺議已。如莊周寓言者，可

〔註7〕晁補之《續楚辭序》，《雞肋集》卷三六，文淵閣四庫全書本，臺灣商務印書館，1986年。

以經責之哉」。〔註8〕在屈騷的主旨與功能的認識上，晁氏幾乎都是以解經的方式解讀屈騷的；但在技巧、風格等藝術論上，他卻能充分認識到屈騷與儒家經典的不同，對傳統的屈原批評作出了補正，這是晁補之文藝思想的卓越之處。晁氏的「寓言說」比楚辭研究大家朱熹的「怪妄說」要進步得多，亦對後世產生了不小的影響，如明代汪瑗《楚辭集解》的「寓言而實」說，清代林雲銘《楚辭燈》中的「寓言說」，都在一定程度上受到了晁補之的啓發。晁氏的楚辭編訂工作就是在上述道統思想與藝術認識的雙重標準中進行的，兼義與辭，而以義爲主。從《重編楚辭》到《續楚辭》再到《變離騷》，晁氏從宏觀的角度來觀察騷體的源流，把握其發展脈絡，具備了批評史家的眼光。這些研究不僅使人們把握騷體的源流演變及辭賦的發展過程，亦大大拓展了楚辭研究的領域，朱熹《楚辭後語》、蔣之翹《續楚辭後語》二書的編輯便是躡其武之作。

（二）洪興祖《楚辭補注》

《楚辭補注》依照王逸《楚辭章句》的模式進行注釋，不僅在體例、選篇等方面完全沿用《章句》的做法，而且在看待屈原其人其作的態度上也基本延續王逸的立場。在屈原思想的闡發方面，洪興祖同樣也是以儒家道德倫理觀念爲標準，在認同王逸以經解騷的基礎上進一步申發了屈原的忠君思想，其評屈觀點集中體現於《補注·離騷經後敘》中。在洪氏看來，屈原的身份主要是恪守臣子之義的忠臣，認爲屈原不計利害、不顧生死以事君，並以犧牲生命的方式顯示了愛君之誠心。對於屈原之怨，洪氏繼承、發展了晁補之的「《小弁》之怨」說，將屈原之「怨」解讀爲「忠」的一種表現，從而將屈原之怨合法化。洪興祖屈原批評的獨創性成果主要有兩點：其一是以「同姓事君之道」解釋屈原不去而死的內在原因。「同姓事君」說是從屈原和楚國同宗共祖的關係上解讀屈原的行爲，此說發端於王逸。《楚辭章句》中兩度涉及這個觀點，一是王注《離騷》首句「帝高陽之苗裔兮」曰：「屈原自道本與君共祖，俱出顓頊胤末之子孫，是恩深而義厚也。」〔註9〕二是「回朕車以復路兮，及行迷之未遠」一句注云：「同姓無相去之義，故屈原遵道行義，欲還歸也。」〔註10〕

〔註8〕晁補之《離騷新序下》，《雞肋集》卷三六，文淵閣四庫全書本，臺灣商務印書館，1986年。
〔註9〕洪興祖《楚辭補注》，中華書局，1983，第3頁。
〔註10〕洪興祖《楚辭補注》，中華書局，1983年，第16頁。

從王逸的「同姓無相去之義」的解釋進而深化、提升到「同姓事君之道」的理論，導出「同姓事君，有死而已」〔註 11〕的結論，以此證明屈原自沉的合理性。其二是將屈原的忠君與憂國聯繫在一起，主張「屈原之憂，憂國也……《離騷》二十五篇，多憂世之語」〔註 12〕。洪氏認爲，屈原之憂不在於個人不遇的政治境況，而在於衰敗不堪的國家命運。在國家衰敗、時世昏暗之時，屈原企望力挽狂瀾卻迴天無力，只能借詩歌表達其沉痛的憂慮，屈騷包含著愛國的眷眷深情。總體而言，洪氏《補注》中的屈原，仍然是王逸注本中的「忠君」形象；不過，因爲南宋岌岌可危的國家命運所繫，洪氏對屈原忠君思想的闡發在相當程度上超越了《章句》，在「忠君」的思想之內有多了一層愛國主義因素，顯現了屈原憂國憂民、獨立不遷的人格。在屈原作品的分析方面，《補注》雖也側重於闡發屈騷的倫理思想，但洪興祖對屈騷比興寄託的關注程度遠不及王逸和朱熹。相對於《集注》而言，《補注》的理學氣要淡得多。當然，這與《補注》重於考證訓詁而略於義理闡發的注釋思想直接相關。就屈騷的藝術性方面，《補注》也時有新見，洪興祖推崇《天問》是「旨遠」的作品，評定「《騷經》之詞緩，《九章》之詞切」，〔註 13〕認識到《卜居》、《漁父》「皆假設問答以寄意耳」〔註 14〕，都是以文學的眼光來探究屈騷的藝術風格，這是《補注》難能可貴之處。可惜的是，洪氏對這些問題都沒有作進一步的深入探討。

（三）朱熹《楚辭集注》（《楚辭辯證》、《楚辭後語》）

關於朱熹在治經之外致力於《楚辭》的原因，宋人即以爲是有感於趙汝愚罷相事件，後人亦多采此說。〔註 15〕在宋代屈原批評史上，朱熹的地位無人可及，《集注》博採眾家而自立新說，在南宋引起極大的反響，亦給後世帶來深遠的影響。易重廉《中國楚辭學史》評曰：「道學的集大成人物朱熹，幾

〔註11〕 洪興祖《楚辭補注》，中華書局，1983 年，第 50 頁。
〔註12〕 洪興祖《楚辭補注》，中華書局，1983 年，第 50 頁。
〔註13〕 洪興祖《楚辭補注》，中華書局，1983 年，第 121 頁。
〔註14〕 洪興祖《楚辭補注》，中華書局，1983 年，第 179 頁。
〔註15〕 南宋周密：「遂貶汝愚永州安置，至衡州而卒。朱熹爲之注《離騷》以寄意焉。」（《齊東野語》卷三，上海掃葉山房，1926 年，第 41 頁。）南宋趙希弁：「騷自楚興，公之加意此書，則作牧於楚之後也。或曰有感於趙忠定之變而然。」（晁公武《昭德先生郡齋讀書志·附志》卷五下，上海書店出版社，1935 年。）清末王闓運：「夫《楚辭集注》因趙相罷衡而作。」（夏獻雲輯《屈賈文合編》序，清光緒三年刻本。）

乎窮畢生的精力，集注《楚辭》，面目與漢儒迥異，成為王逸之後，給楚辭學立下第二座豐碑的楚辭大家。朱熹的《楚辭集注》是宋代楚辭學繁榮昌盛的標誌。」〔註16〕與舊注相比，《集注》重在義理的闡發，兼論屈原其人與其作。在作家批評方面，朱子在中國楚辭學史上第一次提出屈原「忠君愛國」說，屈原的愛國形象在宋代得以初步確立。朱氏於「慶元黨爭」退歸之時飽含感情注《楚辭》，仍對屈原持有理性的辯證態度，一方面就其思想上的「忠君愛國」給予至高評價，另一方面又從具體行為的角度貶抑其不合中庸之道。君臣大倫與中庸之道就是朱熹屈原批評的兩個基本標準。在朱子的理學體系中，前者是凌駕於後者之上的，故《集注》雖對屈原之志行頗有微詞，卻始終對屈原其人持正面褒揚的態度。在作品批評方面，朱氏採用《詩集傳》體例，以《詩經》賦、比、興的手法解釋《楚辭》，立意於闡發屈騷中忠君愛國之誠心，以增三綱五典之重，進一步增強屈騷的儒學意義。朱子一面以《詩》解《騷》，力圖將屈騷完全納入儒學範疇；一面對屈作中不合儒家詩教的內容有所非議，批評屈騷辭旨「流於跌宕怪神、怨懟激發而不可以為訓」，「馳騁於變《風》、變《雅》之末流，以故醇儒莊士羞稱之」。〔註17〕不過，與作家批評類似，《集注》對屈原作品總體上仍然是讚賞的，原因在於其「皆出於繾綣惻怛不能自己之意」，〔註18〕這實際上也就是因屈原忠君之誠心包容其情感、言辭上的過激。儘管朱熹是以道統觀批評屈騷，但在具體的闡釋過程中並不忽視屈騷的文學性，對屈辭的意象、表現手法及各篇的風格都有極為細緻的分析，這是王、洪二注所難以企及的。

二、宋詩話中的屈原批評概說

　　作為中國古代文學批評的一種重要形式，宋代詩話中不乏對屈原及其作品的批評話語。宋人寫詩話，先只是「以資閒談」（歐陽修《六一詩話》卷頭語），劉攽的《中山詩話》、司馬光的《續詩話》主要在記事，詩歌評論極少。而後，宋詩話的內容不斷豐富，逐漸涉及文學批評的各個方面，發展至許顗《彥周詩話》所言「詩話者，辨句法、備古今、紀盛德、錄異事、正訛誤」，〔註19〕宋代詩話已深入到文學內部批評的範疇。在屈原批評方面，宋代詩話

〔註16〕易重廉《中國楚辭學史》，湖南出版社，1991年，第236頁。
〔註17〕朱熹《楚辭集注》，上海古籍出版社，1979年，第2頁。
〔註18〕同上。
〔註19〕許顗《彥周詩話》，何文煥《歷代詩話本》，中華書局，1981年，第378頁。

兼及作家批評與作品批評，其代表有張戒《歲寒堂詩話》、葛立方《韻語陽秋》、嚴羽的《滄浪詩話》、張表臣《珊瑚鈎詩話》等。

在作家批評方面，詩話「以資閒談」、論詩及事的功能使其對屈原的生平事迹產生極大關注，尤其是對屈原自沉的問題以及與此相關的端午習俗，並就此進行他們或褒或貶的價值評判。葛立方在《韻語陽秋》中就對屈原投水殉國的行為表示了不滿，稱其「仕不得志，猖急褊躁，甘葬江魚之腹，知命者肯如是乎」。〔註20〕應該說，宋詩話中更多的是讚頌屈原，對屈原忠君愛國的大節給予了褒揚，如張表臣《珊瑚鈎詩話》：「端午之號，同於重九。角黍之事，肇於風俗，昔屈原懷沙忠死。」〔註21〕嚴有翼《藝苑雌黃》中說：「南方競渡，……相傳以為始於越王句踐，蓋斷髮文身之俗。……《荊楚歲時記》則曰：『五月五日為屈原投汨羅江，人傷其死，並將以舟楫拯之，至今為俗。』然考《懷沙》之賦……，似非五月五日。豈原以孟夏徂南，至五日方赴淵乎？」〔註22〕嚴氏雖未對屈原其人作直接的批評，但該處就端午之俗考論屈原之死，體現了其對屈原身世命運的關注，並表達了宋人對屈原的紀念與追慕。

相對於作家批評而言，宋詩話中有關屈原作品批評的內容要更為豐富。宋人或品評楚辭各篇作品的高下之分，或摘句分析屈騷的藝術技巧，或論及屈騷對後世的影響，不一而足。由於宋代詩學理論的發達，宋人對於楚辭作為詩的文學地位和藝術理論有了更為準確的理解和認識，他們對楚辭藝術特點進行重新認識和定位，屈騷被奉為不可逾越的文學典範，如張戒《歲寒堂詩話》云：「國朝諸人詩為一等，唐人詩為一等，六朝詩為一等，陶、阮、建安七子、兩漢為一等，《風》、《騷》為一等，學者須以次參究，盈科而後進，可也。」〔註23〕宋人將《離騷》與《詩經》並列而稱，作為後世詩歌創作和模擬的典範。呂本中《童蒙詩訓》中說：「大概學詩，須以《三百篇》、《楚辭》及漢魏間人詩為主，方見古人之妙處。」〔註24〕宋人論詩講究師法、

〔註20〕葛立方《韻語陽秋》，何文煥《歷代詩話本》，中華書局，1981 年，第 550 頁。

〔註21〕張表臣《珊瑚鈎詩話》，何文煥《歷代詩話》本，中華書局，1981 年，第 461 頁。

〔註22〕嚴有翼《藝苑雌黃》，吳文治《宋詩話全編》本，江蘇古籍出版社，1998 年，第 2342 頁。

〔註23〕張戒《歲寒堂詩話》，吳文治《宋詩話全編》本，江蘇古籍出版社，1998 年，第 3236 頁。

〔註24〕引自阮閱《詩話總龜後集》，吳文治《宋詩話全編》本，江蘇古籍出版社，1998 年，第 2053 頁。

家法，屈騷常與《詩經》、杜詩等作品一併成為詩人學習的模範、作詩的圭臬。《苕溪漁隱叢話》引呂本中言：「《楚辭》、杜、黃，固法度所在，然不若遍考精取，悉為吾用，則姿態橫出，不窘一律矣。」〔註25〕即使是反對師法模擬、講求頓悟的嚴羽，亦將楚辭作為學詩之本，主張學詩者要朝夕諷詠屈騷，從此獲得感性的審美體驗，潛移默化地付諸於創作。《滄浪詩話》云：「夫學詩者以識為主，入門須正，立志須高；……功夫需從上做下，不可從下做上。先須熟讀《楚辭》，朝夕諷詠，以為之本；及讀古詩十九首、樂府四篇、李陵、蘇武、漢魏五言皆須熟讀。」〔註26〕在宋詩尊唐的背景之下，宋詩話也常常將杜甫、李白與屈原類比，探討唐代詩人對屈騷的接受，如《詩話總歸》、《苕溪漁隱叢話》等皆引東坡語：「原子美之意，類有所感，託物以發者也？亦六藝之比興，《離騷》之法歟？」〔註27〕曾季貍《艇齋詩話》曰：「古今詩人有《離騷》體者，惟李白一人，雖老杜亦無似《騷》者。李白如《遠別離》云：『日慘慘兮雲冥冥，猩猩啼煙兮鬼嘯雨。』《鳴皋歌》云：『雞眾族以爭食，鳳孤飛而無鄰。蝘蜓嘲龍，魚目混珍。嫫母衣錦，西施負薪。』如此等語，與《騷》無異。」〔註28〕在《楚辭》作品品評方面，宋詩話不僅將屈原與宋玉以下作家作品進行比較，同時還對屈原各篇作品品評高下，如嚴羽《滄浪詩話·詩評》說：「楚辭，惟屈宋諸篇當讀之，此惟賈誼《懷沙》、淮南王《招隱》、嚴夫子《哀時命》宜熟讀，此外亦不可讀。」「《九章》不如《九歌》，《九歌》、《哀郢》尤妙。前輩謂《大招》勝《招魂》，不然。」〔註29〕嚴羽對《楚辭》各篇的評論更注重其文學本身的特性，不再以內容上的諷諫寄託為評價作品的主要依據，而能更加注意到作品情感、語言及藝術風格等方面。他尤其強調屈騷的情感力量，說：「讀《騷》之久，方識真味。須歌之抑揚，涕淚滿襟，然後識《離騷》。」〔註30〕此外，宋詩話中還不乏對屈騷進行摘句批評，或論其句法，如沈括《夢溪筆談》：「《楚辭》『吉日兮良辰』，又『蕙肴蒸兮蘭藉，奠桂酒兮椒漿。』蓋欲相錯成文，則語勢矯健

〔註25〕胡仔《苕溪漁隱叢話》前集卷四九引《與曾吉甫論詩第一帖》，吳文治《宋詩話全編》本，江蘇古籍出版社，1998 年，第 3854 頁。
〔註26〕嚴羽《滄浪詩話》，《歷代詩話》本，中華書局，1981 年，第 698 頁。
〔註27〕阮閱《詩話總龜前集》，吳文治《宋詩話全編》本，江蘇古籍出版社，1998 年，第 1505 頁。
〔註28〕曾季貍《艇齋詩話》，《歷代詩話續編》本，中華書局，1983 年，第 322 頁。
〔註29〕嚴羽《滄浪詩話》，《歷代詩話》本，中華書局，1981 年，第 698 頁。
〔註30〕同上。

耳」；〔註31〕或玩其韻味，如吳子良云：「文字有江湖之思，起於《楚辭》。『嫋嫋兮秋風，洞庭波兮木葉下』，模想無窮之極，如在目前，後人多仿之者。」〔註32〕在宋代文學理論的發達的文化背景下，宋人繼承並發展了魏晉南北朝時期對於屈騷藝術批評成果，將批評的視野擴展到屈原作品的各個方面，並呈現出細化和深化的趨勢。儘管宋詩話中仍沒有對屈原作品形成一個完整系統的藝術評論，但是他們卻從創作緣由、讀者接受、作家褒貶、作品影響、藝術技巧等各個層面對屈原及其作品進行內部研究，構成了宋代屈原批評的重要組成部分。

〔註31〕沈括《夢溪筆談》，中華書局，1957年，第150頁。
〔註32〕吳子良《林下偶談》，卷二，引自李誠《楚辭評論集覽》，湖北教育出版社，2003年，第201頁。

第二章　屈原倫理思想批評——
以屈原之「忠」爲中心

　　自楚辭學誕生以來，關於屈原之「忠」的討論就一直是屈原批評的重要話題。趙沛霖在《屈賦研究論衡》一書中提出，「縱觀封建時代的屈原研究，漢代以後至唐代的數百年間學者們並不十分強調屈原的忠君觀念，而從宋代開始這種情況發生了重要的變化。」〔註1〕嚴格來說，從漢至唐的屈原批評，其間都不間斷對屈原之「忠」的褒揚；但之前任何一個朝代確實都沒有像宋代這樣強調屈原的忠君思想。宋人對屈原忠君思想的高度重視，與宋代統治者在意識形態層面自上而下的大力推崇有直接的關係。屈原被宋代朝廷立爲忠君的典型，成爲士大夫們追慕的精神模範。兩宋統治者對屈原之「忠」的推崇主要體現在兩個方面：一是封敕屈原。五代後梁開平元年（公元907年）梁太祖朱溫追封屈原爲昭靈侯，開屈原受封之先河。宋神宗出於定國安民的需要，兩度封敕屈原。據《宋史‧神宗本紀》載，神宗於元豐三年（公元1080年），封屈原爲清烈公；元豐六年（公元1083年）正月三十，封楚國三閭大夫屈原爲忠潔侯。〔註2〕不到三年時間，宋神宗重新加封屈原爲忠潔侯，用意頗深。北宋當時面臨嚴重的邊患，元豐五年九月，西夏三十萬軍隊攻打永樂城，十二月永樂城被破。神宗封敕屈原爲「忠潔侯」次日，夏軍數十萬人進攻蘭州，將士誓死抵抗。宋神宗的封敕，顯然是要樹立起一個竭忠盡智事君的典範，讓臣下要以屈原爲榜樣，學習其爲君王而犧牲自己的精神，擔負起臨危赴難的重任。二是修屈原廟。《宋史‧禮志》載，「屈原廟在歸州者封清

〔註1〕趙沛霖《屈賦研究論衡》，天津教育出版社，1993年，第80頁。
〔註2〕脫脫《宋史》，卷十六，中華書局，1977年，第309頁。

烈公，在潭州者封忠潔侯。」〔註3〕南宋紹熙五年（公元 1194 年）朱熹守潭州，奉敕重建屈原廟，寫就《修三閭忠潔侯廟奉安祝文》，其文曰：「惟神爲國上謀，遭讒放逐。行吟憔悴，厥有《離騷》。懷沙自沉，勇赴茲水。遺祠錫號，帝有愍書。吏惰不供，神用弗宇。乃今修奉，亦既訖功。敢撰靈神，敢陳椒醑。惟神降鑒，永奠厥居。」〔註4〕宋代不少歌詠屈原的著名詩文就是在朝覲屈原廟時所寫，如蘇軾與蘇轍的兩篇《屈原廟賦》、王十朋《題屈原廟》、張孝祥《金沙堆廟有曰忠潔侯者屈大夫也感之賦詩》等，魏良臣《泊汨羅廟》詩曰：「清白聲華正直風，數千餘載譽增隆。侯封忠潔縉紳外，廟立汨羅煙靄中。新宇有功修已頓，舊碑無字獨難窮。他年我若官湘楚，願採遺言問釣翁」，詩歌就封敕、修廟之事談論屈原日顯的聲名，讚頌其清白正直的品格。可以說，宋人對屈原忠君的思想是普遍認可並稱揚的，對於屈原之「忠」的議論成爲宋代屈原批評的核心，無論是屈原行爲、人格批評還是屈原作品批評都繞不開其忠君思想。以朱熹、洪興祖、晁補之等楚辭專家爲代表的宋代士人們在很大程度上深化、發展了屈原之「忠」的內涵，對屈原忠君思想形成了新的認識與評價，對後世產生深遠的影響。

第一節　「忠」「怨」之辯

屈原之「怨」是與屈原之「忠」一起進入漢代評屈者的批評視野的。據現存的資料來看，最早就這兩個問題進行論述的是司馬遷《史記·屈原賈生列傳》〔註5〕：「屈平正道直行，竭忠盡智以事其君，讒人間之，可謂窮矣。信而見疑，忠而被謗，能無怨乎？屈平之作《離騷》，蓋自怨生也。……《國風》好色而不淫，《小雅》怨誹而不亂，若《離騷》者，可謂兼之矣。」〔註6〕又云：「雖放流，睠顧楚國，繫心懷王，不忘欲反，冀幸君之一悟，俗之一改也。其存君興國而欲反覆之，一篇之中，三致志焉。」〔註7〕司馬遷認爲，屈原之「忠」體現於在朝時「竭忠盡智以事其君」，流放時「睠顧楚國、繫心懷

〔註3〕脫脫，《宋史》，卷一百零五，中華書局，1977 年，第 2561 頁。

〔註4〕朱在編、朱熹注《朱子大全》，卷八十六，《四部備要》本，中華書局，1936年。

〔註5〕據湯炳正考證，《屈原賈生列傳》中上述論述爲劉安《離騷傳》中內容。見湯炳正《〈屈原列傳〉理惑》一文，見《屈賦新探》，齊魯書社，1984 年。

〔註6〕司馬遷《史記》，中華書局，1982 年。，卷八四，第 2482 頁。

〔註7〕同上。

王」；屈原「怨」的原因在於「信而見疑，忠而被謗」，其「怨」如《小雅》般「怨誹而不亂」。在司馬遷看來，屈原思想中客觀上同時存在「忠」與「怨」這兩種不同要素，他既不因爲「忠」而否認「怨」，亦不以「怨」否定「忠」，且對二者持一致的肯定態度。就「忠」與「怨」的內涵而言，司馬遷點明「忠」是忠君，是「存君興國」，卻沒有明確指出屈原之「怨」是怨君。從此以後，司馬遷上述評論及其對屈原生平事迹的敘述與《離騷》等屈原作品一起成爲屈原思想論的基本文獻依據。當然，後世評屈者並不全然沿用司馬遷的觀點，尊屈者往往多論屈原之「忠」，抑屈者則多議屈原之「怨」，或兼論二者卻褒貶不一。到了宋代，尤其是南宋時期，「忠」與「怨」更是成爲屈原批評的熱點並由此形成論爭局面。關於屈原是否兼有忠君與怨君思想，宋人仍然沒有達成一致意見。宋人或贊同司馬遷的看法，認爲屈原思想上既「忠」且「怨」；或認爲屈原「忠」而不「怨」；或只單論一方，避而不談另一方。需要特別指出的是，本章我們所討論的宋代「忠」「怨」之辨是針對忠君與怨君這兩個相對的思想而言，而不論屈原作品中的籠統的騷怨情緒或怨刺手法。

經過歷代評屈者的追慕以及統治者自上而下的推崇，屈原的忠君思想在宋人看來幾乎是無可置疑的。宋代士大夫們紛紛在詩詞中盛讚屈原之「忠」，稱其爲「忠節」、「忠義」、「忠良」、「精忠」等等，如毛滂《競渡》：「汨羅誰復追忠義」〔註8〕、王銍稱之「皎皎忠良心」（《向伯恭蘚林詩》）、徐鈞《屈原》：「若無一點精忠節，未必文爭日月光」等等。他們認爲屈原生爲忠臣、死爲忠魂，如王十朋《屈大夫》稱「大夫楚忠臣，哀哉以讒逐」，林景熙《端午次韻懷古》曰「湘江沈忠臣」；司馬光、張耒、張榘、高斯得諸人皆稱之爲「忠魂」：「冤骨銷寒渚，忠魂換舊鄉」（司馬光《五哀詩·屈平》）、「競渡深悲千載冤，忠魂一去詎能返」（張耒《和端午》）、「忠魂耿耿，只憑天辨優劣」（張榘《念奴嬌》）、「豪氣今安在，忠魂死不泯」（《端午小飲，分韻得身字》）；與此類似的還有陳著「忠魄」之稱、趙汝讜「忠血」之歎：「何似今朝酹忠魄」（《重五有感》）「當年忠血墮讒波，千古荊人祭汨羅」（《端午感興》）。宋人還將屈原之「忠」與屈原其它人格特徵組合而擴大「忠」的外延，如「孤忠」是將其與屈原特立獨行、不賴人體察的品格結合而成，袁說友《汨羅》曰「千載孤忠動神物」、岳珂《朱文公離騷經贊》「書三閭之孤忠兮」、趙希逢《和夜

〔註 8〕本文所引宋詩，如無特別說明，皆引自傅璇琮等主編《全宋詩》，中華書局，1991 年。

讀離騷》云「孤忠烈日與秋霜，千古英魂在水央」；「清忠」是將其與屈原高潔清白的人格結合而成，如「無限清忠沈浪底」（種放《瀟湘感事》）、「自古皆有死，先生死忠清」（王十朋《題屈原廟》）；將其與屈原剛直的性格結合成「忠直」說，如蘇軾《竹枝歌》云：「招君不歸海水深，海魚豈解哀忠直。吁嗟忠直死無人，可憐懷王西入秦」……這些詩歌基本不提及屈原有怨君思想，他們單純就屈原之「忠」歌頌屈原的偉大人格，表達對屈原的崇敬與懷念，並寄託詩人們個人的忠貞之志。

一、「忠而不怨」說

司馬光、晁補之、朱熹等人則明確提出屈原忠君而不怨君說。司馬光《五哀詩·屈平》一詩曰：「白玉徒爲潔，幽蘭未爲芳。窮羞事令尹，疏不怨懷王。」開頭用對照襯托的手法，以白玉之潔、幽蘭之芳正襯屈原崇高的品格，「窮羞」與屈原剛直之性不合，「疏不怨懷王」則明確否定了屈原有怨君的思想。此詩將屈原塑造成一個忍羞事上、不怨不怒的順臣形象。晁補之對屈原其人其作持絕對肯定的態度，以屈原之死爲「忠死」、屈原之逐爲「忠放」、屈原之作爲「忠言」，反覆強調屈原的忠君思想。《離騷新序》上曰：「世衰，天下皆不知止乎禮義，故君視臣如犬馬，則臣事君如國人。而原一人焉，被讒且死而不忍去，……使後之爲人臣，不得於君而熱中者，猶不慚乎愛君如此。」〔註9〕此所言「愛君」即「忠君」，晁氏以爲屈原是毫無條件地忠君，即使君王聽信讒言，視之如犬馬，人皆棄君而去，屈原一人仍舊愛君不慚。同時，《續楚辭序》中直接指明屈原忠君且不怨君，「君臣之道微，寇敵方興，而原一人焉，以不獲乎上而不怨，猶睠顧楚國，繫心懷王不忘，而望其改也。」〔註10〕此說其實是沿用了司馬遷的說法而略有發展，《屈原賈生列傳》云，「雖放流，睠顧楚國，繫心懷王，不忘欲反，冀幸君之一悟，俗之一改也」，兩相對照可見，二者的觀點甚至文字表達都基本一致；其唯一不同在於「不獲乎上而不怨」一句，完全與司馬遷「信而見疑，忠而被謗，能無怨乎」之說相悖。晁氏以爲，屈原之忠與孟子無異，「原之敬王，何異孟子」，〔註11〕其忠君思想

〔註 9〕晁補之《離騷新序》上，《雞肋集》卷三六，文淵閣四庫全書本，臺灣商務印書館，1986 年。

〔註10〕晁補之《續楚辭序》，《雞肋集》卷三六，文淵閣四庫全書本，臺灣商務印書館，1986 年。

〔註11〕晁補之《續楚辭序》，《雞肋集》卷三六，文淵閣四庫全書本，臺灣商務印書館，1986 年。

是純粹的而不含一點怨君的成分，屈原之「忠」足可爲後世之軌範。深受程朱學派影響的王應麟亦持「忠而不怨」說，反對《屈原賈生列傳》中司馬遷所謂屈原「怨君王之不明」說，其《困學紀聞・評文》云：「《離騷》曰：『閨中既以邃遠兮，哲王又不寤。』以楚君之暗，而猶曰『哲王』，蓋屈子以堯舜之耿介、湯禹之祇敬望其君，不敢謂之不明也。太史公《列傳》曰：『王之不明，豈足謂哉！』此非屈子之意。」〔註12〕有宋一代，對於屈原之「忠」論述最深、影響最大的當屬朱熹，其「忠」「怨」之辯亦最有代表性。在朱熹看來，屈原的忠君之心是無可置疑的，「屈原之心，其爲忠清潔白，固無待於辯論而自顯」。〔註13〕《集注》幾乎將屈原的所有作品都解爲忠君之作，《離騷》自然是爲「冀君覺悟」而作，《九歌》、《天問》、《九章》、《遠遊》、《卜居》、《漁父》等篇也都是「以悟君心」。朱子對《九歌》篇用力尤深，其對《九歌》題旨的闡發，與王逸、洪興祖的舊注不同，爲強調屈原赤誠惻怛的忠君思想，朱熹在王、洪二人的諷諫說基礎上進而發展爲忠君不忘的闡釋。《補注》與《章句》皆曰：

> 九歌者，屈原之所作也。昔楚國南郢之邑，沅、湘之間，其俗信鬼而好祠，其祠必作歌樂鼓舞以樂諸神。

> 屈原放逐，竄伏其域，懷憂苦毒，愁思沸鬱，出見俗人祭祀之禮，歌舞之樂，其詞鄙陋，因爲作九歌之曲，上陳事神之敬，下見己之冤結，託之以風諫，故其文意不同，章句雜錯而廣異義焉。〔註14〕

《集注》曰：

> 九歌者，屈原之所作也。昔楚南郢之邑，沅、湘之間，其俗信鬼而好祀，其祀必使巫覡作樂，歌舞以娛神。蠻荊陋俗，詞既鄙俚，而其陰陽人鬼之間，又或不能無褻慢淫荒之雜。

> 原既放逐，見而感之，故頗爲更定其詞，去其泰甚，而又因彼事神之心，以寄吾忠君愛國眷戀不忘之意。是以其言雖若不能無嫌於燕昵，而君子反有取焉。此卷諸篇皆以事神不答而不能忘其敬愛，比事君不合而不能忘其忠赤，尤足以見其懇切之意。舊說失之，今悉更定。〔註15〕

〔註12〕王應麟撰、翁元圻注《困學紀聞》卷一七，商務印書館，1959 年，第 109 頁。
〔註13〕朱熹《楚辭集注・楚辭後語》，上海古籍出版社，1979 年，第 242～243 頁。
〔註14〕洪興祖《楚辭補注》，中華書局，1983 年，第 55 頁。
〔註15〕朱熹《楚辭集注》，上海古籍出版社，1979 年，第 29 頁。

朱熹通過比興而將《九歌》文本中「事神不答而不忘其敬愛」還原成「事君不合而不忘其忠赤」，從舊本「託之以風諫」到「以寄吾忠君愛國眷戀不忘之意，是以其言雖若不能無嫌於燕昵，而君子反有取焉。此卷諸篇皆以事神不答而不能忘其敬愛，比事君不合而不能忘其忠赤，尤足以見其懇切之意」，可見朱熹以《九歌》闡發忠君思想的用力之深。對此，後人多有不滿，如清人蔣驥說：「朱子之論《九歌》，謂以事神不答而不忘其敬，比事君不答而不忘其忠，斯言誤也。……作者於君臣之難合易離，獨有深感，故其辭尤激云耳。夫豈特爲君臣而作哉！」〔註 16〕蔣氏認爲朱熹是因爲自己強烈的君臣之感而強解屈原之意，頗有見地。在這種思想的驅使下，朱熹便斷定屈原只有忠君赤誠之心，而無怨君之意，《朱子語類》曰：

> 《楚辭》不甚怨君，今被諸家解得都成怨君，不成模樣。《九歌》託神以爲君，言人神間隔，不可企及，如己之不得親近於君之意。以此觀之，他便不是怨君。

> 屈原一書從頭被人誤解了。……屈原本是一個忠誠惻怛愛君底人，觀他所作《離騷》諸篇，盡是歸依愛慕不忍捨去懷王之意，所以拳拳反覆不能自己，何嘗有一句是罵懷王，亦不見他有褊躁之心。……而今人句句解作罵懷王，枉屈說了屈原。〔註17〕

儘管朱熹對屈原的整體評價不是持完全肯定的態度，他以爲「原之爲人，其志行雖或過於中庸而不可以爲法」，〔註18〕但他認爲其志行之過「皆出于忠君愛國之誠心」。朱熹所謂屈原「忠而過」、「過而忠」都不是就屈原思想而言，而只是就其行爲不合中庸的層面來說（這一點我們將在下一章關於屈原自沉行爲的評述詳作分析）。朱子對屈原評價的矛盾之處是在於思想評價與行爲評價的分歧，而不在於對屈原忠君思想的一分爲二。與晁補之一樣，他主張屈原的忠君思想是純粹而不摻雜怨君的想法。不過，與晁氏重編《楚辭》不同，朱熹在《集注》中需要面對《楚辭》中幾處確鑿的怨君之辭，如《離騷》中「怨靈修之浩蕩兮，終不察夫民心」，《惜往日》中「卒沒身而絕名兮，惜壅君之不昭」，那麼，他如何還能堅持屈原只忠君而不怨君的說法呢？朱氏主要是通過在注解時迴避或曲解屈原的「怨」詞來否定其有怨君的思想。以下我

〔註16〕蔣驥《楚辭餘論》卷上，見《山帶閣注楚辭》中華書局，1962，第 195 頁。
〔註17〕黎靖德編，朱熹撰《朱子語類》，卷一三九，中華書局，1986 年，第 3298 頁。
〔註18〕朱熹《楚辭集注》，上海古籍出版社，1979 年，第 2 頁。

們將之與其它各家注文比較來看《集注》特異之處。《離騷》「怨靈修之浩蕩
兮，終不察夫民心」一句，

> 《楚辭章句》：上政迷亂則下怨，父行悖惑則子恨。靈修謂懷王
> 也。浩猶浩浩，蕩猶蕩蕩，無思慮貌也。《詩》曰：「子之蕩兮。」
> 言己所以怨恨於懷王者，以用心浩蕩，驕敖放恣，無有思慮，終不
> 察省萬民善惡之心。故朱紫相亂，國將傾危也。夫君不思慮，則忠
> 臣被誅；忠臣被誅，則風俗怨而生逆暴。故民心不可不熟察之也。
> 〔註19〕

> 《楚辭補注》：上政迷亂則下怨，父行悖惑則子恨。靈修，謂懷
> 王也。浩猶浩浩，蕩猶蕩蕩，無思慮貌也。《詩》曰：「子之蕩兮。」
> 《補》曰：「今詩作湯湯蕩也。孔子曰：「《詩》可以怨。」孟子曰：
> 「《小弁》之怨，親親也。親之過大而不怨，是愈疏也。屈原於懷王，
> 其猶《小弁》之怨乎？言己所以怨恨於懷王者，以其用心浩蕩，驕
> 敖放恣，無有思慮，終不省察萬民善惡之心。故朱紫相亂，國將傾
> 危也。夫君不思慮，則忠臣被誅；忠臣被誅，則風俗怨而生逆暴，
> 故民心不可不熟察之也。民，一作人。五臣云：「浩蕩，法度壞貌。
> 言我怨君法度廢壞，終不察眾人悲苦。」〔註20〕

> 《離騷集傳》：浩蕩，縱放貌。怨王以靈修之德縱放不自守，故
> 於人心不能察。〔註21〕

> 《楚辭集注》：浩蕩，無思慮貌。民，謂眾人也。〔註22〕

包括洪注所引五臣注在內的以上五種注解中，漢代的王逸、唐代的五臣以
及宋代的洪興祖與錢杲之四人皆解此句為怨君，王、洪二人明確指出屈原
怨懷王，「己所以怨恨於懷王，以用心浩蕩，驕敖放恣，無有思慮」；五臣
釋為「怨君法度廢壞」；錢杲之解為「怨王」「放縱不自守」。可見，此處為
屈原怨君的表現已為共識。而朱熹則只簡單注釋「浩蕩」、「民」二詞之義，
既不明確「怨」之所指，亦不闡釋此句文意，這是明顯的迴避態度。再看
《惜往日》中「卒沒身而絕名兮，惜壅君之不昭」句，《章句》、《補注》皆

〔註19〕王逸《楚辭章句》，卷一，文淵閣四庫全書本，臺灣商務印書館，1986 年。
〔註20〕洪興祖《楚辭補注》，中華書局，1983 年，第 14 頁。
〔註21〕錢杲之《楚辭集傳》，宛委別藏本，江蘇古籍出版社，1988 年，第 10 頁。
〔註22〕朱熹《楚辭集注》，上海古籍出版社，1979 年，第 9 頁。

曰：「懷王壅蔽，不覺悟也。」〔註 23〕《集注》曰：「言沈流之後，沒身絕名，不足深惜，但惜此讒人廱君之罪，遂不昭著耳。此原所以忍死而有言也，其亦可悲也哉！」〔註 24〕屈原指懷王爲「壅君」，這本爲屈原指斥、怨恨楚君的鮮明表現，但朱熹卻將解釋的重心由怨歎懷王壅蔽之過轉爲指斥讒人壅蔽之罪，從而否認了此處的怨君思想。值得一提的是，朱熹與晁補之都不否認屈原作品中有怨憤的情緒，但他們都認爲其中之「怨」不是指向君王，並始終堅持屈原沒有怨君的思想。即使朱氏有時也覺得完全否認屈原怨君似乎有點牽強，但仍然想方設法淡化乃至極力否認，如上文所引《朱子語類》所言：「《楚辭》不甚怨君，今被諸家解得都成怨君，不成模樣。《九歌》託神以爲君，言人神間隔，不可企及，如己之不得親近於君之意。以此觀之，他便不是怨君。」〔註 25〕從「不甚怨君」到「便不是怨君」，難免強爲辯解之嫌。

二、「忠而怨」說

我們說過，司馬遷在《屈原賈生列傳》中並沒有直接點明屈原之「怨」是怨君，然而，「忠而被謗，信而見疑，能無怨乎」一句其實已將「怨」的對象指向「謗」與「疑」的主體，即讒佞與君王。與之相對，班固明確指出屈原的怨君思想並加以貶斥，「然責數懷王，怨惡椒蘭，愁神苦思，強非其人」。〔註 26〕在宋代屈原批評視野中，承認或不否定屈原具有怨君思想的是主流。在這個群體中，雖也不乏像班固一樣以怨君而否定或貶損屈原忠君思想的言辭，但像司馬遷一樣認爲屈原怨君是合理的，並將怨君作爲忠君思想的一部分加以認可的還是占大多數，尤其是在南宋時期期，代表人物有洪興祖、辛棄疾、趙汝讜等人。

洪興祖《楚辭補注》在駁斥前人對屈原自沉行爲的貶抑時盛讚屈原之「忠」：「忠臣之用心，自盡其愛君之誠耳。死生毀譽所不顧也。故比干以諫見戮，屈原以放自沉。……生不得力爭而強諫，死猶冀其感發而改行，使後人聞其風者，雖流放廢斥，猶知愛其君，眷眷而不忘，臣子之義盡矣。……余觀自古忠臣義士，慨然發憤，不顧其死，特立獨行，自信而不回者，其英

〔註 23〕洪興祖《楚辭補注》，中華書局，1983 年，第 150 頁。
〔註 24〕朱熹《楚辭集注》，上海古籍出版社，1979 年，第 95 頁。
〔註 25〕黎靖德編，朱熹撰《朱子語類》，卷一三九，中華書局，1986 年，第 3298 頁。
〔註 26〕引自洪興祖《楚辭補注》，中華書局，1983 年，第 49 頁。

烈之氣,豈與身俱亡哉!」〔註27〕在補注《離騷》「怨靈修之浩蕩兮,終不察夫民心」一句時,與朱熹刻意迴避屈原怨君之辭不同,洪興祖在認同《章句》「怨恨於懷王」注釋的基礎上補充了對屈原怨君思想的判斷:「孔子曰:『《詩》可以怨。孟子曰:《小弁》之怨,親親也。親之過大而不怨,是愈疏也。屈原於懷王,其猶《小弁》之怨乎。言己所以怨恨於懷王者,以其用心浩蕩,驕敖放恣,無有思慮,終不省察萬民善惡之心。故朱紫相亂,國將傾危也。夫君不思慮,則忠臣被誅;忠臣被誅,則風俗怨而生逆暴。故民心不可不熟察之也。」〔註28〕《小弁》出自《詩經·小雅》,洪氏採用了孟子關於「《小弁》之怨」的闡釋,《孟子·告子下》云:

> 公孫丑問曰:「高子曰:『《小弁》,小人之詩也。』」孟子曰:「何以言之?」曰:「怨」。曰:「固哉,高叟之爲詩也!……《小弁》之怨,親親也,親親,仁也。固矣,高叟之爲詩也!」〔註29〕

又云:

> (公孫丑)曰:「《凱風》何以不怨?」(孟子)曰:「《凱風》,親之過小者也;《小弁》,親之過大者也。親之過大而不怨,是疏遠也;親之過小而怨,是不可磯也。」〔註30〕

孟子認爲,親有大過時之「怨」是「親親」,是仁的體現;親有大過而不怨反而是疏遠的表現。洪氏以《小弁》之怨定性屈原怨君的思想,認爲楚王有大過,「朱紫相亂,國將傾危也。夫君不思慮,則忠臣被誅;忠臣被誅,則風俗怨而生逆暴。故民心不可不熟察之也」,〔註31〕屈原之怨君是「親親」即親愛楚王、忠君的表現;如果此時屈原不怨,反而表示屈原對君王的疏遠。在此,洪氏通過「《小弁》之怨」以確立屈原之怨君的合理性與合法性,將屈原怨君視爲忠君的範疇。其實,持「忠而不怨」說的晁補之在《離騷新序》中亦已用「《北門》之志」、「《小弁》之怨」來解說《離騷》,〔註32〕不過,晁氏是以此來論述《離騷》對《詩經》怨刺功能的繼承。洪興祖與晁補之、朱熹三人都高度褒揚屈原的忠君思想,洪氏與晁氏的不同在於:前者是以「《小弁》

〔註27〕洪興祖《楚辭補注》,中華書局,1983年,第50頁。

〔註28〕洪興祖《楚辭補注》,中華書局,1983年,第14頁。

〔註29〕朱熹《四書章句集注》,中華書局,1983年,第337頁。

〔註30〕朱熹《四書章句集注》,中華書局,1983年,第339頁。

〔註31〕洪興祖《楚辭補注》,中華書局,1983年,第14頁。

〔註32〕晁補之《離騷新序》上,《雞肋集》卷三六,文淵閣四庫全書本,臺灣商務印書館,1986年。

之怨」來證明屈原的怨君思想實際上是忠君，後者則以之證明屈原怨憤情緒實爲怨刺；洪氏與朱氏的區別在於：前者是在肯定屈原的自沈行爲與怨君思想的範圍內讚頌屈原之「忠」，後者則是在否認屈原有怨君思想與否定屈原自沈行爲的前提下褒揚屈原之「忠」。不過，不論他們對屈原的怨君思想是承認還是否認，即便他們承認並肯定屈原之怨君，他們都不會將屈原的怨君視作一種反抗精神而加以肯定，這是由宋代高度中央集權的政治背景以及儒學主導的文化背景所決定。

　　與洪興祖將屈原怨君思想解讀爲帶有怨刺目的的「親親」之怨不同，辛棄疾等人繼承、發展了司馬遷「忠而被謗，信而見疑，能無怨乎」的觀點，從屈原竭忠事君卻遭讒被疏的政治厄運來說明怨君思想的合理性，進而提出「交疏怨極」說。辛棄疾《喜遷鶯·晉臣賦芙蓉詞見壽用韻爲謝》詞曰：

> 暑風涼月，愛亭亭無數，綠衣持節。掩冉如羞，參差似妒，擁如芙渠花發。步襯潘娘堪恨，貌比六郎誰潔？添白鷺，晚晴時公子，佳人並列。　　休說，蹇木末。當日靈均，恨與君王別。心阻媒勞，交疏怨極，恩不甚兮輕絕。千古《離騷》文字，芳至今猶未歇。都休問；但千杯快飲，露荷翻葉。〔註33〕

該詞作於辛棄疾因受讒被罷退居瓢泉之時，上闋描寫荷花的美麗高潔，高高低低彷彿互相爭鬥；下闋懷想當年屈原遭放逐，「交疏怨極」，則感歎君恩輕絕，寄寓詞人對朝廷的不滿。下闋中「交疏怨極，恩不甚兮輕絕」由屈原《九歌·湘君》：「恩不甚兮輕絕」、「交不忠兮怨長」二句化出。辛棄疾對屈原之「怨」的解讀是直指「怨君」，「交疏」自然「怨極」，怨恨君恩不甚而輕絕。這裏所理解的屈原之「忠」不再是毫無條件的奴僕般地忠君，既不是朱熹等理學家所謂的忠而不怨，亦不是洪興祖所解釋的怨刺君王，「交疏怨極」之「怨」就是怨恨君王之意。就「怨」的內涵而言，辛棄疾的解讀與班固「責數懷王，怨惡椒蘭」類似。然而與班固由此而生的貶斥截然不同，辛棄疾正面肯定且十分認同屈原的怨君思想，這種價值判定的基礎是屈原無可置疑的忠君之心。辛棄疾對屈原是非常仰慕的，據鄧瑩輝對辛詞所作的粗略統計〔註34〕，在六百多首詞稼軒詞中，有大約五十首作品或歌頌屈原忠貞不渝的精神，或

〔註33〕本文所引宋詞皆引自唐圭璋《全宋詞》，中華書局，2009。
〔註34〕鄧瑩輝《屈原、辛棄疾作品心理特徵的對比分析》，載《荊州師範學院學報》（社會科學版），2000.3。

同情其忠而被放的不幸遭遇，或借用楚辭意象，或運用騷體形式和詞彙，足
見屈原對稼軒其人其作的深遠影響。辛棄疾對屈原的自覺接受與其自身的忠
憤有關，同樣是一片赤誠盡忠之心卻不見省，捨身報國卻慘遭貶謫，辛詞中
流露出與屈原一樣的怨君思想，如同司馬遷因李陵之禍而發憤著《史記》故
而深深理解屈原之「怨」。辛棄疾對於南宋最高統治者，是有一定的怨恨情緒，
例如在《摸魚兒・淳熙己亥，自湖北漕移湖南，同官王正之置酒小山亭，爲
賦》一詞的下闋中云：「長門事，準擬佳期又誤。蛾眉曾有人妒。千金縱買相
如賦，脈脈此情誰訴？君莫舞。君不見、玉環飛燕皆塵土。閒愁最苦。休去
倚危欄，斜陽正在，煙柳斷腸處。」據羅大經《鶴林玉露》說，該詞「詞意
殊怨。『斜陽煙柳』之句其與『未須愁日暮，天際乍輕陰』者異矣。使在漢唐
時，寧不賈種豆種桃之禍哉。愚聞壽皇見此詞頗不悅，然終不加罪，可謂盛
德哉。」〔註35〕羅氏認爲辛棄疾該詞是明顯的怨君，若在漢唐時埋應論罪，
孝宗皇帝雖對此不悅，卻寬厚仁德而不加罪。看來，辛氏怨君之意上下昭然。
同時，稼軒之「忠」亦溢於言表，年輕時突破重重險阻，率眾南渡歸順南宋
朝廷，盡忠報國，詞作中頻頻有爲忠心事君的表白，「了卻君王天下事，贏得
生前身後名」（《破陣子・爲陳同甫賦壯詞以寄之》）；「萬里功名莫放休，君王
三百州」（《破陣子・爲范南伯壽時南伯爲張南軒拜宰盧溪南伯遲遲未行因作
此以勉之》）辛氏的忠君是與抗金聯繫在一起，他渴望能得到皇帝重用，爲君
王驅逐金寇，建立一番功業。辛氏的「交疏怨極」說仍然限于忠君的範疇，
但較之前人格外突出了怨君思想。易重廉《中國楚辭學史》說，「由於辛氏在
南宋此壇上領袖群倫的地位，『交疏怨極』說出，屬而和者不絕」〔註36〕，如
劉辰翁等人。南宋後期趙汝讜《屈原祠》一詩云：

　　　　忠深獨逢尤，怨極翻作歌。豈云嗜好異，奪此芳潔何。郢都值
　　末造，聽惑賢佞訛。令尹尊國事，君王信秦和。内思謀諫盡，旁困
　　讒嫉多。秉道身必斥，徇時則同波。我生帝降直，臣節安敢頗。痛
　　心易激烈，危步難逶迤。忍觀宗緒墜，去復念本柯。採藻或潤濱，
　　茹芝亦岩阿。下將從彭咸，終已投汨羅。湘水碧湛湛，湘山鬱峨峨。
　　昔存懷沙恨，今見垂綸過。仲夏草樹蕃，初葦粲蓮荷。禪棲寄幽祀，
　　羈思發長哦。風雅尚遺音，景宋寐殊科。遠遊一感歎，白首留江沱。

〔註35〕羅大經《鶴林玉露》卷三，中華書局，1983 年，第 73 頁。
〔註36〕易重廉《中國楚辭學史》，湖南出版社，1991 年，第 327 頁。

趙氏爲宋太祖八世孫，雖其時已非特權階層，幾與布衣無異，但仍懷屈原一般同姓之忠。該詩一開始即點明屈原由忠而怨的思想，「忠深獨逢尤，怨極翻作歌」，清晰可見辛棄疾「交疏怨極」說的影響。全詩敘述在楚國末世時屈原孤身主戰、無奈君王聽信秦和疏放忠臣的際遇，抒寫了屈原被疏之後「忍觀宗緒墜」的痛心。顯然，趙氏既是在緬懷屈原，也是在宣洩個人的家國之痛。自「靖康之變」、二聖被擄之後，北方淪陷於金人之手，南宋朝廷便偏安一隅、苟且偷安；朝中姦佞當道，結黨營私、排斥忠良；國家經濟凋敝、民不聊生；對外軍事節節敗退、政權搖搖欲墜。面對這樣的政治環境，南宋志士們難免有跟屈原類似的怨君思想，基於他們深厚的愛國情懷與悲憤之情，他們對屈原之「怨」有了新的理解。自班固開始，對屈原之「怨」的解讀一般是「怨懟」、「怨慕」、「怨恨」，南宋士人們則進一步將「怨」發展爲「憤」，並在忠君思想的範疇內加以肯定，從而形成「忠憤」一說。這是宋人對屈原忠君思想的新發展，集中體現於南宋詩詞形式的屈原批評中。如張孝祥《水調歌頭・泛湘江》詞曰：「製荷衣，紉蘭佩，把瓊芳，湘妃起舞一笑，撫瑟奏清商。喚起《九歌》忠憤，拂拭三閭文字，還與日爭光。莫遣兒輩覺，此樂爲渠央。」宋孝宗乾道二年（1166年），張氏不意遭讒被貶，過湘江時懷想屈原，寫就此篇。詞中寄情山水的出世之念，其實是憤世嫉俗的一種表現，詞人借懷念、讚頌屈原之「忠憤」曲折地表達內心的怨憤。宋度宗咸淳年間進士薛嵎《清醒》詩云：「獨懷忠憤赴湘中，舉國昏昏志不同。」理學大家魏了翁《水調歌頭》云：「慨想二江遺迹，更起三閭忠憤，此日最爲宜。」理宗年間特科狀元樂雷發詩曰：「弔湘誰解薦江蘺，忠憤泠泠寫七絲。」（《聽廬山胡道士彈離騷》）樂氏堅決主張抗敵救國，後對腐朽的南宋政權絕望，最終憤然稱病回鄉，以詩詞抒發報國之志。從辛棄疾的「交疏怨極」說到趙汝譡「忠深獨逢尤，怨極翻作歌」再到「忠憤」說，南宋士人對屈原忠君思想的解讀有了根本性的發展，既不像朱熹那樣企圖通過消泯怨君思想以確保屈原忠君思想的純正性，也不像班固那樣因屈原怨懟懷王而大加指責，他們讚頌屈原的千古孤忠並深深理解屈原的怨君思想。在此，忠君與怨君並存，成爲屈原思想的兩面。雖然宋人因時代所囿而沒能像明清之際黃文煥、王夫之的等人那樣將屈原之怨君進而解讀爲屈原直斥昏君亡國、君昏臣妒，〔註37〕但這已經是屈原批評史上的一大進步。

〔註37〕見黃文煥《楚辭聽直》之《九章・惜往日》篇，上海古籍出版社，1995年。王夫之《楚辭通釋》之《九章・懷沙》篇，上海人民出版社，1975年。

三、「主怨」說

　　我們說過，不論承不承認屈原有怨君思想，宋朝上下對屈原之「忠」是普遍認可的，但其中也有少數人像班固一樣因屈原之怨君而質疑其忠君思想。如祖無擇詩曰「賈賦有才悲鵬鳥，楚騷終古怨靈修」（《琵琶亭》）。宋儒對屈原之「怨」的指斥遠甚於班固，大儒胡安國的姪子理學家胡寅嘗論之曰：「原則偏介悻直，揭揭然眾邪之中，上忤君心，下取眾疾，昧於不可則止之道。怨刺強聒，無所容身。」〔註38〕「上忤君心，下取眾疾」的批評與班固「怨惡椒蘭，愁神苦思，強非其人，忿懟不容」〔註39〕的說法相比要嚴厲得多。費袞《梁谿漫志》云：「予謂三閭大夫以忠見放，然行吟悲懟，形於色詞，揚己露才，班固譏其怨刺。所著《離騷》皆幽憂憤歎之作，非一飯不忘君之義，蓋不可以訓也。若所謂與日月爭光者，特以褒其文詞之美耳。」〔註40〕費氏直接以屈原的憂憤否定其「一飯而不忘君」的忠心，認爲屈原人品思想並不足爲訓，後人「與日月爭光」的讚賞只是褒揚其文學才華而已。周密曰：「古之君子，交絕不出惡聲，況君臣之際乎？司馬光修《通鑑》而不取屈原《離騷》之事，正此意也。」〔註41〕認爲君子與常人斷交都不會惡語相向，更何況君臣之間，而屈原卻對君王有怨言，這就是司馬光《資治通鑑》刻意不錄屈原的原因所在。他們認爲屈原怨君是因爲被君王放逐，爲一己之得失、陞遷而怨恨，南宋著名詩人王之望說：「屈原遭讒放逐，《離騷》之詞作。其露才揚己，忿疾當世，視變風猶爲甚。夫生周楚之間，廢棄不用，君子故無憾，何怨誹之深也！」〔註42〕呂祖謙云：「屈原有愛君之心固是善，惜乎發之不正。……若後世雖有直諫者，徒多至於怨懟，皆是不曾講究『怨』之一字，但只責君不能容己，殊不知己不能容君，……多以爲君不能容臣，不知臣不能容君。君不能容臣其失固明，臣不能容君此亦害……學者欲講求事君之道，須是平時開廓，心中能容人乃可。」〔註43〕呂祖謙雖認可屈原的愛君之心，但認爲屈原怨君太過、不能容君，主張應該講求事君之道，要心胸寬闊。這

〔註38〕引自眞德秀《西山讀書記》，文淵閣四庫全書本，臺灣商務印書館，1985 年，第 361 頁。
〔註39〕引自洪興祖《楚辭補注》，中華書局，1983 年，第 49 頁。
〔註40〕費袞《梁谿漫志》卷五，上海古籍出版社，1985 年，第 57 頁。
〔註41〕周密《齊東野語》卷七，中華書局，1983 年，第 115 頁。
〔註42〕王之望《代石光錫上宰相書》，引自曾棗莊等主編《全宋文》，上海辭書出版社，第 197 冊，第 291 頁。
〔註43〕呂祖謙《麗澤論說集錄》卷七，北京圖書出版社，2003 年。

些論調凸顯屈原怨君思想並大加指責，即使沒有正面否認屈原之忠，也是認爲屈原怨君是有損其忠君思想的。

總的來說，對於屈原之忠的看法，宋人的主流意見是肯定並且大加讚賞的，其中指責屈原怨君並從而質疑屈原之忠的看法在宋代並非主流，但是其中所依據的標準卻是宋人評價屈原的一般標準。不論是指責屈原怨君，還是認爲屈原忠君思想中沒有一點怨君之念，抑或是主張屈原的怨君是委婉的怨刺，都是以理學中的君臣倫理觀來評判。宋儒在傳統儒學的基礎上進而將君臣關係納入天理的範疇，「父子君臣，天下之定理，無所逃於天地間」；「父止於慈，子止於孝，君止於仁，臣止於敬，萬物庶事莫不各有其所，得其所安，失其所則悖。」〔註44〕他們把屈原圈在理學所奉行的三綱五常標準內考量，極力把屈原怨懟所生發出來的反抗精神清洗乾淨，把屈原塑造成爲千古忠君第一人。宋人對屈原忠君思想的闡發雖本於漢人，卻遠甚於漢人。在宋代統治者和理學家們的極力推動下，屈原的忠君形象得以穩固確立，不可動搖。

第二節 「忠君愛國」說

一、「忠君愛國」說的提出與屈原愛國形象在宋代的初步確立

二十世紀四十年代初，聞一多早就指出：「屈原忠君愛國的說法，大約起於南宋的朱子。」〔註45〕至今爲止，學界一致認可屈原「忠君愛國」說的提出始於朱熹《楚辭集注》。可以說，屈原愛國形象的初步確立也是在宋代，而且主要是在南宋。《楚辭集注》中「忠君愛國」四字凡三見，一見《楚辭集注‧目錄》所附序言中：

> 竊嘗論之，原之爲人，其志行雖或過於中庸而不可以爲法，然皆出于忠君愛國之誠心。〔註46〕

二見《楚辭集注‧九歌序》中：

> 原既放逐，見而感之，……而又因彼事神之心，以寄吾忠君愛國眷戀不忘之意。……此卷諸篇皆，以事神不答而不能忘其敬愛，

〔註44〕程頤、程顥著、王孝魚點校，《二程集》，中華書局，1981年，第768頁。
〔註45〕聞一多講演、鄭臨川述，《聞一多論古典文學》，重慶出版社，1984年。該文爲聞一多1940～1941於西南聯大主講《楚辭》的整理稿。
〔註46〕朱熹《楚辭集注》，上海古籍出版社，1979年，第2頁。

比事君不合而不能忘其忠赤,尤足以見其懇切之意。〔註47〕

三見《楚辭辯證・九歌》中:

> 楚俗祠祭之歌,今不可得而聞矣。然計其間,或以陰巫下陽神,以陽主接陰鬼,則其辭之褻慢淫荒,當有不可道者。故屈原因而文之,以寄吾區區忠君愛國之意……〔註48〕

基於朱熹在宋代文化史上的地位,《楚辭集注》一出,「忠君愛國」說在南宋即引起關注。岳飛之孫岳珂《朱文公離騷經贊》即以騷體復述並讚頌朱熹的屈原研究成就,其中特別點出「忠君愛國」說:「行或過乎中庸兮,雖爲法而不可。其忠君愛國之誠兮,亦不虞乎後日之禍。」「明州淳熙四先生」之一的袁燮評述屈原曰:「王迹熄而《詩》亡。忠臣義士憂國愛君之心,切切焉無以無以自見,而發爲感激悲歎之音,若屈原之《離騷》是也。原見棄於君,棲遲山澤,而繫念不能忘,可謂忠矣。」〔註49〕其「憂國愛君」的評價與朱子「忠君愛國」說幾無二致。朱熹所提出的「忠君愛國」說包含兩個要素:一爲「忠君」,二爲「愛國」。就忠君思想而言,自然不是朱子首創,這是漢代以來批評者對屈原思想闡發的重點,漢代屈原論爭的中心也正在此。司馬遷說屈原「竭忠盡智以事其君」,王逸以「諷諫說」解釋《楚辭》,說屈原「履忠被讒」,「體忠貞之質」、「人臣之義,忠正爲高」等等,雖未採用「忠君」二字,但反覆強調「愛君」,「憂君」、「不忘君」之類,皆是確指屈原的忠君思想。故易重廉《中國楚辭學史》說,王逸「『諷諫說』的實質就是『忠君』,朱氏大大進了一步,把『愛國』的命題第一次明確地引入了《楚辭》研究。」〔註50〕很明顯,朱熹「忠君愛國」說的開拓性意義不在「忠君」說而在「愛國」說,這是在楚辭研究史上第一次明確提出屈原「愛國」的概念。

不過,跟「忠君」說一樣,朱熹的「愛國」說實際上也是有所本的。《史記・屈原賈生列傳》說屈原「雖放流,睠顧楚國,繫心懷王,不忘欲返,冀幸君之一悟,俗之一改也。其存君興國而欲反覆之」,〔註51〕其中,「睠顧楚國,繫心懷王」、「存君興國」已特別注意到屈原對楚國的深情與責任。王逸

〔註47〕 朱熹《楚辭集注》,上海古籍出版社,1979年,第29頁。
〔註48〕 朱熹《楚辭集注・楚辭辯證》,上海古籍出版社,1979年,第185頁。
〔註49〕 袁燮《絜齋集》,卷六《策問・離騷》,引自吳文治《宋詩話全編》,江蘇古籍出版社,1998年,第7362頁。
〔註50〕 易重廉《中國楚辭學史》,湖南出版社,1991年,第305頁。
〔註51〕 司馬遷《史記》,中華書局,1982年。,卷八四,第2485頁。

《章句》對《離騷》「欲從靈氛之吉占兮」與《九歌・大司命》「羌愈思兮愁人」諸句的闡釋都是強調屈原對楚國的感情。洪興祖《補注・離騷經後敘》更是明確概括：「屈原之憂，憂國也；其樂，樂天也。《離騷》二十五篇，多憂世之語。」〔註52〕前人往往強調屈原之「憂」爲「憂君」，而洪氏特別點出「憂國」與「憂世」，已顯露「愛國」說端倪。這些表述是朱熹創造性提出「忠君愛國」說的學術基礎。在《集注》文本中，朱熹對屈原愛國思想的論述除了上述三處「忠君愛國」之句外，還體現於以下三處：一爲《集注・離騷經序》：「不忍見其宗國將遂危亡，遂赴汨羅自沉而死」；〔註53〕《集注・九章序》：「九章者，屈原之所作也。屈原既放，思君念國，隨事感觸」；〔註54〕《集注・惜往日》結尾「寧溘死而流亡兮，恐禍殃之有再」句釋曰：「不死，則恐邦其淪喪，而辱爲臣僕，故曰禍殃有再，箕子之憂，蓋如此也」。〔註55〕在宋代，將屈原自沉與國家命運相連並非朱子首創，蘇軾《屈原廟賦》有言：「苟宗國之顚覆兮，吾亦獨何愛於久生」，〔註56〕點明屈原爲宗國而將個人生死置之度外，將屈原生死與楚國存亡相聯繫。但在這篇賦裏，蘇軾並沒有明確指出屈原自沉是因爲國家將亡。而在異族入侵的風雨飄搖之際，當被置於與屈原極爲相似的境遇時，南宋士人王應麟則發展了蘇軾的觀點，正式提出屈原懷沙是因爲楚國行將傾覆，「郢將爲虛，兩東門將蕪，不忍宗國之顚覆而從彭咸之所居」，〔註57〕並認爲屈原這種爲國而死的義舉和精神影響了楚國後人，「其後三戶亡秦，亦流風遺俗，有以激義慨也」。黃熙在《弔屈原》一詩中也說，「放逐臣之常，胡爲乎汨江。不先於楚死，未免作秦降。」於是，屈原的自沉便帶有殉國難的意味。陳藻的學生林希逸曾盛讚屈原愛君憂國，並以此正面反駁世人對屈原之怨的批評：

> 悲夫！原之不遇也。原，宗臣也，楚宗國也，其愛君則《鴟
> 鴞》也，其傷讒則《巷伯》也。懷《黍離》靡靡之憂，有《柏舟》
> 悄悄之念。遭詩人之所遭，懷詩人之所懷，放言遣詞，寫心寄意，
> 非惟以鳴一身之憂，亦以明宗國之恨；非惟以鳴一身之不平，亦

〔註52〕洪興祖《楚辭補注》，中華書局，1983 年，第 50 頁。
〔註53〕朱熹《楚辭集注》，上海古籍出版社，1979 年，第 2 頁。
〔註54〕朱熹《楚辭集注》，上海古籍出版社，1979 年，第 73 頁。
〔註55〕朱熹《楚辭集注》，上海古籍出版社，1979 年，第 97 頁。
〔註56〕蘇軾《蘇軾文集》，第 1 冊，中華書局，1986 年，第 2 頁。
〔註57〕王應麟《通鑑答問》卷二，文淵閣四庫全書，臺灣商務印書館，1986 年。

以明吾國之不平。荃化爲茅，則惜芳草之爲此艾也。倕繩墨以改
錯，則又不忍爲此態也。鷙鳥不群，蛾眉眾嫉，余固知謇謇之爲
害而不能捨也。故行吟非怨，而人以爲怨；被髮非狂，而人以爲
狂。出處進退，既慮以聖賢之規矩；而言語文辭，又不免後人之
指謫。悲夫！〔註58〕

林氏飽含感情地爲屈原鳴不平，並以《鴟鴞》比屈原之愛君，以《黍離》比
屈原之憂國，悲歎屈原當時之不遇、後世之不解。林氏稱屈原「其愛君則《鴟
鴞》也」，《鴟鴞》出自《詩經・豳風》，《毛詩序》解爲：「《鴟鴞》，周公救亂
也。成王未知周公之志，公乃爲詩以遺王，名之曰《鴟鴞》焉」；〔註59〕朱熹
對此作了進一步的解釋：

武王克商，使弟管叔鮮、蔡叔度監於紂子武庚之國。武王崩，
成王立，周公相之，而二叔以武庚叛。且流言於國曰：『周公將不利
於孺子。』故周公東征，二年，乃得管叔、武庚而誅之。而成王猶
未知公之意也，公乃作此詩以貽王。託爲鳥之愛巢者，呼鴟鴞而謂
之曰：『爾既取我之子矣，無更毀我室也。以我情愛之心，篤厚之意
鬻養此子，誠可爲憐憫。今既取之，其毒甚矣，況又毀我室乎！』
以比武庚既敗管、蔡，不可更毀我王室也。〔註60〕

可見，《鴟鴞》之愛君指的是周公對成王之愛，林氏將屈原之忠比作周公之忠，
給予屈原以至高的評價。相對而言，林氏此段文字更重視對屈原愛國思想的
發明，提出屈原「懷《黍離》靡靡之憂」，其作品寫心寄意，「非以鳴一身之
憂，亦以鳴宗國之恨；非以鳴一身之不平，亦以鳴吾國之不平」。《黍離》出
自《詩經・王風》，《毛詩序》曰：「《黍離》，閔宗周也。周大夫行役，至於宗
周，過故宗廟宮室，盡爲禾黍。閔周室之顛覆，彷徨不忍去，而作是詩也。」
〔註61〕《黍離》之憂是亡國之悲，林氏認爲屈原之憂是爲殘破的國家而憂，
屈作所抒發的也不是一己不遇之遺恨，而是亡國之痛。在宋代楚辭學研究視
野中，這段文字一直爲人所忽略，《楚辭學文庫・楚辭評論集覽》等楚辭學文
集均未作收錄。林氏對屈原愛國思想的認定和闡發並不亞於《集注》，朱子雖

〔註58〕林希逸《竹溪鬳齋十一稿續集》，引自吳文治《宋詩話全編》，江蘇古籍出版
　　　社，1998 年，第 8643～8645 頁。
〔註59〕孔穎達《毛詩正義》，十三經注疏本，上海古籍出版社，1997 年，第 394 頁。
〔註60〕朱熹《詩集傳》，上海古籍出版社，1958 年，第 93 頁。
〔註61〕孔穎達《毛詩正義》，十三經注疏本，上海古籍出版社，1997 年，第 330 頁。

明確提出屈原「愛國」說，卻未曾獨立而深入地闡發屈原的愛國思想。（這一點我們將在下文分析朱子「忠君愛國」說的實質時再論。）除正面地評論屈原愛國思想之外，屈原愛國形象在宋代的初步確立還在於南宋愛國士人對屈原愛國精神的自覺接受，如辛棄疾、張孝祥等人著名愛國詞人。

二、朱熹「忠君愛國」說的實質

朱熹提出了屈原「忠君愛國」說，屈原的愛國形象在宋代也得以初步確立。但是，宋代的屈原愛國形象與抗戰後、建國初所塑造的、我們今天所熟悉的屈原愛國形象並不一樣。後世屈原愛國說的立論支柱是屈原之死，屈原的自沈被視為為國殉身，其愛國主義精神由此彰顯。而朱熹等人雖將屈原自沉汨羅與楚國將亡相聯繫，但並未明確屈原是自殺殉國，宋代關於屈原自沉原因的主流看法也不在此〔註62〕。確切地說，直到明代汪瑗將《哀郢》與白起破郢相聯繫，王夫之進一步發揚此說，郭沫若進而提出殉國說〔註63〕，屈原自殺殉國的愛國形象才得以真正確立，「愛國」說才可以正式獨立出來與「忠君」說抗衡。當然，宋人的相關議論自可算是後來為國殉身說的先聲。我們再由此反觀《集注》中的「忠君愛國」說，朱熹是否是將屈原的「愛國」作為獨立於「忠君」之外的命題而與之並提？「忠君愛國」說的實質是什麼？「愛國」是否具有與「忠君」並列的同等意義，抑或「愛國」仍然被包含在「忠君」的範疇之內，又或者「愛國」高於「忠君」？我們需要具體結合《集注》文本來考察在這個問題。

上文提到，《集注》中總共三次出現了「忠君愛國」，一次在《集注》總序中，具有概括性的總論性質，並未就屈原的行為或作品作具體的發明；其它兩次都是就《九歌》而言，我們來看一下該處完整的敘述以見朱子之意：

《楚辭集注·九歌序》云：

> 原既放逐，見而感之，故頗為更定其詞，去其泰甚，而又因彼事神之心，以寄吾**忠君愛國**眷戀不忘之意。是以其言雖若不能無嫌於燕昵，而君子反有取焉。此卷諸篇皆以事神不答而不能忘其敬愛，

〔註62〕關於宋人對屈原自沉原因的分析，我們將在第三章單獨探討。

〔註63〕汪瑗《楚辭集解·哀郢》題解認為《哀郢》作於白起破郢都的襄王二十一年。，「悲故都之云亡，傷主上之敗辱，而感己去終古之所居，遭讒妒之永廢」。王夫之《楚辭通釋》認為《哀郢》主旨是「哀故都之棄捐，宗社之丘墟，人民之離散」。郭沫若《關於屈原》「他是為殉國而死，並非為失意而死。」

　　比事君不合而不能忘其忠赤，尤足以見其懇切之意。舊説失之，今
　　悉更定。〔註64〕

《楚辭辯證·九歌》曰：

　　　　楚俗祠祭之歌，今不可得而聞矣。然計其間，或以陰巫下陽神，
　　以陽主接陰鬼，則其辭之褻慢淫荒，當有不可道者。故屈原因而文
　　之，以寄吾區區忠君愛國之意，比其類，則宜爲「三頌」之屬；而
　　論其辭，則反爲《國風》再變之鄭、衛矣。及徐而深味其意，則雖
　　不得於君，而愛慕無已之心，於此爲尤切，是以君子猶有取焉。蓋
　　以君臣之義而言，則其全篇皆以事神爲比，不雜他意。〔註65〕

朱熹闡釋《九歌》的主旨是寄託「忠君愛國」之意，包含「忠君」與「愛國」
兩説，但兩段文字並沒有特別指出屈原「愛國」的體現，而一再申明其「忠
君」之大義，「此卷諸篇皆以事神不答而不能忘其敬愛，比事君不合而不能忘
其忠赤，尤足以見其懇切之意」、「雖不得於君，而愛慕無已之心，於此爲尤
切」，並認爲《九歌》言辭燕昵，其足取之處就是在於全篇皆是以事神比君臣
之義，「不雜他意」。就此兩處而言，朱熹對《九歌》主旨的發明主要是「忠
君」二字，而不論「愛國」。同時，在《九歌》及《離騷》的注釋時，朱子並
沒有比前人更加發掘屈原愛國之意，我們將《集注》與《章句》對比來看：

　　「欲從靈氛之吉占兮，心猶豫而狐疑」句（《離騷》）

　　　　王注：言己欲從靈氛勸去之占，則心中狐疑，念楚國也。〔註66〕

　　　　朱注：此句不注。〔註67〕

　　「又何懷乎故都，吾將從乎彭咸故居」句（《離騷》）

　　　　王注：言眾人無有知己，己復何爲思故鄉念楚國也。言時世人
　　君無道，不足與其行美德、施善政者，故我將自沈汨淵，從彭咸而
　　居處也。〔註68〕

　　　　朱注：故都，楚國也。言時君不足與共行，故我將自沈，以從
　　彭咸之所居也。〔註69〕

〔註64〕朱熹《楚辭集注》，上海古籍出版社，1979，第29頁。
〔註65〕朱熹《楚辭集注·楚辭辯證》，上海古籍出版社，1979年，第185頁。
〔註66〕洪興祖《楚辭補注》本，中華書局，1983年，第36頁。
〔註67〕見朱熹《楚辭集注》，上海古籍出版社，1979年，第20頁。
〔註68〕洪興祖《楚辭補注》本，中華書局，1983年，第47頁。
〔註69〕朱熹《楚辭集注》，上海古籍出版社，1979年，第26頁。

「羌愈思兮愁人」句（《大司命》）

　　王注：言己乘龍衝天，非心所樂，猶結木爲誓，長立而望，想念楚國，愁且思也。〔註70〕

　　朱注：言神既去而不留，使己延望而怨思也。〔註71〕

「駕飛龍兮北征」句（《湘君》）

　　王注：征，行也。屈原思神略畢，**意念楚國**，願駕飛龍北行，亟還歸故居也。〔註72〕

　　朱注：除文字訓詁外，未闡發大義。〔註73〕

在以上四句注釋中，王逸一再闡明屈原對楚國的思念，而朱熹絲毫未作發明。「又何懷乎故都」一句，王氏云「言時世人君無道，不足與其行美德、施善政者，故我將自沈汨淵」，朱氏則說「言時君不足與共行，故我將自沈」，相對於王注指斥君王無道，朱注所謂「不足與共行」要溫和得多，可見朱氏對屈原忠君思想純粹性的維護。除此之外，《集注》還有三次論及屈原的愛國之念，上一小節已提及，即：

　　《集注·離騷經序》：「不忍見其宗國將遂危亡，遂赴汨羅自沈而死」；

　　《集注·惜往日》：「不死，則恐邦其淪喪，而辱爲臣僕，故曰禍殃有再，箕子之憂，蓋如此也」；

　　《集注·九章序》：「九章者，屈原之所作也。屈原既放，思君念國，隨事感觸。」

其中，「思君念國」與司馬遷「存君興國」及王逸「思念其君，憂國傾危」〔註74〕並無二致，沒有單獨強調屈原的愛國思想。其它兩處將屈原自沉的原因與楚國危亡聯繫，這是屈原愛國思想的重要佐證。抗戰前後，屈原一改忠君形象而轉爲愛國形象，主要也是源自屈原爲國而死的解讀。然而，朱熹並沒有進一步論述屈原自沉的主觀動機是爲國殉身，相反，《集注》中他對屈原的自沉行爲頗有微詞，他也曾矛盾地將屈原的自沈歸於泄忿。屈原爲國而自

〔註70〕洪興祖《楚辭補注》本，中華書局，1983年，第70頁。
〔註71〕朱熹《楚辭集注》，上海古籍出版社，1979年，第39頁。
〔註72〕洪興祖《楚辭補注》本，中華書局，1983年，第60頁。
〔註73〕朱熹《楚辭集注》，上海古籍出版社，1979年，第33頁。
〔註74〕洪興祖《楚辭補注》本，中華書局，1983年，第269頁。

沈的觀點在宋代並沒有得到廣泛認同，僅僅是一家之言。《集注》正面提出了「忠君愛國」說，朱氏不僅未曾深入就屈原自沉而確立其愛國思想，而且《集注》別處亦未特別闡釋屈原對楚國的感情，而是反覆申明其忠君之心。可以說，《集注》只是將「愛國」附於「忠君」之後而提，「愛國」說本身並不具備獨立的意義，「忠君」完全涵蓋了「愛國」。「忠君愛國」說的實質仍是「忠君」。

整個封建時代，「君」與「國」是一體的，「國」是一姓之國，「君」是國的象徵和代表，二者渾然不分。所以顧炎武爲強調獨立於「忠君」之外的「愛國」，要以「天下」代替「國」這一與君權融合的概念：「保國者，其君其臣肉食者謀之；保天下者，匹夫之賤與有責焉耳矣」。〔註75〕朱熹將君臣倫理、三綱五常宣稱爲先天下而存在的天理，是不以人們意志爲轉移的絕對眞理，「宇宙之間，一理而已。天得之而爲天，地得之而爲地，而凡生於天地之間者，又各得之而爲性。其張之爲三綱，其紀之爲五常，蓋皆此理之流行，無所適而不在也」。〔註76〕「天理」就是以「三綱五常」爲核心的封建倫理，其中，「君爲臣綱」又爲「三綱五常」的核心。君權是絕對而不可侵犯的，「忠君」是不容置疑的，「君尊於上，臣恭於下，尊卑大小，截然不可犯」，〔註77〕他曾引用韓愈《羑里操》「臣罪當誅兮，天王聖明」來說明「臣子無說君父不是底道理，此便見得是君臣之義」。〔註78〕在朱子看來，以君臣大倫爲核心的儒家倫理道德決定著國家的興亡，「君臣、父子之大倫，天之經，地之義，所謂民彝也。故臣之於君，子之於父，生則敬養之，沒則哀送之，所以致其忠孝之誠者，無所不用其極，而非虛加也，以爲不如是則無以盡乎吾心云爾。」〔註79〕「民彝」一詞出於《尚書·康誥》：「天惟與我民彝大泯亂。」孔傳云：「天與我民五常，使父義、母慈、兄友、弟恭、子孝，而廢棄不行，是大滅亂天道。」〔註80〕《集注·目錄》評價屈原曰：「皆出于忠君愛國之誠心……所天者幸而聽之，則於彼此之間，天性民彝之善，豈不足以交有所發，而增

〔註75〕顧炎武著，黃汝成集釋，秦克誠點校《日知錄集釋》，卷二十三，嶽麓書社，1994 年。
〔註76〕朱在編、朱熹注《朱子大全》，卷十七，《四部備要》本，中華書局，1936 年。
〔註77〕黎靖德編，朱熹撰《朱子語類》，卷六十八，中華書局，1986 年，第 1078 頁。
〔註78〕黎靖德編，朱熹撰《朱子語類》，卷十三，中華書局，1986 年，第 233 頁。
〔註79〕朱在編、朱熹注《朱子大全》，卷七十五，《四部備要》本，中華書局，1936 年。
〔註80〕孔穎達《尚書正義》，十三經注疏本，上海古籍出版社，1997 年，第 204 頁。

夫三綱五典之重？」〔註81〕可見《集注》的首要目的是借屈原純正的忠君之心揚「天性民彝之善」、增「三綱五典之重」，這樣我們就很容易理解爲什麼朱子硬是不承認屈原有怨君思想，他更不可能像後世一樣將屈原的怨君看成是對君王的控訴，從愛國層面肯定屈原的怨君思想，朱子的「愛國」說也只能是「忠君」思想的一部分而不具備獨立的意義。

　　宋人所論的屈原忠君雖有文本根據與前人的論述基礎，但在很大程度上掩蓋了戰國時代的屈原所固有的反抗精神。當他們以儒家倫理道德中的忠君思想界定、評價屈原時，過於強化了屈原思想中的忠君因素，在某種程度上歪曲了屈原。屈原並非儒家，但經過漢宋學者文人對其的儒化，屈原的精神氣質便越來越與儒家接近。這也正是屈原「忠君愛國」說提出的一個大背景。可以說，在宋代屈原批評的範疇裏，「愛國」是作爲「忠君」的派生物而出現的。儘管「忠君愛國」說的「愛國」還是在「忠君」的範疇內，但它與司馬遷的「存君興國」已然不同。朱熹將「愛國」與「忠君」並提的意義在於在「忠君」的思想內突出「愛國」，這自然與南宋的國家境況以及朱熹的政治立場直接相關。兩宋三百年，飽受外族欺凌，當金滅北宋，國家殘破之際，嚴華夏之防、申民族大義便成爲南宋政治的重要議題，收復河山、維護國家政權的完整成爲南宋有志之士的首要目標。南宋理學家們儘管高度強調忠君的絕對性，但他們亦主張「士志於道」，胡安國、朱熹等人都是主戰派，他們像岳飛、胡銓、辛棄疾那樣具有強烈的愛國精神，反對向金國俯首稱臣，不滿統治者苟安於江南，棄半壁河山於不顧，其「忠君」與「愛國」是緊密相聯的。在這些「主戰」士人看來，抗金復國與迎回二聖就是合二而一的事，胡安國說：「當必志於恢復中原，祇奉陵寢；必志於掃平仇敵，迎復兩宮」；〔註82〕岳飛《滿江紅》感歎：「靖康恥，猶未雪；臣子恨，何時滅」，立志「待從頭收拾舊山河，朝天闕」，岳飛抗金、恢復中原是與北上迎回二聖聯結在一起的，其愛國與忠君亦不可分割地扭結在一起。朱子固然強調忠君的絕對性，但他同樣具有強烈的現實責任感，在君國與民族生死存亡的特殊時刻，他義不容辭地倡導一種捨身取義的愛國精神。他不僅忠君，也熱愛不在趙氏統治之下的另一半山河與百姓，故主張與金人死戰，圖恢復之功。所以，朱熹對屈原

〔註81〕朱熹《楚辭集注》，上海古籍出版社，1979年，第2頁。
〔註82〕胡安國《時政論》，引自曾棗莊等主編《全宋文》（第146冊），上海辭書出版社，第124頁。

思想的把握顯然注入了自己的時代精神。朱子首創「忠君愛國」說來闡釋屈原思想並立之爲典範，儘管仍然限定在「忠君」這一「天理」之內，但「愛國」與「忠君」並提本身已具有了新的意義。在異族入侵的時代背景下，「愛國」不僅與君國相連，亦與民族相連，在某種程度上已經超出了「忠君」的範疇。

第三章　屈原行爲批評──
以屈原之「死」爲中心

　　自漢代以降，對屈原之「死」問題的討論一直是屈原批評的一個重要範疇，屈原自沈這一異常的人生選擇在歷代文化語境中以不同的形式不斷被凸顯出來，成爲褒屈與抑屈各自立論的重要依據。王逸「殺身以成仁」（《楚辭章句序》）的褒揚、班固「忿懟」、「貶潔」（《離騷序》）的斥責與司馬遷「未嘗不垂涕」（《屈原賈生列傳》）的同情代表了漢人的三種不同態度，成爲後世議論屈原自沉問題的經典範式。宋人繼承了漢人對屈原之死的基本態度，但在各個層面進行了深化和發展，並形成新的評價機制。他們不滿足於僅僅對自沉的事件作簡單的是非判斷，在前人尤其是漢人的基礎上，圍繞以下問題廣泛而理性地展開思考：屈原因何而死？他爲何要選擇死，其目的何在？屈原應不應該選擇死亡？他是否有更爲合適的選擇？屈原自殺的意義又何在？

第一節　屈原自沈的原因與動機

　　關於屈原自沈的原因，漢人認爲在於屈原無法忍受當時小人親賢臣遠、是非顛倒的濁世政治，劉向言「屈原嫉暗王亂俗，汶汶嘿嘿，以是爲非，以清爲濁，不忍見於世，將自投於淵。漁父止之……遂自投汨羅之中」（《節士》）[註1]；班固說屈原「卒不見納，不忍濁世，自投汨羅」（《離騷贊序》）[註2]；王逸認爲「屈原放在草野，復作《九章》，援天引聖以自證明，終不見省。不

〔註1〕劉向《新序》卷七，叢書集成初編本，中華書局，1985年。
〔註2〕班固《離騷序》，見洪興祖《楚辭補注》，中華書局，1983年，第51頁。

忍以清白久居濁世，遂赴汨羅，自沈而死」(《離騷序》)〔註3〕；桓寬指出「夫屈原之沈淵，遭子椒之譖也」(《訟賢》)〔註4〕；應劭《風俗通義》也說「懷王佞臣上官、子蘭，斥遠忠臣，屈原作《離騷》，自投汨羅」(《六國》)〔註5〕。不論對屈原沉江的態度是褒是貶，他們都一致確認，黑暗朝政而致的遭讒被放的命運是屈原決定懷沙的客觀原因。宋人基本繼承了漢人的看法，他們像前人一樣看到混濁的楚國政治對忠臣的擠壓，認爲因讒言而致的放逐造成屈原自沈的悲劇。蘇舜欽就說：「二子逢時猶餓死，三閭遭逐便沉江」(《汨羅》)司馬光也認爲屈原之死是因爲被讒佞逼至無路而無奈自沉。其《五哀詩·序》說：「聊觀戰國以來，楚之屈原、趙之李牧、漢之晁錯、馬援、齊之斛律光，皆負不世之才，竭忠於上，然卒困於讒，不能自脫，流亡不得其所而死。」我們可以看出，司馬光將屈原與李牧、晁錯、馬援、斛律光並列，認爲他們的相同之處一在才、二在忠、三在因讒言而死的結局。我們知道，李、晁、斛律皆是被君主所殺，馬援是在僵死沙場之後被誣害，這四人的死都不是他們的自主選擇。在這裏，司馬光將屈原的死因與李牧等四人相提並論，說他們都是「不能自脫，流亡不得其所而死」。在《五哀詩·屈平》一詩中，司馬光寫道：「白玉徒爲潔，幽蘭未爲芳。窮羞事令尹，疏不怨懷王。冤骨銷寒渚，忠魂換舊鄉。空餘楚辭在，猶與日爭光」，讚美了屈原高潔好修、見疏依然忠君的政治才能與品格，也同情其銷骨寒渚、不得善終的命運，卻並未提及屈原自殺的意義。總的看來，司馬光基本是從漢人所言的政治際遇方面談論屈原之死，而不論其自沉的主觀動機，更遑論評價屈原之死的意義，我們也無從斷定他對屈原自沉的態度。費袞認爲《資治通鑒》不載屈原是因爲司馬光不認同屈原自殺的行爲，「溫公取人，必考其終始大節。屈原沈淵，蓋非聖賢之中道」，〔註6〕這種說法雖然與宋代的主流觀點相合，但畢竟只是猜測之辭。除此之外，王應麟、蘇軾等人對屈原之死的外部原因分析不再限於「遭讒見放」說，他們將屈原自沉的客觀原因與楚國即將顛覆的命運聯繫在一起，認爲屈原正是預見到了楚國未來的命運又無力改變才不得已自沉。但這種看法只是一家之言，這一點我們已在上一章中論及。總體而言，對於屈原自沈的客觀原因，宋人沒有過多地質疑漢代的說法，他們也認爲惡劣的政治環境與

〔註3〕洪興祖《楚辭補注》，中華書局，1983年，第2頁。

〔註4〕桓寬《鹽鐵論》卷五，上海人民出版社，1974年，第51頁。

〔註5〕應劭《風俗通義》卷一，叢書集成初編本，中華書局，1985年。

〔註6〕費袞《梁谿漫志》卷五，上海古籍出版社，1985年，第57頁。

屈原之死有著密切的關係，然而他們更爲關注的是：屈原主觀上爲何選擇死亡？其目的是什麼？而後藉此進行他們的價值判斷。

關於屈原自沈的動機，宋代主要有以下兩種說法：

一、「屍諫」說

持此說者將屈原自沈行爲與諫君、醒君相聯繫，認爲屈原想以死最後次勸諫楚王醒悟。如李復詩曰「欲悟君心豈愛身」（《屈原廟》）；晁補之言「而原乃以正諫不獲而捐軀」，[註7]「猶睠顧楚國，繫心懷王不忘而望其改也……其終不我還也，於是乎自沈」；[註8] 蘇軾《屈原廟賦》曰：「生既不能力爭而強諫兮，死猶冀其感發而改行」；[註9] 洪興祖對蘇軾的意思作了發揮：「生不得力爭而強諫，死猶冀其感發而改行，使後人聞其風者，雖流放廢斥，猶知愛其君，眷眷而不忘，臣子之義盡矣。」[註10] 這些論述都言及屈原的自沈與進諫楚王有關係，晁補之只是認爲「正諫不獲」導致屈原捐軀，但並沒有談及捐軀是爲了進諫。李復「欲悟君心豈愛身」中，「欲悟君心」已點明屈原不愛身的目的；蘇軾和洪興祖皆認爲屈原死時仍冀望楚王能因他的死「感發而改行」，然而他們並沒有明確認定屈原是爲了喚醒楚王才自沈，畢竟死時的某種希望與自殺動機不能一概而論。眞正提出「屍諫」一說的是南宋趙汝回《西湖重午作》一詩：「高誦招魂招屈平，只應沈恨隔浮萍。著騷直以屍爲諫，亡楚如何醉不醒。豦虎空懸殊青艾束，辟兵難望彩絲靈。憑君一激沅湘水，淨洗中原血鎧腥。」此詩慷慨高亢，在讚賞屈原「直以屍爲諫」的同時表達了對其「屍諫」無果的遺憾：屈原之死並未喚醒楚王、改變楚國的命運，而只能沈恨於浮萍；然後認爲當時人不該寄望於彩絲辟兵，而應一激沅湘水，洗淨中原血。很明顯，詩人是借招屈、傷屈來抒發內心的家國之恨。「屍諫」一詞是孔子對史魚死猶不忘進諫的忠臣的評價，《孔子家語·困誓》載曰：

> 衛遽伯玉賢而不用，彌子瑕不肖反任之。史魚驟諫而不從。史魚病將卒，命其子曰：「吾在衛朝，不能進遽伯玉退彌子瑕，是吾爲

〔註7〕晁補之《離騷新序》，《雞肋集》卷三六，文淵閣四庫全書本，臺灣商務印書館，1986年。

〔註8〕晁補之《變離騷序》，《雞肋集》卷三六，文淵閣四庫全書本，臺灣商務印書館，1986年。

〔註9〕蘇軾著、孔凡禮點校《蘇軾文集》，第1冊，中華書局，1986年，第2頁。

〔註10〕洪興祖《楚辭補注》，中華書局，1983年，第50頁。

臣不能正其君也。生不能正其君，則死無以成禮。我死，汝置屍牖
下，於我畢矣。」其子從之。靈公弔焉，其子以其父之言告公。公
愕然失容曰：「是寡人之過也。」於是命之殯於客位，進蘧伯玉而用
之，退彌子瑕而遠之。孔子聞之曰：「古人列諫者，死則已矣。未有
如史魚死而屍諫，忠感其君者也，可不謂直乎！」〔註11〕

屈原是否知曉史魚「屍諫」一事，今已不得而知。屈原《離騷》、《悲回風》
等篇多次提到「彭咸」，（《離騷》：「願依彭咸之遺則」、「吾將從彭咸之所居」）；
王逸《楚辭章句》注云：「彭咸，殷賢大夫，諫其君不聽，自投水而死」，可
見，屈原選擇以投水的方式結束生命應該是傚仿彭咸，以死諫君說有其合理
性。但這跟孔子所說的「屍諫」畢竟不同，屈原及彭咸與史魚的根本區別在
於：史魚是數諫不納，待將死之時不忘以「屍」進諫；屈原是諫而不聽，遂
自殺以「死」諫君。相比之下，屈原的行為顯得過於激烈，在倡導中庸平和
的宋儒看來往往就過猶不及了。故而，即使屈原是為諫君而自沈，其自殺的
行為未必就是忠正之舉，屈原之死還是會成為遭受宋人的詬病。

二、「泄忿」說

關於屈原自殺的內在原因，另一種更為典型說法認為屈原由於性格躁
急，被逐之後困窘失意，怨懟之情日增，忿懑之心難抑；為了排解、發泄內
心鬱積的強烈而痛苦的感情，才走上自殺的道路。也就是說，屈原所「不忍」
的是自己的情緒。這種說法源自班固「忿懟沉江」說，承接劉勰「願依彭咸
之遺則，從子胥以自適，狷狹之志也」〔註12〕的判斷，其代表人物是朱熹、
蘇轍、祝穆等人。朱熹言及屈原自沈時，說他是「後來沒出氣處，不奈何，
方投河殞命」；〔註13〕又說，「如屈子不忍其憤，懷沙赴水，此賢者之過也」。
〔註14〕我們知道，朱熹對屈原其人其文是極為褒揚的，但因為自沈的行為是
「沒出氣處」，是「不忍其憤」，自然是不足為法的。蘇轍更直言屈原沈湘是
死而後快，「惜乎屈原廉直而不知道，殉節以死然後為快，此所以未合於聖人
耳」。〔註15〕而徐積則以「褊心」界定屈原的自沈行為，「屈平自沈於江，雖

〔註11〕陳士珂輯《孔子家語疏證》卷五，叢書集成初編本，中華書局，1985年。
〔註12〕引自洪興祖《楚辭補注》，中華書局，1983年，第52頁。
〔註13〕黎靖德編，朱熹撰《朱子語類》，卷一三七，中華書局，1986年，第3210頁。
〔註14〕黎靖德編，朱熹撰《朱子語類》，卷八一，中華書局，1986年，第2101頁。
〔註15〕蘇轍《古史》卷五十三，北京圖書出版社，2003年。

曰褊心，亦可謂不幸。然聖人亦有不幸而有以處不幸，亦有不得已而有處不得已，必不至於自戕。故如屈平，孔孟不為也」。〔註16〕「褊心」一詞為心胸狹小之意，語出《詩經・魏風・葛屨》：「維是褊心，是以為刺」。儘管徐氏在此同情了屈原的不幸遭遇，但他認為屈原「褊心」，他不會像聖人一樣泰然地面對困境，於是至於「自戕」。同時，《水仙》一詩也說「屈原褊淺多尤忿，但恐有時來訴冤」，以為屈原褊淺且多忿，懷抱怨忿而死，冤魂至今不散。徐積眼中的屈原，躁急善怨，又不懂得自我排解，不能為自己找到一條可以疏解憤懣情緒的恰當途經，故而自沉於江。葛立方同樣認為仕途上的失意與狷急消極的心態，導致屈原甘心葬身於江魚之腹中，「仕不得志，狷急褊燥，甘葬江魚之腹。知命者肯如是乎？」〔註17〕關於這一點，論述得最為詳盡的應該是史堯弼：「士之懷奇報策，出而佐時，必期得君以展盡其底蘊，而上赴功名之會矣，豈意中遭憒敗而功名不克，就此固喪氣挫心而憂憤，怨刺之言所以發抒於外而不顧死亡之禍也。昔楚屈原為三閭大夫，因罹讒毀，流放江湖，乃述《離騷》，為《九歌》、《九章》，援天引聖而不見省，遂赴河而死，其亦蹈此者與。」〔註18〕史氏分析屈原當年為三閭大夫時意氣風發，期望君王識其才、盡其能，從而成就一番功名；不料遭受挫敗，從此頹喪不堪，憂憤難當，故而不顧死亡之禍而憤然赴河。趙希逢說屈原「憤抑沈身亦近狂」（《和夜讀離騷》），真德秀也認為「（屈平）然忿而沈淵，則過也。」〔註19〕胡寅更是嚴辭批評屈原的自沈行為：「原則偏介悻直，揭揭然眾邪之中，上忤君心，下取眾嫉，昧於不可則止之道；怨刺強聒無所容身，懷沙赴流，智斯下矣。」〔註20〕如果說在「屍諫說」者看來，屈原自沈是出於其政治目的，是經過清醒的思考後的理性選擇；那麼，「泄忿說」則不承認屈原自沈的背後有其政治或道德的理性因素，認為其自沈行為只是因為內心深重的痛苦不能自抑，自殺是他當時所能找到的唯一的解脫方式。按照傳統的眼光，這樣單純出於一己的情感而捨棄生命的作為，無論有多麼不得已，都不應該提倡。因此，「泄忿說」往往導致對屈原自沈行為的否定，甚至擴大、上陞到對屈原人格的指謫。

〔註16〕徐積《節孝集》卷三十一，文淵閣四庫全書本，臺灣商務印書館，1986 年。
〔註17〕葛立方《韻語陽秋》卷八，何文煥《歷代詩話》本，中華書局，1981 年，第550 頁。
〔註18〕史堯弼《蓮峰集》卷四，文淵閣四庫全書本，臺灣商務印書館，1986 年。
〔註19〕真德秀《西山讀書記》文淵閣四庫全書，臺北：臺灣商務印書館 1985 年。
〔註20〕引自真德秀《西山讀書記》，文淵閣四庫全書本，臺灣商務印書館，1985 年。

第二節 屈原自沈的價值評判

面對屈原自沈這一歷史事件，宋人的態度仍然是褒貶不一，即使他們對行為背後的原因或有一致的意見。例如「屍諫說」者有的高度褒揚其以死諫君的忠貞，有的則以為於事無補、不足為訓。那麼，宋人到底是以什麼樣的視角和標準評判屈原之死的？

關於生與死的問題，儒家一方面看重生、迴避死，孔子有言「未知生，焉知死」（《論語‧先進》）；另一方面又強調個體生命的社會價值，為了成就這種價值亦可以放棄生、走向死，「志士仁人，無求生以害仁，有殺身以成仁」（《論語‧衛靈公》），「生亦我所欲也，義亦我所欲也；二者不可得兼，舍生而取義者也」（《孟子‧告子上》）。宋人對屈原自沈的貶抑亦由此兩端而展開，或指責屈原摒棄可貴的「生」而選擇虛空的「死」，戕害了上天賦予的自然生命；或質問屈原放棄生命的做法對國家與社會的意義與價值。宋代士大夫擁有很高的政治地位，具有更深的社會責任感，他們極其重視個體生命的政治責任與道德義務，認為個人的生死選擇首先要考慮社會效果，對國家無益、對天下無補的死亡是沒有價值的，並不值得讚賞。二程弟子楊時有言：「若使死可以救世，則雖死不足恤。然豈有殺賢人君子之人？君子能使天下治，以死救天下，乃君子分上事，不足怪，然亦須死得是。孟子曰：『可以死，可以無死，死傷勇。』如必要以死任事為能外死生，是乃以死生為大事者也，未必能外死生。」〔註21〕從實際效果而言，屈原的自殺對楚國沒有任何的作用，難怪宋人認為屈原自殺只是白白犧牲了性命，如馬存《浩浩歌》曰：「屈原枉死汨羅水，夷齊空臥西山坡。丈夫犖犖不可羈，有身何用自磨滅」；張詠《弔屈原》感歎「可惜靈均好才術，一身空死亂離中」。「枉死」與「空死」直言屈原之死並無現實價值，表達了詩人的質疑與惋惜。陸游《屈平廟》詩云：「委命仇讎事可知，章華荊棘國人悲。恨公無壽如金石，不見秦嬰繫頸時。」在陸游這樣「主戰」的愛國詩人眼中，屈原的自殺行為是「委命仇讎」，讓仇者快、親者痛；而如果能保存生命堅持到最後，或許還能看到敵人的毀滅。在此，我們也看到了詩人慷慨不滅的恢復之心。

對於這種認為屈原無謂地放棄生命的批評，褒揚者以自沈「全心」說批駁了自沈不能「全身」的觀點，並從精神、道德層面上考量屈原之死的價值，

〔註21〕黃宗羲著《宋元學案‧龜山學案》，中華書局，1986，第 250 頁。

藉此否定自沈無用論。我們先來看看宋詩中的相關論述。林景熙有詩題爲《端午次韻懷古。或疑屈原、曹娥死非正命。是不知殺身成仁者也。並爲發之。》，此詩顯然是有的放矢，以「殺身成仁」駁斥「死非正命」。其詩如下：

> 葵榴入眼明，得酒慰衰齒。胡爲浪自悲，懷古淚紛委。
>
> 湘江沈忠臣，越江沈孝子。沈骨不沈名，清風兩江水。
>
> 或云非正命，是昧捨生理。歸全豈髮膚，所懼本心毀。
>
> 哭父天爲驚，憂君國將燼。於焉偷吾生，何以立戴履。
>
> 修短在百年，芳穢垂千紀。之人死猶生，滔滔眞死矣。

在此，林氏飽含深情地懷念並讚頌屈、曹二人，同時對世人的非議理性地進行批駁，其駁論分爲兩點：其一，生命是「身」與「心」的合一，生命的意義不僅在于歸全身體髮膚，更在於保全「本心」。（「歸全其髮膚，所懼本心毀。」）若是委曲求全，苟且偷生，將如何立於天地之間？（「於焉偷吾生，何以立戴履」。）止是爲了防止本性受到侵害，屈原選擇放棄肉體的生命而保全精神的生命，成就形而上的價值，所謂「殺身成仁」。其二，屈原雖自沈而死，但「沈骨不沈名」，其精神生命長存。自然生命的長短相差僅在百年之內，功名卻可以垂範千年，其死卻猶生，恰如現代詩人臧克家對魯迅的評價：「有的人死了，他還活著。」（《有的人》）對此，史彌寧《弔湘累》一詩也說：「身雖楚澤有遺恨，名與湘流無盡期」，這正暗合了文天祥的千古名句：「人生自古誰無死，留取丹青照汗青」。那麼，文天祥是如何看待屈原之死的呢？《端午》詩云：

> 五月五日午，薰風自南至。試爲問大鈞，舉杯三酹地。
>
> 田文當日生，屈原當日死。生爲薛城君，死作汨羅鬼。
>
> 高堂狐兔遊，雍門發悲涕。人命草頭露，榮華風過耳。
>
> 唯有烈士心，不隨水俱逝。至今荊楚人，江上年年祭。
>
> 不知生者榮，但知死者貴。勿謂死可憎，勿謂生可喜。
>
> 萬物皆有盡，不滅唯天理。百年如一日，一日或千歲。
>
> 秋風汾水辭，春暮蘭亭記。莫作留連悲，高歌舞槐翠。

端午日，詩人舉杯問天，思考孟嘗君與屈原二人不同的生死抉擇。在「高堂狐兔遊，雍門發悲涕」的時代，人的生命如同露水一樣脆弱易逝，富貴榮華亦短暫如風過耳。湘水埋葬了屈原的生命，卻無法埋沒他的烈士之心。至今，人們仍然年年在江上祭拜、懷念屈原，卻不再有人提起孟嘗君當年的榮耀。

由此，文天祥提出了他的生死觀：「勿謂死可憎，勿謂生可喜。萬物皆有盡，不滅唯天理」。死並不可怕，生也不值得歡喜；因爲萬物都有盡時，每一個生命都要走向死亡，而能夠超越時間，萬古不滅的只有「天理」。在宋代理學看來，「天理」是客觀存在的道德法則，即封建倫理。在此，文天祥將屈原之死上陞爲「存天理」的高度，超越了形而下的生存。這些論斷從「天理」、「本心」的層面來褒揚屈原之死的形而上的價值，帶有濃重的宋代理學的特點。朱熹有言：「欲生惡死者，雖眾人之常情，但欲惡有甚於生死者，乃秉彝義理之良心，是以欲生而不爲苟得，惡死而有所不避也。」〔註22〕朱氏之言正是林、文二人論述的理論背景。據現存的資料看，宋代對屈原自沉行爲給予最高的褒揚與最詳細的論述的當屬洪興祖，《楚辭補注》一書注重訓詁考證以補《楚辭章句》，評論之辭寥寥，但其中卻有很長一段關於屈原之死的議論：

> 或問：古人有言，殺其身有益於君則爲之。屈原雖死，何益於懷襄？曰：忠臣之用心，自盡其愛君之誠耳。死生毀譽所不顧也。故比干以諫見戮，屈原以放自沉。……《離騷》曰：「阽余身而危死兮，覽余初其猶未悔。」則原之自省處矣。

> 或曰：原用智於無道之邦，虧明哲保身之義，可乎？曰：「愚如武子，全身遠害可也。有官守言責，斯用智矣。山甫明哲，固保身之道。然不曰「夙夜匪解，以事一人」乎？……生不得力爭而強諫，死猶冀其感發而改行，使後人聞其風者，雖流放廢斥，猶知愛其君，眷眷而不忘，臣子之義盡矣。非死之爲難，處死之爲難。屈原雖死，猶不死也。……

> 余觀自古忠臣義士，慨然發憤，不顧其死，特立獨行，自信而不回者，其英烈之氣，豈與身俱亡哉！〔註23〕

「或問」以屈原之死對君王無益質疑其現實的社會價值，洪氏乃從君臣大倫立論，認爲屈原自沉是出於忠臣愛君之誠心，故能不顧生死毀譽。「或曰」批駁屈原不懂得明哲保身，洪氏則採用以經制經的方式，以「夙夜匪解，以事一人」有力地避開「既明且哲，以保其身」說。他認爲，正是因爲屈原「夙夜匪解」地一心事楚王，他才沒有選擇像甯武子一樣明哲保身，而是泰然赴死，其英烈之氣，將與世長存。很明顯，洪氏也是以精神生命超越明哲保身

〔註22〕黎靖德編，朱熹撰《朱子語類》，卷一，中華書局，1986年，第23頁。
〔註23〕洪興祖《楚辭補注‧離騷後敘》，中華書局，1983年，第50頁。

者對自然生命的執著。值得一提的是,「非死之爲難,處死之爲難」一句,發揚了蘇軾「人固有一死,處死之爲難」〔註24〕的說法。不過,蘇軾對屈原之死的態度有所保留,其言「雖不適中,要以爲賢」〔註25〕,說明他所景仰的是屈原面對死亡的態度而非自沈而亡的行爲。洪興祖則從以死盡忠的層面高度褒揚屈原自沈的行爲,以及自沈所體現的豐富的道德倫理價值。

在宋代新儒學的背景下,「中庸」被提升到前所未有的高度,若從這個視角來看待屈原之死,屈原狂狷的個性、怨刺的反抗精神尤其是最後的自沈行爲必然要受到貶斥。張九成直接指出:「聖人之道,大中至正,不在放浪高遠處,亦不在枯槁憔悴處。……凡刻意善難,憤世疾邪,沽激矜持,決去不反如屈原、申屠狄之流,皆非聖人之道也。聖王之道,不疾不徐,不激不亢,悠然自得,從容中道。」〔註26〕聖人之道就在於不偏不倚,即從容於「中正」之道,而屈原的自戕行爲是聖人所不取的。費袞《梁谿漫志》對司馬遷《資治通鑒》不載屈原的解釋是:「蓋公之意,士欲立於天下後世者,不在空言耳。如屈原以忠廢,至沈汨羅以死,……溫公之取人,必考其終始大節。屈原沈淵,豈非聖人之中道,區區絺章繪句之工亦何足筭也。」〔註27〕這雖然只是猜測之辭,卻也說明了「聖人之中道」已成爲宋代士大夫心目中爲人行事的基本準則。這樣我們也就不難理解朱熹對屈原之死所持的辯證態度,以及他對洪興祖對屈原之死的絕對褒揚所進行的批評。且看《楚辭後語・反離騷》中朱子之論:

> 嗚呼!余觀洪氏之論,其所以發屈原之心者至矣。然屈原之心,其爲忠清潔白,固無待於辯論而自顯。若其爲行之不能無過,則亦非區區辯說所能全也。故君子之於人也,取其大節之純全也,而略其細行之不能無不弊。則雖三人同行,猶必有可師者,而況如屈子,乃千載而一人哉!孔子曰:『人之過也,各於其黨,觀過,斯知仁矣。』此觀人之法也。夫屈原之忠,忠而過者也;屈原之過,過于忠者也。故論原者,論其大節,則其他可以一切置之而不問。論其細行,而必其合乎聖人之矩度,則吾固已言其不能皆合於中庸矣,尚何說哉!
> 凡洪氏所以爲辯者三:其一以爲忠臣之行,發其心之所不得已者,

〔註24〕蘇軾《蘇軾文集》,第1冊,中華書局,1986年,第2頁。
〔註25〕同上。
〔註26〕張九成《孟子傳》卷十三,上海古籍出版社,1987年。
〔註27〕費袞《梁谿漫志》卷五,上海古籍出版社,1985,第57頁。

而不暇顧世之毀譽，則幾矣。其一引仲山甫、甯武子之事，而不論
其所遭之時、所處之位有不同者，則疏矣。其一欲以原比於三仁，
則夫父師、少師者，皆以諫而見殺見囚耳，非故捐生以赴死如原之
所謂也。蓋原之所爲雖過，而其忠非世間偷生幸死者所可及。洪之
所言，雖有未至，而其正終非雄、固、之推之徒所可比，余是以取
而附之《反騷》之篇。〔註28〕

朱熹此論，一爲針對歷史以來圍繞屈原自沈行爲而進行的對屈原人格的貶
斥，一爲針對洪興祖對屈原自沈行爲的褒揚。朱熹認爲，屈原「忠清潔白」
之心無可置疑的，這一點與洪氏是一致的。二人的分歧在於對自沈行爲本身
的評價：洪氏的做法是將其一併納入「忠」的範疇加以褒揚，並以「同姓不
可去」說證明自沈行爲的合理性。而朱子則認爲要一分爲二地看待，即屈原
之心是「忠」的，其自沈行爲是「過」的。這兩個方面不能相互掩蓋，不能
因其心之「忠」而不論其行之「過」；更不能因其行之「過」掩蓋其心之「忠」。
也就是說，他並不認同洪氏以「同姓不可去」說爲有失中庸之道的自沈行爲
所作的辯解，並認爲洪氏不能將屈原之死比類於三仁之死，因爲前者是主動
捐生赴死，後者是因諫而見殺見囚。相比之下，屈原的行爲明顯是過而不當
的，其志行是「過於中庸而不可以爲法」〔註29〕的。既然如此，那麼朱熹該
如何批駁班固諸人對屈原的貶抑之辭呢？首先，他引用孔子「人之過也，各
於其黨。觀過，斯知仁矣」（《論語‧里仁》）之語作爲立論的理論基礎，提出
了極具辯證性的觀點：「夫屈原之忠，忠而過者也；屈原之過，過于忠者也」。
然後，他將屈原之「忠」定爲「大節」，將其自沈之「過」歸爲「細行」，這
就相當於哲學中的矛盾的主要方面與次要方面。朱子以爲，要正確地評價一
個人，必須抓住「大節」，也就是矛盾的主要方面，而不能糾纏於細枝末節上，
「若論其大節，則其他一切可以置之不問」，進而褒揚了屈原的高尚人格。然
而，朱熹對屈原自沈的行爲還是持明確的反對態度，他曾直言「（屈原）懷沙
赴水，此賢者之過也」，〔註30〕並認爲屈原的自沈對國家無益，「忠臣殺身，
不足以存國」。〔註31〕不過，朱熹也不是完全否定屈原之死，他認爲其「雖過，
而其忠非世間偷生幸死者所可及」，在某種程度上肯定了屈原自沈的意義。也

〔註28〕朱熹《楚辭集注》，上海古籍出版社，1979 年，第 242～243 頁。
〔註29〕朱熹《楚辭集注‧楚辭後語》，上海古籍出版社，1979 年，第 2 頁。
〔註30〕黎靖德編，朱熹撰《朱子語類》卷八一，中華書局，1986 年，第 2101 頁。
〔註31〕黃宗羲《宋元學案‧龜山學案》，中華書局，1986，第 830 頁。

可以說，朱熹並不完全否定屈原自殺的意義，但堅決不認同自沈的行爲。如果說洪興祖是以屈原之「忠」否定自沈之過，朱熹則是以屈原之「忠」包容自沈之過。而就自沈行爲本身而言，朱熹的態度有別於洪興祖，而更接近於班固等人。總之，朱熹是將自沈行爲與屈原人格分開而論的，其反對屈原之死，而肯定屈原整體的人格。這種觀點在宋代不乏相應，如王銍《向伯恭薌林詩》曰：「直契慕湘纍，論心不論迹」；王柏《三閭大夫贊》云：「懷沙哀郢成何事？日月爭光只此心。」……在儒學的標準範疇之下，屈原的自沈行爲是不可能獲得多數人的認可，而以洪興祖爲代表的褒揚者只能從君臣大義的層面讚頌屈原忠君愛國之心，高揚其道德倫理價值，但都無力正面批駁以儒家中庸之道對自沈行爲所作的貶斥。事實上，宋儒本來就很少質疑屈原的忠心，他們更爲關注的是忠臣如何事君、如何處事，故其更多議論的反而是朱熹所謂的「細行」，正如錢穆所言：「其著精神處亦在實際人事，此乃宋初學風特徵，不僅與唐人尙文學詩賦有異，小與漢人尙章句訓詁有別，從此走上了儒學正路」。〔註32〕而當宋人遭遇與屈原類似的境遇時，他們開始以自己的價值取向與時代精神重新思考：比起自殺，屈原是不有更合適的選擇？在生與死之間，應該如何抉擇？

第三節　在「去」與「隱」的視野中觀照屈原之死

自漢初賈誼開始，評屈者已經爲屈原設計了新的人生道路，《弔屈原賦》云：「所貴聖人之神德，遠濁世而自藏。使騏驥可得繫羈兮，豈云異夫犬羊！般紛紛其離此尤兮，亦夫子之辜也！瞝九州相君兮，何必懷此都也？」〔註33〕在此，賈誼並沒有正面直斥屈原之死，而是爲屈原提供了自絕之外的可能選擇：一爲隱退，「所貴聖人之神德，遠濁世而自藏」；二爲去國（去君），「瞝九州相君兮，何必懷此都也」。這兩種做法都可以從儒家經義中找到學理支持，前者即孔子所謂「用之則行，舍之則藏」（《論語·述而》）、「道不行，乘桴浮於海」（《論語·季氏》）之意，後者的典型例證則爲孔子去魯而周遊列國。聖人的言行爲後世立下垂範，當後人遭遇現實的困境而進退維谷時，「去」與「隱」則成爲可借鑒的選擇，這幾乎成爲一種行爲範式和心理模式。於是，歷代都有大量的人在跟「去」與「隱」的對比中質疑屈原的自沈選擇。也就

〔註32〕錢穆《初期宋學》，《中國學術思想史論叢》，臺灣東大圖書公司1980年，第2頁。
〔註33〕朱熹《楚辭集注》，上海古籍出版社，1979年，第157頁。

是說，人們往往不是孤立地看待屈原之死，自沈行爲總是被置於「去」與「隱」的預設視野中進行觀照。而到了宋代，不論是時代環境還是儒學本身都發生了變化，在新的歷史語境之下，宋人如何在「去」與「隱」之中看待屈原的自沉？大體而言，宋代有三種不同的觀點：或認爲屈原不能「去」，而只有一「死」；或認爲可以「去」，而不可「死」；或認爲不可「死」，亦不能「去」，但可以「隱」。現分而論之。

一、「去」與「死」的抉擇

張耒、洪興祖等人認爲，在「去」與「死」之間，因爲種種原因，屈原無法離開楚國，所以只能選擇死亡。張耒《感遇二十五首》詩曰：「懷王棄屈子，憔悴楚江湄。終然葬魚腹，終古耀文詞。千年洛陽客，作賦不無譏。謂當棄之去，覽德乃下之。君臣本大倫，當以恩義持。如皆輕合散，是與塗人夷。靈均豈願沈，深意實在茲。」對於千年以來對屈原自沉的非議，張耒以「君臣本大倫」否定了他人所謂「棄之去」的說法，主張屈原本意是不願自沈的，但因爲君臣恩義，他不能夠像普通人一樣輕易地離開楚國，故只能自沈。因爲詩歌的文體限制，張耒在此未能進行更爲細緻的討論。相比之下，洪興祖的觀點更有影響力。《楚辭補注·離騷後敘》曰：

> 或問：古人有言，殺其身有益於君則爲之。屈原雖死，何益於懷襄？曰：忠臣之用心，自盡其愛君之誠耳。死生，毀譽，所不顧也，故比干以諫見戮，屈原以放自沈。比干，紂諸父也；屈原，楚同姓也。爲人臣者，三諫不從則去之，同姓無可去之義，有死而已。《離騷》曰：「阽余身而危死兮，覽余初其猶未悔。」則原之自省處矣。

> 或曰：原用智於無道之邦，虧明哲保身之義，可乎？曰：「愚如武子，全身遠害可也。有官守言責，斯用智矣。山甫明哲，固保身之道。然不曰夙夜匪解，以事一人乎？士見危致命，況同姓，兼恩與義，而可以不死乎？且比干之死，微子之去，皆是也。屈原其不可去乎？有比干以任責，微子去之可也。楚無人焉，原去則國從而亡，故雖身被放逐，猶徘徊而不忍去。生不得力爭而強諫，死猶冀其感發而改行，使後人聞其風者，雖流放廢斥，猶知愛其君，眷眷而不忘，臣子之義盡矣。〔註34〕

〔註34〕洪興祖《楚辭補注·離騷後敘》，中華書局，1983 年，第 50 頁。

上文我們已經討論過洪氏對屈原之死的褒揚態度，現在我們要分析他具體是如何在「三諫不從則去之」的既定標準下肯定屈原之死。在此，洪氏提出屈原不去而死的原因在於：「同姓無可去之義」，並將屈原之死比類於比干之死，認爲二人皆爲君王同姓之臣，「兼恩與義」，「見危致命」，故只有一死。同時，面對三仁之一、亦爲同姓的微子去國的歷史事實，洪氏的解釋是「有比干以任責，微子去之可也」，而「楚無人焉，原去則國從而亡」，認爲微子之所以去國是因爲國內尚有比干輔政；而楚國無人，屈原便不能去。「同姓不可去」之說在宋代有一定的影響，王十朋《題屈原廟》詩曰：「眷言懷此都，不比異姓卿」；魏了翁《過屈大夫清烈廟下》詩曰：「況原同姓卿，義有不可去」，皆認同此說。然而，洪氏的論述存在漏洞：既然同姓有不可推卸的責任，微子作爲紂王的庶兄，又官居太師，怎能因爲朝堂尚有輔政之臣而放下自己的責任而遠離國家呢？洪氏的解釋顯得牽強，對此，後來朱熹就針鋒相對地提出了反對意見。

　　朱熹對屈原自沈之舉是持反對態度的，這一點我們已在上文說明。那麼，他是否認爲屈原應該去國呢？《楚辭辯證》曰：「《補注》以爲靈氛之占，勸屈原以遠去，在異姓則可，在原則不可，故以爲疑而欲再決之巫咸也。考上文但舉世俗亂，無適而可，故不能無疑於氛之言耳。同姓之說，上文初無來歷，不知洪何據而言此。亦求之太過也。」〔註35〕朱熹認爲，洪氏「同姓無可去之義」說是缺乏依據的。同時，《楚辭後語》亦批駁洪興祖將屈原之死比類於比干之死，「欲以原比於三仁，則夫父師、少師者，皆以諫而見殺見囚耳，非故捐生以赴死如原之所謂也」。〔註36〕在朱熹看來，洪興祖對於屈原自沈的種種辯解都是無力的，這也就意味著，屈原並非「無可去之義」，他是可以離開楚國的。《朱子語類》卷四十八載：

　　　　朱子曰：「只是微子是商之元子，商亡在旦暮，必著去之以存宗
　　祀……」又問：「當時若只有微子一人，當如何？」曰：「亦自著去。」

　　　　〔註37〕

與洪氏以「比干以任責」作爲微子去國的理由截然不同，朱熹主張，在不可扭轉國家滅亡的命運之時，即使沒有比干，微子也該離去，而原因恰恰就是

〔註35〕　朱熹《楚辭集注》，上海古籍出版社，1979年，第182頁。
〔註36〕　朱熹《楚辭集注》，上海古籍出版社，1979年，第210頁。
〔註37〕　黎靖德編，朱熹撰《朱子語類》，卷四八，中華書局，1986年，第1193頁。

洪氏所謂「同姓」。正是因爲微子是「商之元子」，爲了讓宗祀不絕，他理當離開。在朱熹看來，宗祀是凌駕於君國之上的，其《孟子集注》注「君有大過則諫，反覆之而不聽，則易位」一句曰：「大禍，謂足以亡國者；易位，易君之位，更立親戚之賢者。蓋與君有親親之恩，無可去之義，以宗廟爲重，不忍坐視其亡，故不得已而至於此也。」朱子以爲，「貴戚之卿」在足以亡國的大禍前若屢諫而不納，可以另立君主，目的在於保存宗廟。幾段文字聯繫起來可以看出，在朱熹看來，國重於君，宗祀則重於君、國。而像微子、屈原這樣的同姓之卿，在國家即將滅亡之際，應首存宗祀、其次存國、次之存君。這或與二帝被擄、半壁江山被占、南宋君臣偏安江南的特殊時代環境有關。儘管朱熹沒有明確指出屈原應當「去」而不當「死」，但我們可以推斷，比起自沉而死，他更贊成去國而存。

眞德秀《西山讀書記》卷十二「君臣」中，讀《孟子》「君有大過則諫，反覆之而不聽，則易位」句，引朱熹上文所錄之注語後，按：

> 易位之說，非後世所得。君有大過，惟當反覆極言，如屈平、劉嚮之爲爾，平諫懷疾聽，雖流放，流睠楚國，繫心懷王，不忘欲反，冀君一悟。其存君興國而欲反覆，一篇之中，三致意焉。至無可奈何而後已，可謂忠矣。然忿而沈淵，則過也。……必如朱子曰：『原之爲人，其志行雖或過於中庸而不可以爲法，然皆出于忠君愛國之誠心，』然後爲當。其實爾又同姓之卿，雖無可去之義，若其君有大惡而不可諫，易位之事又不得行，宗社將危豈容坐待，則微子去之亦有明義存焉。其惡雖未如紂，然非可事之君，義不當食其祿，則魯之叔肸可以爲法。〔註38〕

在此，眞德秀由朱熹《孟子集注》關於「易位」之注語聯繫屈原生平事迹，他完全贊同朱熹對屈原之忠的襃揚以及自沈則過的評價。同時，他又認可洪興祖「同姓無可去之義」的說法；但主張在君有大惡不可諫、易位不可得時，屈原應該像微子一樣去國而保宗社。眞德秀的論述融合了洪、朱二人的觀點，但就整體而言，他認爲屈原應該去國而非自絕，其看法與朱熹基本一致。

二、「隱」與「死」的抉擇

我們知道，宋人對屈原之死的批評既是在評論屈原，也是在審問自己：

〔註38〕眞德秀《西山讀書記》，文淵閣四庫全書本，臺灣商務印書館，1986 年。

在類似的政治情境中，應該如何抉擇生死？在屈原的時代，朝秦暮楚、楚才晉用是個普遍現象，屈原大可以離開楚國和楚王，之他國、覓明君，這不僅無可厚非的，而且還是明智之舉，故後人才不斷質疑屈原之死。可是，當宋代建立了高度的中央集權，對於兩宋而言，他國即夷狄，或爲金、或爲遼、或爲蒙，歷史環境的變化已不可能存有朝秦暮楚的合法空間。此時，宋人所謂的「去」是否一如賈誼所謂「瞵九州相君兮，何必懷此都也」之「去」？到底「去」之後往何方？這要分兩種情況來說，對於否定「去」者而言，「去」爲去楚國而之他國；對於以「去」反對「死」者而言，「去」則往往是籠統的「離去」、「遠去」之意。至於「去」往何方，不論是朱熹還是眞德秀，都沒有明確，更不可能提之他國、擇明君之說。其實，此時的「去」基本已等同於「退」，即離開國家政治、離君而不離國。在某種程度上，「去」與「死」的選擇已經轉換爲「退」（「隱」）還是「死」的問題。

晁補之和蘇轍都認爲屈原不當「去」，但「死」還是「隱」的問題上，二人的看法有所分歧不同。肯定屈原自沈選擇的是晁補之，《離騷新序下》云：

> 固序曰：「君子之道，窮達有命，固淵龍不見是而無悶，《關雎》哀周道而不傷。」又曰：「如《大雅》既明且哲，以保其身，斯爲貴矣。」固說誠是也。雖然，潛龍勿用，聖人之事也，非所以期於原也。……世衰，君臣道喪，去爲寇敵，而原且死憂君，斯已忠矣。〔註39〕

《續楚辭序》曰：

> 其終不我還也，於是乎自沈。與夫去君事君，朝楚而暮秦，行若犬彘者比，謂原雖與日月爭光可也，豈過乎哉！然則不獨《詩》，至原於《春秋》之微，亂臣賊子之無誅者，原力猶能愧之。而揚雄以謂何必沈江，原惟可以無死，行過乎恭。使原不得則龍蛇，雖歸潔其身，而《離騷》亦不大耀。〔註40〕

晁補之堅決反對「去」，直斥「朝楚而暮秦，行若犬彘」，並認爲屈原處於「世衰，君臣道喪」之時，去則爲寇敵，忠如屈子，勢不忍爲。然而，面對班固對屈原之死的非議，晁氏在某種程度上表示認同：「固說誠是也。雖然，潛龍

〔註39〕晁補之《離騷新序》，《雞肋集》卷三六，文淵閣四庫全書本，臺灣商務印書館，1986年。
〔註40〕晁補之《續楚辭序》，《雞肋集》卷三六，文淵閣四庫全書本，臺灣商務印書館，1986年。

勿用，聖人之事也，非所以期於原也」，只是認爲不能用聖人的標準來苛求屈原。而對於揚雄「君子得時則大行，不得時則龍蛇。遇不遇命也，何必湛身哉」〔註41〕之說，晁氏認爲屈原若是在不遇時像龍蛇一樣蟄伏起來，即使可以「歸潔其身」，《離騷》之文卻不足以耀世。儘管晁氏沒有正面否定明哲保身之說，但明確褒揚了屈原不妥協、不逃避、反抗至死的精神。

相比之下，蘇轍與葛立方的態度則顯得十分矛盾，他們時而肯定屈原之死，時而嚴辭反對。蘇轍《古史·屈原列傳》曰：

> 蘇子曰：……原，楚同姓，不忍棄其君而之四方，而誼教之以孔子、孟軻歷聘諸侯以求行道，勢必不從矣。柳下惠爲士師，三黜而不去，曰直道而事人，何往而不三黜；枉道而事人，何必去父母之邦？惜乎屈原廉直而不知道，殉節以死然後爲快，此所以未合於聖人耳，使原如柳下惠用之則行，捨之則藏，終身於楚優遊以卒歲，庶乎其志也哉？」〔註42〕

蘇轍不贊同賈誼《弔屈原賦》中「歷九州而相君」的建議，認同屈原作爲楚國同姓之臣，不忍離開楚國，勢必不能像孔子、孟子那樣周遊列國以實現政治理想。但他同時爲屈原指出了另外一條既可以堅持自己的原則又不用離開楚國遠遊四方的道路，那就是像柳下惠一樣「用之則行，捨之則藏，終身於楚優遊以卒歲」。在蘇轍看來，堅持直道事人，最後去官隱遁成爲「逸民」的柳下惠比「殉節以死然後爲快」的屈原要明智得多，並對屈原自沉予以批評。不過，在《屈原廟賦》中，蘇轍卻又對屈原不隱而死的做法表示了理解：

> ……慘然愍予之強死兮，泫然涕下而不禁。道予以登夫重丘兮，紛古人其若林。悟伯夷以太息兮，焦衍爲余而歔欷。古固有是兮，予又何怪乎當今。獨有謂予之不然兮，夫豈柳下之展禽。彼其所處之不同兮，又安可謗予。抱關而擊柝兮，余豈責以必死。宗國殞而不救兮，夫予捨是安去？……〔註43〕

對於爲何不傚仿柳下惠的批評，蘇轍筆下的屈原靈魂傲然高歌「彼其所處之不同兮，又安可謗予」、「宗國殞而不救兮，夫予捨是安去」。正是因爲二人國家形勢已然不同，屈原所面對是楚國將亡的命運，他怎能棄之不顧而飄然遠

〔註41〕揚雄著、張震澤校注《揚雄集校注》，上海古籍出版社，1993 年，第 157 頁。

〔註42〕蘇轍《古史》卷五十三，北京圖書出版社，2003 年，第 768 頁。

〔註43〕蘇轍著，陳宏天點校《蘇轍集》，中華書局，1990 年，第 21 頁。

去？《屈原廟賦》中的屈原之死，不是不知進退「死而後快」之舉，而是為了國家不顧個人生死之行。顯然，蘇轍在此對屈原自沈的選擇表示了理解。不過，《屈原廟賦》畢竟是站在屈原的立場以屈原的口吻寫就的擬騷賦，而《古史‧屈原列傳》末尾這段話則明確表明了蘇轍本人的價值判斷。綜合而論，蘇轍更為欣賞柳下惠用捨行藏的處事哲學，而不贊同屈原沈江而死的做法。

葛立方看待屈原之死的態度也比較複雜，其《韻語陽秋》中有兩段頗為詳細的論述：

> 孔子謂：「甯武子，邦有道則智，邦無道則愚。其智可及也，其愚不可及也。」所謂及者，繼也，非企及之及。謂甯武子之愚，而後人不可繼爾。居亂世而愚，則天下塗炭將孰拯？屈原事楚懷王，不得意則悲吟澤畔，卒從彭咸之居。究其初心，安知拯世之意不得伸，而至於是乎？賈生謫長沙傅，渡湘水為賦以弔之，所遭之時，雖與原不同，蓋亦原之志也。白樂天《詠史詩》，乃謂「士生一代間，誰不有浮沈。良時真可惜，亂世何足欽。乃知汨羅恨，未抵長沙深。」信如樂天言，則是以亂世為不足拯也，而可乎？〔註44〕

> 余觀漁父告屈原之語曰：「聖人不凝滯於物，而能與世推移。」又云：「眾人皆濁，何不淈其泥而揚其波；眾人皆醉，何不哺其糟而啜其醨。」此與孔子和而不同何異。使屈原能聽其書，安時處順，置得喪於度外，安知不在聖賢之域！而仕不得志，猖急褊躁，甘葬江魚之腹，知命者肯如是乎！故班固謂露才揚己，忿懟沈江。劉勰謂依彭咸之遺則者，狷狹之志也。揚雄謂遇不遇命也，何必沈身哉！孟郊云：「三黜有慍色，即非聖賢哲模。」孫邵云：「道廢固命也，何事葬江魚。」皆貶之也。〔註45〕

在第一段文字中，葛立方對班固之說的批駁比晁補之有力得多。他從文字訓詁入手，重新解讀孔子對於甯武子的評價。按照通常的理解，《論語》「甯武子，邦有道則智，邦無道則愚。其智可及也，其愚不可及也」一句中「及」被認為是「企及」之意，班固即謂「甯武保如愚之性，咸以全命避害，不受世患……斯為貴矣」，〔註46〕表示了對甯武子稱讚；而葛氏則解「及」為「繼」

〔註44〕葛立方《韻語陽秋》卷七，何文煥《歷代詩話》本，1981年，第539頁。
〔註45〕葛立方《韻語陽秋》卷八，何文煥《歷代詩話》本，1981年，第550頁。
〔註46〕班固《離騷序》，見洪興祖《楚辭補注》，中華書局，1983年，第50頁。

之意，認為孔子在此否定甯武子明哲保身之行，以為「後人不可繼爾」。「及」字究竟作何解，不是我們要探討的主題。我們所關注的是葛氏藉此所要表達的觀點，他通過此認定孔子是反對甯武子「邦無道則愚」的避世態度，進而發出「居亂世而愚，則天下塗炭將孰拯」的豪言壯語，褒揚了屈原以天下為己任的拯世之心，並反駁了白居易揚賈誼抑屈原之說。然而，在第二段文字中，當葛氏面對漁父與屈原兩種相對的人生選擇時，他毅然站在漁父「和而不同」的立場上，質問屈原為何不能「聽其書，安時處順，置得喪於度外」，並引用班固、劉勰、孟郊以及孫邵四人對屈原的貶抑之辭，葛氏對屈原自沈的反對態度可見一斑。葛氏的矛盾源於其不同的視角，前者從「拯世」的角度褒揚屈原以死任道的擔當；後者則從個人修養層面貶議其不善處窮。由此，我們也看見了葛氏力圖在險惡的仕途中安時處順的人生哲學。

宋代隱逸之風盛行，相對於屈原的執著激烈，宋人更崇尚漁父那種圓融、睿智的心理狀態，追求一種超然物外、和光同塵的處事哲學。在力求平靜而理性的宋人看來，屈原最後自沈之舉不論是出於何種原因、何種目的，都是很不明智的。因此我們不難理解，當宋人將屈原之死置於「隱」的視野下考量時，基本上都是持否定的態度。宋詩中不乏貶抑、嘲笑屈原自沈的詩句，如李覯《屈原》詩曰：「秋來張翰偶思鱸，滿箸鮮紅食有餘。何事靈均不知退，卻將閒肉付江魚。」譏諷屈原不知退，落得個葬身魚腹的下場；孔平仲雲《屈平》詩云：「進居卿相謀何拙，退臥林泉道未降。堪笑先生不知命，褊心一斥便沉江。」同樣嘲笑屈原不知進退，不明窮達有命之理，一時衝動便沈江。對比於隱者處窮通變、優遊於功名得失之外的曠達，屈原自殺的行為甚至顯得可笑。王禹偁、郭祥正等人皆明確表示願意歸隱山林，而不學屈原執著而死，王禹偁《放言》詩曰：「人生唯問道如何，得喪升沈總是虛。寧可飛鳥隨四皓，未能魚腹葬三閭。傅巖偶夢誰調鼎，彭澤高歌自荷鋤。不向世間爭窟穴，蝸牛到處是吾廬。」深受黨爭之害的郭祥正更是在多首詩裏表達了對屈原的不屑，「賈生前席竟憂死，屈原懷沙終自誅。投身及早卜幽隱，淡泊久來勝甘腴」（《遊道林寺呈遠判蔡中允昆仲用杜甫韻》）；「汲汲功名亦何益，君不見屈原言直沈湘水。韓信功高醉乘黃，犢窮山間悠然遂向桃園」（《留別宣誠李節推》）；「陳子勇於退……弗學屈大夫，含悲葬魚腹」（《陳安止遷居》）；「屈原懷沙賈誼貶，身後忠名何足觀。不如宴坐碧山裏，笑傲每攜雲月歡。」（《憶五松山》）……以上幾首詩均寫於北宋中前期，詩人基本都是以從君臣遇合、

政治浮沈窮達的角度看待屈原自沈的結局。而到了南宋，在國破家亡的命運中，若在國家存亡的視域中考察屈原之死，即使反對自沈之舉，卻也很少出現如此輕蔑的說法。關於屈原之死的評價，深深地打上了時代烙印，體現了兩宋士人的價值取向。

　　值得一提的是，這種揚「隱」抑「死」的觀點發展到極端竟變成了對屈原自沉結局的否定，將「隱」的可能選擇變成事實。有宋一代，對屈原的結局有兩種異說：一是以李壁等人為代表的「不死而隱」說，二是以張孝祥為代表的「不死而仙」說。前者見李壁《王荊公詩注》之《聞望之解舟》篇，曰：「予嘗謂屈原自投汨羅，此乃祖來傳襲之誤……且世傳原沈流殆與太白捉月無異，蓋平《懷沙》既作之後，文詞向多，豈真絕筆於此哉」？〔註47〕魏了翁、林應辰皆認同此說；〔註48〕後者見張孝祥《金沙堆有曰忠潔侯者。屈大夫也。感之賦詩》說：「……那知屈大夫，亦作土水神。……至今幾千年，玉顏凜如新。楚人殊不知，謂公果沈淪。念念作端午，兒戲公應嗔」，〔註49〕范成大亦持此說。〔註50〕上述諸說都沒有進行翔實的考據，小缺乏實證，在很人程度上只是種猜測，促發這種質疑的內在動因就在於他們認為屈原不會如此過激地選擇自殺。對此，熊良智認為：「這可以看出是宋人對漢代以來傳統認識的反思，對傳統的價值世界的質疑。而這都源於他們那個深層的時代憂慮。」〔註51〕

　　從以上三個部分的分析我們可以看出，有宋一代，對屈原之死的評價褒貶不一；就總體而言，貶抑多過於褒揚。即使像朱熹這樣高度肯定屈原其人其作的楚辭專家，仍然對其自沈行為持明確的反對態度，更遑論張九成、徐積等人。同時，因為宋人尤其是南宋士人的際遇跟屈原過於相似，所以他們更加帶著個人與時代的價值來看待屈原之死，從此反觀自己的政治生命與生

〔註47〕　王安石撰、李壁注、李之亮補箋《王荊公詩注補箋》卷二《聞望之解舟》，巴蜀書社，2002 年，第 30～31 頁。

〔註48〕　魏了翁《鶴山集》卷一〇八：「又聞李季章說屈原未嘗投水，蓋將從彭咸之所居等語，有此語而實未然也，雖新奇亦有此理」。陳振孫《直齋書錄解題》卷一五著錄《龍岡楚辭說》：「永嘉林應辰渭起撰……其退屈子不死於汨羅，比諸浮海居夷之意，其說甚新而有理。」上海古籍出版社，1987，第 436 頁。

〔註49〕　張孝祥《於湖集》卷三，文淵閣四庫全書本，臺灣商務印書館，1986 年。

〔註50〕　范成大《吳郡志》：「然獨嘗怪屈平既從彭咸，而桂從之賦猶招隱士，疑若幽隱處林薄，不死而仙。」文淵閣四庫全書本，臺灣商務印書館，1985 年，第 92 頁。

〔註51〕　熊良智《屈原身世命運的關注與宋代士大夫的人生關懷》，載《四川師範大學學報》（社會科學版），2004.5。

死抉擇，隱含現實命運的感慨。在進行價值評判時，與前人相比，宋人的態度顯得比較複雜。他們主要從儒家綱常倫理出發，將屈原之死視爲一個臣子之死。在某種程度上，問題已然變成：一個政治不遇、志不得伸的臣子是否可以自殺；一個無力挽救國家將亡命運的臣子是否可以自殺？忠臣自殺，於君、於國有何作用？一方面，宋人普遍認可屈原之忠，忠臣之死是理應得到褒揚的，宋代朝廷甚至封屈原爲「忠潔侯」、「清烈侯」以饗祭祀，端午節在宋代已經成爲屈原的專享節日。另一方面，宋代士大夫在帝師的政治理想與不斷貶謫的現實仕途中歷盡沈浮，他們普遍追求「達則兼濟天下，窮則獨善其身」的智慧；南宋的士大夫們在個人的政治生命之外更加考慮國家的命運，認爲忠臣應該存身，圖恢復之功，保存宗祀。屈原的處事哲學顯然爲他們所不認同。宋人對屈原之死所持的複雜態度，主要是基於君臣大義與中庸的行事哲學兩個不同層面的思考所致，當同時考量這兩個方面時就必然出現分歧，故而朱熹對屈原自沈持辯證的態度，蘇轍、葛立方等人的論述更顯得矛盾。從整體上看，不論其立場有何不同，宋人大都是以理性的態度來評騭屈原自沈的行爲，以他們的處事哲學來批評屈原的人生選擇。然而，屈原作爲中國文學史上的一個異數，他的人格魅力正在於其超越世俗的理想主義品格，在於其特立獨行、九死其猶未悔的精神。屈原最終的自沈行爲，既是爲了保存自己的清白之質而不受蒙昧世界的污濁，也是源自美政不行、君亡國危而導致的無望。屈原之死，既是理性的反抗，也是內心絕望之時無可奈何的選擇。人的心態是複雜而微妙的，作爲情感豐富的浪漫主義詩人，屈原在臨死之前的心態並非他人所輕易能夠斷言的，後人們理直氣壯的指責更是可笑的。畢竟每個人的選擇不同，或隱或去的人生道路或許適合眞德秀、朱熹諸人，但並不適合屈原。儘管這種主動與現實世界決裂的極端方式並不符合儒家的理想人格，亦不被世人所理解，但屈原的精神價值之所在，不正在於他蘇世獨立、執著堅持、寧爲玉碎不爲瓦全的決然麼？最後，引神宗初翰林學士鄭獬之論作結：「屈平竄而死，誼詆之曰：『何必懷此都也』，又著《鵩賦》以自開。揚子雲亦曰：『何必湛身哉？』及誼傅梁懷王，王墮馬死，誼哭泣亦死。子雲迫於莽，投之閣，此又何也？士君子介窮屈憂急之際，果難自置與？」〔註52〕在此，鄭獬並沒有像王逸、洪興祖那樣義正言辭地反駁賈誼、揚雄對

〔註52〕 鄭獬《書賈誼傳》，《鄖溪集》卷十八，文淵閣四庫全書本，臺灣商務印書館，1985 年。

屈原自沈的指責，但他卻以最大的同情理解了屈原最後的選擇。我們都能輕易地以自己的價值觀理性地臧否他人的選擇，或許，只有當自己也處於進退兩難、無可選擇的境地時，才能真正靠近汨羅江邊那個絕望的靈魂。

第四章　屈原人格批評——
以屈原之「醒」爲中心

　　對屈原之「醒」的關注是宋人熱議的新話題。「醒」是屈原精神的重要構成元素之一，與「忠」、「清」、「直」等多次見於屈騷文本的概念不同，「醒」僅僅出現於《楚辭·漁父》篇一次，該篇也就成爲後世解讀屈原之「醒」的唯一文本依據。在這篇一直被當作是屈原作品的文章中，屈子以一個憔悴枯槁的流放者形象高傲地自白：「舉世皆濁我獨清，眾人皆醉我獨醒」，體現了獨立不遷的深思高舉；而漁父則從「聖人不凝滯於物，而能與世推移」的高度表示了不以爲然。在「醒」與「醉」之間，漁父以「世人皆濁，何不淈其泥而揚其波；眾人皆醉，何不餔其糟而啜其醨」的圓融調和了二者的矛盾；屈原曰：「吾聞之，新沐者必彈冠，新浴者必振衣；安能以身之察察，受物之汶汶乎」，再三強調其涇渭分明的立場，以「寧赴湘流，葬於江魚之腹中」表明其寧爲玉碎、不爲瓦全的堅守，並最終用自絕的極端方式解決了這種矛盾。屈原之「醒」，不僅與眾人之「醉」截然不同，亦與漁父的態度兩相對立。那麼，屈原之「醒」是一種怎樣的精神品格？宋人對此又是如何看待的？

第一節　屈原之「醒」的精神內核

　　《楚辭·漁父》中，「醒」與「醉」、「清」與「濁」對舉，「醒」與「清」、「醉」與「濁」並提；「醒」的內涵既與「醉」相反，又與「清」相連。就字面而言，「醒」與「醉」分別是指意識清醒和飲酒而致的神志不清的狀態。顯然，在《漁父》的語境裏，二字的含義並非如此簡單。「眾人皆醉我獨醒」一

句，《楚辭章句》的解釋是：醉，「惑財賄也」，醒：「廉自守也」；《楚辭補注》補云：醉，「一云，巧佞也」；《楚辭集注》並無異議。也就是說，「醒」是廉正端方；「醉」是惑於財物或奸詐機巧，二者皆是就品節而言。「舉世皆濁我獨清」一句，《章句》解爲：眾貪鄙也，己忠良也；《補注》補曰：眾貪鄙也，己志潔也。「清」應爲高潔之意，《楚辭》中屢屢提及屈原的這種品格，如「伏清白以死直兮，固前聖之所厚」（《離騷》）、「寧廉潔正直以自清乎」（《卜居》）、「朕幼清以廉潔兮」（《招魂》）等。可見，「清」與「廉潔」同義，而王、洪二人皆解「醒」爲「廉自守」，也就是說，「醒」與「清」的意義是相通的。對於屈原的「醒」與「清」，漁父並而譏之爲「深思高舉」，即王逸所解「獨行忠道」，亦洪興祖補五臣所云「謂憂君與民也」。可見，「醒」與「清」都兼指屈原的道德操守及政治品格。而當屈原拒絕像漁父所建議的那樣「淈其泥而揚其波」、「餔其糟而啜其醨」，不隨俗方圓、與世沉浮，在「眾醉」之世堅持「獨醒」，「醒」另外便具有了獨立不遷的執著精神。

　　《楚辭・漁父》一文主要表現的不是屈原與眾人之間的矛盾，而是屈原與漁父兩種不同處事哲學的碰撞。因此，後人在論及屈原之「醒」時，往往都是將其與漁父的處事方式相提並論。依照王逸、洪興祖與朱熹等人的一致解釋，漁父是釣魚江濱、欣然自樂的隱士，[註1] 他的精神氣質集中體現於「滄浪之水清兮，可以濯吾纓；滄浪之水濁兮，可以濯吾足」一句，其喻義爲：昭明之世，可以修飾冠纓而出仕；昏暗之世，應該隱遁遠去。[註2] 這樣，漁父的處事哲學正與孔子所言「天下有道則見，無道則隱」（《論語・泰伯》）相合，亦類於道家任自然、輕去就的思想，這種進退自如的睿智正是屈原所缺失的。於是，漁父之「智」成爲屈原之「醒」的重要參照對象。與漁父適時疏離世俗功名的曠達相比，屈原之「醒」中所包含的「執著」元素便具體化爲對政治功名的執著不懈。概括而言，在《楚辭》文本中，屈原之「醒」除了字面上的「清醒」之義外，其精神內核應該包含政治品格的廉正、道德情操的高潔以及對世俗政治的執著這三個要素。而「漁父」這個人物形象雖與屈原相對，但他是以勸導者的身份出現，文中對二者也沒有明確的褒貶態度；他在兩次的問答以及最後鼓枻而去的「滄浪歌」中所塑造的藝術形象足以與

〔註1〕《楚辭補注・漁父》云：「漁父，避世隱身，釣魚江濱，欣然自樂時，遇屈原川澤之域，怪而問之，遂相應答。」《楚辭集注》：「漁父，蓋當時隱遁之士。」
〔註2〕洪興祖《楚辭補注》，中華書局，1983年，第181頁。

屈原的形象相抗衡。這爲後來的評論者留下了充足的空間，人們依照各自的價值取向，或褒揚屈原，或贊同漁父，各執一端。

第二節　對屈原之「醒」的體認

　　如果說宋人對屈原之「死」的看法還是延續漢代屈原批評的基本模式，那麼，他們對屈原之「醒」的關注程度絕對超越之前的任何朝代，其批評形式高度集中於宋詩之中，他們以「獨醒人」、「獨醒魂」、「獨醒士」、「獨醒翁」作爲屈原的代稱。南宋時胡銓好友曾敏行更是自號「獨醒道人」，並著《獨醒雜誌》十卷。宋人就意識、政治、道德各個視角多方面評論屈原之「醒」，並表明了各自認同或叛離的態度。

一、對屈原之「醒」的認同與讚賞

　　屈原之「醒」作爲一種豐富的精神品格，它能給深陷困境中的有志之士以精神的激勵及心靈的安撫。當宋代士大夫們在權相當道、黨爭不斷的政治漩渦中力圖潔身自好時，或在異族入侵、國將不國的亂世裏想力挽狂瀾卻徒勞無功時，有人會懷念和讚頌屈原，並給予自己堅守的勇氣。張耒《屈原》一詩將漁父與屈原對比，：「楚國茫茫盡醉人，獨醒惟有一靈均。哺糟更遣同流俗，漁父由來亦不仁。」詩中將漁父哺糟之勸視爲同流合污，並斥之爲「不仁」，由此肯定屈原在茫茫皆醉的世界裏堅持獨醒的品格。宋季文人柴元彪更是盛讚屈原「千古獨醒魂，撫掌汨羅水」。宋季另一文人薛隅《清醒》詩曰：「獨懷忠憤赴湘中，舉國昏昏志不同。漁夫笑君君亦笑，煙波相望各西東。」《漁父》篇的結尾「漁父莞爾而笑，鼓枻而去，乃歌曰：……遂去，不復與言」中，漁父以「笑」表示了對屈原的不以爲然，然後飄然遠去，留下孤獨憔悴的屈原；而薛氏則改寫了這一場景，詩中屈原也以「笑」回應漁父的「笑」，亦表明道不同不相爲謀的態度，然後二人在渺渺煙波中同時各自離開。這個「笑」一改文本中獨醒人枯槁、痛苦的形象，多了一點超然。王十朋亦將「醒」與「清」並稱，盛讚屈原清而醒的品格，「大夫楚忠臣，哀哉以讒逐。遺廟大江濆，清醒古今獨」（《十賢堂‧屈大夫》），感歎屈原不幸遭受讒佞陷害而葬身汨羅，盛讚其是古今唯一清醒之人。南宋史彌寧《弔湘累》：「身雖楚澤有遺恨，名與湘流無盡期。一笑底關漁父事，此心惟有洛陽知。」認爲屈原雖遺憾地自沈於湘流之中，他高尚的名節將永世流傳，其遠大志向也不是山野

的漁夫所能理解。這些詩都是認同屈原而不苟同於漁父的態度，且其視角皆側重於屈原之「醒」中的政治品格方面。

南宋抗金名臣李綱更是對屈原的獨醒精神推崇有加，尤其讚賞其高潔獨立的情操，其《五哀詩‧楚三閭大夫屈原》云：「……紉蘭採杜若，冠佩空自偉。舉世混濁中，誰與同樂此？忠臣會遇難，千古共一軌。人情疏鯁亮，物態便軟美。存亡反覆間，悔及良晚矣！嗟嗟屈子心，芳潔疇與比。日月可爭光，塵垢安能滓。聊從太史卜，肯逐漁父醉。甘葬魚腹中，懷沙汨羅水。千秋身後名，芬馥同茝芷。……」在此，李綱反覆讚頌屈原在舉世混濁之中紉蘭修潔的高貴品質，認為屈原正是為了固守于忠潔之心、堅持獨醒，不願追隨漁父之醉，而寧願自沉汨羅葬於江魚之腹，稱其「芳潔疇與比」、「日月可爭光」、「千秋身後名」。詩人在懷古的同時寄寓現實憂思，「忠臣會遇難，千古共一軌。人情疏鯁亮，物態便軟美。存亡反覆間，悔及良晚矣」，顯然是借古喻今，以楚比宋，心繫國家存亡。李綱一生剛直，在朝野上下一片議和之際始終堅決抗金，幾經浮沈仍不改初衷。其《自蒲圻臨湘趨岳陽道中作》一詩亦自比與屈原之「醒」：「千古靈均英爽在，固應笑我學餘醒。」李綱以屈原映照千古的獨醒之魂為楷模，但在一樣的溷濁之世，獨醒必然要遭受皆醉之眾的排擠以及全身避害者的不解，詩人的「笑」中自有一份無奈。陳著《江城子》詞曰：「年年端午又今朝。鬢蕭蕭。思搖搖。應是南風，湘浦正波濤。千古獨醒魂在否，無處問，有誰招。　　何人簾幕倚蘭皋。看飛橈。奪高標。饒把笙歌，供笑醉陶陶。孤坐小窗香一篆，弦綠綺，鼓《離騷》。」在端午節一片醉陶陶的熱鬧之中，詞人無意於「看飛橈」、「奪高標」，而是一人孤坐於小窗，遙想湘浦波濤，在《離騷》中緬懷「千古獨醒魂」，可見詞人的雅潔獨善之質。正是因為追隨屈原的獨醒，陳氏不與權臣賈似道同流，一直沈淪下僚，徒有一腔孤憤。在上述詩人看來，堅持屈原式的獨醒，儘管不能見容於眾醉的社會，但那樣高潔的人格是芸芸眾生所望塵莫及的，正如兩宋之交詩人郭印所云：「眾醉獨醒隘八表，回視俗物都茫茫」（《蘭坡》）。

二、對屈原之「醒」的排斥與否定

在宋代屈原批評視野中，像以上這樣完全肯定屈原之「醒」的文字並不多見；相反，負面的論調比比皆是，宋人往往背離屈原之「醒」而走向「醉」，並以「醉」批評、排斥屈原的獨醒。他們或質問屈原堅持獨醒究竟有何意義，

如劉克莊「拍手問湘累，獨醒欲如何」（《秋日會遠華館呈胡仲威》）；胡銓「湘累彼狷者，底事醒乃獨」（《公冶攜酒見過與者溫元素康致美賦詩投壺再用前韻》）、黃庚「此味靈均應未解，獨醒到死欲何為」（《酒趣》）；或認為「醒」不僅於事無補，只帶來滿腹愁苦，如楊億「靈均不醉真何益，千古離騷怨楚詞」（《勸石集賢飲》）、張鎡「大勝汨羅人，獨醒徒自苦」（《重午》、李處權「屈原獨醒良自苦，湘累空有些招魂」（《歲晚諸君送酒賦長歌以謝之》）、梅堯臣：「不隱徒自苦，未必止為利。胡汨妄與真，恐乖達者意。屈原吟澤畔，方悟獨醒累」（《汝州王制待以長篇勸予復飲酒因謝之》）、張栻「洛陽少年空白頭，三閭大夫浪自苦」（《五士遊嶽麓圖》）；或直言屈原獨醒是十分可笑的，如歐陽修「可笑靈均楚澤畔，離騷憔悴愁獨醒」（《啼鳥》）、范仲淹「江山多嘉客，清歌進白醪。靈均良可笑，經日著離騷。」（《新定感興》）；或明確表示絕不學屈原那樣獨醒，王炎「不肯獨醒如屈平，要於酒國立詩城。」（《和士官教送酒韻》）張耒「誰能酌玄酒，來破屈原醒。」（《從黃仲閱求友於泉》）姜特立「不作屈原醒到死，卻同李白醉登仙」（《糟蟹呈虞察院》）；或乾脆認為屈原本就應該同醉不醒，如司馬光「果使屈原知醉趣，當年不作獨醒人」（《醉》）魏了翁「要呼湘累徑同醉，毋使二子稱獨醒」（《題大安軍楊寶謨□旌忠廟》）……

在這些飲酒詩中，屈原的外在形象都是憔悴的，內在情感是愁苦的。在這樣一個流放者的獨醒中，宋代詩人們更多看到的是他對政治功名的執迷，以及由此導致的痛苦和最後的自沈。在他們看來，屈原既無力改變政治境遇，又無法自我解脫。此時，獨醒者的形象已然變為無可奈何又滿腹牢騷的逐臣形象。其實，就個人的政治際遇而言，宋代士大夫普遍經歷了與屈原類似的貶謫。由於兩宋黨爭不斷，北宋新黨與舊黨之間、南宋主和派與主戰派的黨爭使得大量的士人都遭受貶謫，宋初的王禹偁、范仲淹、歐陽修到北宋中後期的蘇軾、張耒再到南宋的辛棄疾、胡銓等人，宋代這些著名的文人幾乎無一例外地都有過貶謫的經歷。既然如此，那麼為何當宋人在貶謫的語境中考察屈原之「醒」時，竟有如此廣泛的排斥之聲？這與理學影響下的宋代士大夫的集體性格有直接的關係。《宋史·道學傳》載，宋明理學的先行者周敦頤讓受學的程頤、程顥「尋孔顏樂處，所樂何事」，「孔顏樂處」指的是孔、顏在困境中得其樂的精神，不只是一種樂以忘憂的心理狀態，更是宋人眼中理想人格的典範。其理論源自《論語》，子曰：「賢哉，回也！一簞食，一瓢

飲，在陋巷，人不堪其憂，回也不改其樂。賢哉，回也！」（《論語・雍也》）；
「飯蔬食，飲水，曲肱而枕之，樂亦在其中矣。不義而富且貴，於我如浮雲。」
（《論語・述而》。在周敦頤之前，歐陽修、司馬光、蘇軾等人就特別推崇孔、
顏安貧樂道的人格，並以此自勵；自周敦頤而後，「孔顏樂處」更是隨著理學
的產生、發展而漸漸影響了宋代士人整體的心理與性格。張九成《擬古》詩
曰：「余生本無用，頹然落澗阿。饑食山頂薇，寒編松上蘿。豈敢怨明時，貧
賤固其宜。原憲樂窮巷，屈平愁深陂。度量何相越，道在胡宿遲。屈子則已
矣，原子有餘輝。」張氏以屈原的「愁深」反襯原憲的「樂窮」，並認為屈原
已定格為歷史，原子安貧樂道的精神則影響深遠。宋人崇尚平淡沖和的人格，
追求超越現實的內心的安樂，在顯達時淡然，在窘困時安然，「不以物喜，不
以己悲」。當他們經歷與屈原類似的貶謫苦難時，沒有過多地抒發內心的焦
慮、怨憤等負面情緒，而是積極地進行自我的調試與安慰，力圖化解內心的
激憤不平，努力從精神困境中解脫出來，以獲得心理的平和與快樂。在這個
自我超越的過程中，他們又無法像聖人那樣自如，而往往需要借助酒以化解
內心的矛盾，接近「孔顏樂處」的境界。相比之下，屈原卻拒絕了漁父的哺
糟之勸，不願以酒主動化解自己的痛苦，反而堅持清醒地沉溺於自我的感傷
怨憤之中，於是由痛苦而絕望並走向死亡。

> 孔、顏：窮————————————樂處
> 屈原：窮——痛苦—醒—絕望——自沈
> 宋人：窮——痛苦—醉—解脫——樂處

如圖，在宋代士大夫看來，屈原之「醒」意味著痛苦與絕望，而飲酒而
醉則能遺忘或暫時解脫這種痛苦，「醉」是由痛苦走向樂處的媒介。在「醒」
與「醉」之間，他們接受了漁父的建議，做出了與屈原不同的選擇。與歐陽
修、蔡襄等人合稱「四諫」的余靖《端午日寄酒庶回都官》詩云：「龍舟爭快
楚江濱，弔屈誰知特愴神。家釀寄君須酩酊，古今嫌見獨醒人。」宋庠《屈
原》曰：「蜜勺窮漿薦羽卮，修門工祝儷相依。蛾眉雜沓無窮樂，澤上迷魂底
不歸？」仇遠《酒邊》：「儒官冷落似村居，蒲艾葵榴色色無。卻有一尊春釀
在，醉眠猶勝楚三閭。」陸游《醉中歌》：「吾少貧賤眞腐儒，貪食嗜味老不
除。折腰歛版日走趨，歸來聊以醉自娛。長鉼巨榼羅杯盂，不須漁翁勸三閭。」
在這些詩人看來，屈原「獨醒」的精神只剩下情感的痛苦而不得解脫，與由
酒而醉的欣然自樂形成強烈反差。

　　因爲現實的巨大阻礙及固守的艱難與痛苦，宋人部分開始背離屈原之「醒」而走向漁父之「隱」，力行用舍行藏的處事哲學。宋詩中頌「隱」非「醒」的言辭比比皆是：

　　　　梅堯臣《和楊子聰會薰尉家》：三閭不哺糟，二子自采薇。雖留
　　　　千載清，未免當時饑。吾愛曹公詩，古來不敢非。人生若朝露，捨
　　　　醉當何歸。四座驚此語，未厭翠翹飛。胡能後天地，何可恃清肥。
　　　　沉酣且長詠，白首空歔欷。

　　　　曹勛《人生不長好》：人生不長好，倏忽如蕣英。臨觴莫辭醉，
　　　　既醉莫原醒。但識醉中理，無欲醒時名。夷齊猶餓死，誰復哀屈平。
　　　　陵谷尚遷滅，況乃期促齡。已焉謝消長，得失秋毫輕。

　　　　釋圓智《漁父》：「鶴髮閒梳小棹輕，蘆花深處最怡情。自憐身
　　　　外唯煙月，肯信人間有利名。閒脫綠蓑春雨霽，醉眠深浦夕陽明。
　　　　陶陶終歲無人識，應笑三閭話獨清。」

　　　　郭祥正《淩歌臺呈同遊張兵部朱太守》：……功名來時如等閒，
　　　　四皓去矣誰復還。一朝攘臂捐太子，社稷不動安如山。可笑屈大夫，
　　　　憔悴長江濱。欲將獨醒換衆醉，竟葬江魚愁殺人。古來得失既如此，
　　　　今朝幸會青雲士。功成早晚歸桃源，回首塵寰脫雙屐。

　　　　……

這些詩歌感歎生命短暫而珍貴，不再將有限的個體生命執著於永恒的社會歷史價值，而將功名、得失視爲身外之物，在人生的喟歎中消解生命的社會價值。在他們看來，漁父的明哲保身、不爭功名的逍遙之境已然超越了屈原之「醒」的固執。這種崇尚自然，全身遠禍，逍遙於人生至境的思想，是釋道思想對儒家精神消解的結果。當宋代詩人們在現實中無法實現「齊家、治國、平天下」的外王理想時，只好把外在的事功轉化爲心靈的內在超越，在隱逸生活中體悟生命的意義。陶淵明早已爲這種安頓提供了成功的嘗試，陶淵明成爲現實的漁父，成爲宋人追慕的典範。於是，宋人的頌「隱」非「醒」也就成了頌「陶」非「屈」。蘇轍《次煙字韻答黃庭堅》曰：「病臥江干須帶酒，老撚書卷眼生煙。貧如陶令仍耽酒，窮似湘累不問天。」辛棄疾《沁園春》云：「記醉眠陶令，終全至樂；獨醒屈子，未免沈災。」李光《寄內》：「長羨籬邊元亮醉，誰憐澤畔屈原醒。」陶淵明所代表的陶然自樂、閒適自足的心境截然不同於屈原獨醒的悲憤，這種瀟灑達觀的處世態度更爲宋人所欣賞。

在此，他們用陶潛的隱逸否定了屈原對政治功名的執著之心，甚至直接用陶氏的隱逸方式為屈原的獨醒安排了出路，正所謂「若是獨醒無不可，荷蕢猶可釣而耕」（徐積《弔屈平》）。

第三節　對屈原之「醒」的重構

如上所言，宋人對屈原之「醒」的主流看法是否定的；但他們的否定只是部分否定而已。我們知道，屈原之「醒」的精神內核包括政治品格的廉正、道德情操的高潔以及對世俗政治的執著這三個層面；而宋人以「醉」抑「醒」，否定的只是屈原之「醒」中的清醒的意識，以及企圖消泯其中對政治功名的執著之心，皆沒有否定「醒」中的高潔與廉正。宋人對「醒」的否定並非對屈原之「醒」的全面背離，而是以「醉」重構了屈原之「醒」，分為兩個層次：一為身「醉」而心「醒」，以酒醉消解內心獨醒的痛苦；二為屈陶相融，既可以如陶淵明一般悠然，又像屈原一樣懷獨醒之心而不離政治。

一、身醉心醒的狀態

宋人以「醉」排斥屈原的「醒」，但詩人們反覆吟誦的「醉」已不是《楚辭》文本中的「貪鄙」之意，而只是指喝酒而醉，以及由此而致的遺忘世俗塵雜、超然自樂的心態。對於他們而言，「醉」能緩解精神上的痛苦，達到超脫或僅僅是遺忘的狀態，暫時放下他們欲離又不忍離的世俗政治。或者，當他們不得已離開之後，心裏仍念念不忘經綸天下之志，只能靠酒來麻醉痛苦。事實上，他們喝酒而醉，恰恰是因為他們與屈原一樣清醒、高潔、廉直以及執著，他們既無法更改自己內心的「獨醒」而隨俗同流，又不願意象屈原一樣憂憤枯槁，於是只能像李白一樣借酒消愁，消泯意識上的清醒，這種狀態形似「醉」實則是「醒」。正如項安世所說：「分明屈子獨醒愁，故作南華醉夢遊。豈是晉人真愛酒，渠儂心事更悲秋。」（《落帽臺》）

宋代著名的文士如歐陽修、蘇軾、陸游、辛棄疾等人皆愛酒嗜醉，以他們為中心聚集了大批的文人雅士飲酒唱和，蔚然成風。他們的「眾醉」與屈原的「獨醒」截然相對，但他們都沒有從本質上背離屈原之「醒」。慶曆五年（公元 1045 年）歐陽修因支持范仲淹革新運動而謫居滁州，其友琅琊寺住持智仙於山麓為其建造一座小亭，歐陽修名之為「醉翁亭」，自號「醉翁」，與「醉」結下了不解之緣。其《啼鳥》一詩云：「身閒酒美惜光景，唯恐鳥散花

飄零。可笑靈均楚澤畔，離騷憔悴愁獨醒。」毫不客氣地嘲笑屈原的獨醒。然而，歐陽修的「醉」始終與「醒」緊密相連。《醉翁亭記》曰：「醉能同其樂，醒能述其文」；〔註3〕同時歐陽修亦築「醒心亭」，並囑曾鞏爲作《醒心亭記》：「公之樂，吾能言之。吾君優遊而無爲於上，吾民給足而無憾於下，天下學者皆爲才且良，夷狄、鳥獸、草木之生者皆得其宜，公樂也！一山之隅、一泉之旁，豈公樂哉？乃公所以寄意於此也。」〔註4〕點出歐陽修不僅沒有醉心於酒，亦不滿足於山水之樂，他仍然清醒地繫心於百姓和朝政。同樣因爲慶曆新政被劾除名的蘇舜欽，退居蘇州建「滄浪亭」，自號「滄浪翁」，以示對漁父的追隨。楊傑《滄浪亭》詩曰：「滄浪之歌因屈平，子美爲立滄浪亭。亭中學士逐日醉，澤畔大夫千古醒。醉醒今古彼自異，蘇詩不愧《離騷》經。」蘇氏以「逐日醉」的方式背離了屈原的「千古醒」，楊氏以爲，蘇、屈二人醉醒各不相同，蘇詩卻不愧《離騷》。究其原因，就在於蘇氏雖「安於沖曠」，但「不與眾驅」（蘇舜欽《滄浪亭記》），他具有與屈原一樣的獨立不遷的高潔之質。比「醉翁亭」稍晚些的「醉眠亭」爲終身不仕的秀才李行中所建，由大文豪蘇軾命名，其名出自李白「我醉欲眠卿可去，明朝有意抱琴來」（《山中對酌》），蘇軾、蘇轍、張先、秦觀眾人皆飲酒其中。張先《醉眠亭》詩曰：「醉翁家有醉眠亭，爲愛汀堤亂草青……五柳北窗知此趣，三閭南楚漫孤醒。」李公擇《醉眠亭》一詩則云：「陶公醉眠野中石，君醉輒眠舍後亭。人知醉眠盡以酒，不知身醉心長醒。」「身醉心醒」是他們對屈原獨醒精神的重構，他們以表面上的沉醉掩蓋精神的獨醒，淡化內心的執念與苦痛，其精神內核與屈原之「醒」是一致的。陸游一生嗜酒，追求「超然醒醉間，非莊亦非狂」（《飲酒》）的境界。其《病酒新愈獨臥蘋風閣戲書》詩云：「用酒驅愁如伐國，敵雖摧破吾亦病。狂呼起舞先自困，閉戶垂帷眞廟勝。今朝屛事臥湖邊，不但心空兼耳靜。自燒沈水瀹紫筍，聊遣森嚴配堅正。追思昨日乃可笑，倚醉題詩恣豪橫。逝從屈子學獨醒，免使曹公怪中聖。」此詩作於淳熙元年夏端午節後，詩人到了知天命之年，感慨喝酒驅愁亦傷身，決定戒酒飲茶。詩中認爲光有激狂無濟於事，要沈著策劃才能取得勝利，「閉戶垂帷眞廟勝」，用的是張良「遠籌帷幄之中，決勝千里之外」幫劉邦統一天下的典故，用意頗深。

〔註3〕歐陽修《醉翁亭記》，引自曾棗莊等主編《全宋文》，上海辭書出版社，2006年，第18冊，第201頁。

〔註4〕曾鞏《醒心亭記》，引自曾棗莊等主編《全宋文》，上海辭書出版社，第17冊，第68頁。

詩人在沈靜中反省，決定「逝從屈子學獨醒，免使曹公怪中聖。」「曹公怪中聖」用典，出自《三國志・魏書》，「中聖」指好酒者而醉者。本句不僅有戒酒、保持意識清醒之意，也表示了詩人絕不同流的堅守。對於陸游而言，醒也好，醉也罷，皆出於一片赤誠之心。他喝酒爛醉，是因為報國無望、恢復不能，只能用酒驅愁；越是如此，越說明他內心的清醒與不可解脫的痛苦。陸游壯志未酬，六十五歲罷官回山陰，一直到病逝前仍念念不忘「王師北定中原日，家祭無忘告乃翁」，其執著愛國之心堪比屈子。南宋另一愛國詞人辛棄疾亦愛酒之人，據鄧廣銘《稼軒詞編年箋注》，辛詞共 629 首，其中涉酒詞凡 353 首（應酒席之歌而不涉酒、醉等字面者不計在內），占辛詞總數的 56%。
〔註5〕辛棄疾自二十二歲起兵抗金，一生未泯收復之心，滿腔熱血地上奏《美芹十論》與《九議》，卻接連三次被罷黜，迫居鄉間二十餘年。山水田園的恬靜並沒有掩蓋他的激情澎湃的報國之志，朝廷一有起用的任命，他總是毫不猶豫地欣然前往，卻又一次次地失望而歸。在理想與幻滅之間不斷的往復，他往往借酒強自寬慰，以疏導自身的憂鬱與悲憤。《西江月》一詞云：「八萬四千偈後，更誰妙語披襟。紉蘭結佩有同心。喚取詩翁來飲。鏤玉栽冰著句，高山流水知音。胸中不受一塵侵。卻怕靈均獨醒。」從表面上看，辛棄疾飲酒而醉是對屈原之「醒」的背離，但「胸中不受一塵侵」與屈子「安能以皓皓之白，而蒙世俗之塵埃乎」何異？他之所以日日飲酒，是因為「卻怕靈均獨醒」，一個「怕」字寫出了清醒時精神上難以承受的孤獨與痛苦。即使他明確表示要像漁父一樣曠達，「自古蛾眉嫉者多，須防按劍向隋和。此身更似滄浪水，聽取當年孺子歌。」（《再用韻》），卻終究無法進退自如，於是需要依賴酒，以「身醉」暫時消解「心醒」時的憤懣不平。詞人的內心一直高潔廉直如屈子，並像屈原一樣堅持修身自潔，「紉蘭結佩帶杜若」（《蘭陵王・賦》）「余既滋蘭九畹，又樹蕙之百畝，秋菊更餐英」（《水調歌頭・長恨復長恨》）「九畹芳菲蘭佩好，空谷無人，自怨蛾眉巧」（《蝶戀花》）；他的心中也一直沸騰著屈原一樣的憂憤，充滿故土難收的焦慮、理想失落的壓抑、不容於世的孤憤等強烈的情感。以上述詩人為代表的兩宋文人士大夫仍是高潔孤傲的，他們在理性上既不願意象屈原那樣獨醒至死，也做不到像漁父那樣飄然遠去，於是像李白一樣借酒消愁，感歎「醉中只恨歡娛少，無奈明朝酒醒何」（辛棄疾《鷓鴣天・鵝湖歸，病起作》）。他們根本不能真正更改對世俗政治

〔註 5〕鄧廣銘《稼軒詞編年。箋注》，上海古籍出版社，1998 年。

的執著之心，即使屢遭貶斥，退居鄉間，亦如范仲淹一般「進亦憂、退亦憂」，家國之憂總是揮之不去。趙蕃《寄李處州》詩云：「眞宜太白醉，未信屈原醒。」李白的醉是一種灑脫的精神，是一種放狂恣縱的人生態度。當他們從屈原之「醒」走向李白之「醉」，只是從意識上的清醒走向沉醉，獲得暫時的解脫，卻依然保持高潔的道德情操、廉正的政治品格以及對國家的關懷。這種重構只是改變了屈原之「醒」的表層意思，並不涉及精神內核，正所謂「靈均與太白，醒醉同所終」（崔璆《咄咄》）。只要保持內心的獨醒，便能超越於濁世，沉醉亦可清醒，范仲淹說得好，「眾人之濁我可清，千日之醉我可醒。屈原試與招魂魄，劉伶卻得聞雷霆」（《和章岷從事鬥茶歌》）。

　　當然，當宋人從屈原走向李白時，不僅僅只是以沉醉超越獨醒的憂累，他們還汲取了李白蔑視功名，笑傲王侯的思想。這時，他們對屈原之「醒」的重構深入到精神內核層面，以个屑功名置換屈原對政治的執著之心。在這方面表現尤為突出的是南宋著名的江湖詩人戴復古，其《飲中》一詩曰：「布衣个換錦宮袍，刺骨清寒氣自豪。腹有別腸能貯酒，天生左手慣持螯。蠅隨驥尾宜千里，鶴在雞群亦九皋。賢似屈不因獨醒，不禁憔悴賦《離騷》。」戴氏不滿於南宋腐敗的政治，終身个仕，以布衣終老，首聯「布衣不換錦宮袍」即表達了不屑功名的孤傲。頷聯用典，「腹有別腸」用五代人周維岳的典故，語出《資治通鑑·後晉紀》：「侍臣皆以醉去，獨維岳在。曦曰：『維岳身甚小，何飲酒之多？』左右曰：『酒有別腸，不必長大。』曦欣然，命捽維岳下殿，欲剖視其酒腸」，〔註6〕後以此指稱豪飲；「左手慣持螯」典出《世說新語》，說的是晉朝畢卓嗜酒如命，曾說：「一手持蟹螯，一手持酒杯，拍浮酒池中，便足了一生。」〔註7〕詩人在此寫出了自己縱酒狂飲的豪氣。頸聯出句諷刺庸碌無為的蠅營之輩，靠依附驥驥之尾得以顯達；對句以鶴自比，塑造了桀驁不群的形象。尾聯詩人以屈原自喻，不僅類比於屈子的獨醒，亦表示其詩也像《離騷》一般抒寫憤懣不平的情感。在這裏，戴氏將「豪飲」與「獨醒」結合起來，他狂飲而不醉，立於雞群亦聲鳴於天，卓爾不群於污濁之世。詩人借飲酒抒發了憤世嫉俗、蔑視功名的思想，以放浪形骸的方式表示自己的憤怒與不滿，如同李白「一醉累月輕王侯」（《憶舊遊寄譙郡元參軍》）。錢鍾書說戴氏「為人極謹慎，『廣座中口不談世事』，可是他的詩裏每每指斥朝政

〔註6〕司馬光《資治通鑑》，上海古籍出版社，1997年，第2653～2654頁。
〔註7〕劉義慶《世說新語》，中華書局，1991年，第133頁。

國事，而且好像並不怕出亂子得罪人。」〔註8〕可見，即使戴氏不屑於世俗功名，身處江湖之遠也不能完全超脫於國家政治。看來，宋人大多無法借酒而真正超脫，要達到孔顏樂處的境界，還需要靠屈陶重構來完成。

二、屈陶相融的境界

上一節我們說過，宋人以陶淵明的「醉」否定了屈原之「醒」。而事實上，與上述「身醉心醒」相似，宋代士人大部分無法真正放下「治國平天下」的「外王」之志，也就無法徹底背離屈原而走向陶淵明，像陶氏一樣主動隱逸於田園之間。不過，他們確實又不願意象屈原那樣獨醒於末世而不得解脫。面對這樣的矛盾，他們將屈原與陶淵明並列，由頌陶非屈的對立變成屈陶並舉的共同稱頌。在宋代視野中，屈原獨醒的執著沉鬱與淵明飲酒的淡泊陶然並非截然對立，二者並不相互排斥。屈、陶一「醒」一「醉」合併存於宋人思想中，融合而成他們理想的人格模式。那麼，屈原與陶淵明作為兩種不同的人格典範，它們各自具有豐富的內涵，宋代詩人們究竟是如何融合這兩種人格模式？屈陶相融後重構形成的新的人格模式又是怎樣的？

在宋人看來，屈原與陶淵明兩種人格本身就存在相通之處。就屈原之「醒」的精神內核而言，陶淵明與之相似的地方至少有三點：一在於高潔的道德情操，二在於政治品格的廉正，三在於獨立不遷的執著。當宋人將屈、陶並舉時，最經常就高潔的品格而言，這種議論主要體現在詠菊詩中。如董嗣杲《菊花》詩云：「籬東佳友手曾刪，莫把南山醒眼看。荒徑可供元亮採，落英惟許屈平餐。」辛棄疾《水調歌頭》（賦松菊堂）曰：「淵明最愛菊，三徑也栽松。何人收拾，千載風味此山中。手把離騷讀遍，自掃落英餐罷，樓履曉霜濃。皎皎太獨立，更插萬芙蓉。」〔註9〕李清照《多麗》（詠白菊）云：「細看取、屈平陶令，風韻正相宜。」菊花是屈原與陶淵明共同鍾愛的植物意象，並被賦予高潔不俗的象徵意義，後人在歌詠菊花時總是將屈、陶合稱。楚辭專家如晁補之、朱熹都對陶淵明極為仰慕，兼有宗屈慕陶之心。歷經黨爭之害的晁補之曾「還家，葺歸來園，自號歸來子，忘情仕進，慕陶潛為人」；〔註10〕朱熹門人說：「某聞所見，則先生每愛誦屈原《楚騷》、孔明《出師表》、淵明

〔註 8〕錢鍾書《宋詩選注》，人民文學出版社，2002 年，第 234 頁。
〔註 9〕辛棄疾撰，鄧廣銘箋注《稼軒詞編年。箋注》卷五《水調歌頭‧賦松菊堂》，中華書局，1962 年。
〔註10〕脫脫《宋史》，中華書局，1977 年。，卷四百四十四，第 2834 頁。

《歸去來》並詩、并杜子美數詩而已。」〔註11〕晁補之《重編楚辭》將陶淵明《歸去來辭》收入《變離騷》，朱熹《楚辭集注》沿用晁氏之例，將其收入《楚辭後語》，並解釋說：「陶翁之詞，晁氏以爲中和之發，於此不類，特以其爲古賦之流而取之，是也。抑以其自謂晉臣恥事二姓而言，則其意亦不爲不悲矣。序列於此，又何疑焉！」〔註12〕他們對屈、陶二人共同點的關注集中在政治品格上。王應麟亦云：「陶靖節之《讀山海經》，猶屈子之賦《遠遊》也，『精衛銜微木，將以塡滄海。刑天舞干戚，猛志故常在』，悲痛之心，可爲流涕也。」〔註13〕宋元之際姚燧云：「屈原之不忘君，其失未免怨懟激發而不平⋯⋯陶潛既仕矣，則其心爲不忘君，知其不可，以恥束帶見督郵爲目以去，正得孔子燔肉不至微罪行之遺意；又其言和平委婉，猶元酒希聲，後世雖有效而和之，終不能造其堂奧。」〔註14〕在此基礎上，飽受亡國之苦的元代人說：「靈均逆睹讒臣之喪國，淵明坐視強臣之移國，而俱莫如之何也⋯⋯將沒世而莫之知，則不得不託之空言以洩忠憤，此予所以每讀屈辭陶詩，而爲之流涕太息也。」〔註15〕然而，與元人不同，宋人多認爲陶潛雖悲憤而不露痕迹，他們都是強調陶淵明人格中沖淡平和的一面，很少涉及其金剛怒目的一面。就獨立不遷的品格而言，陶淵明《飲酒》（其九）與屈原的《漁父》如出一轍：

> 清晨聞扣門，倒裳往自開。問自爲誰歟？田父有好懷。壺觴遠見候，疑我與時乖：「襤褸茅簷下，未足爲高棲；一世皆尚同，願君汨其泥。」深感父老言，稟氣寡所諧。紆誠可學，違己詎非迷！且共歡此飲，吾駕不可回。〔註16〕

清代邱嘉穗謂「此詩可與屈子《漁父》一篇參看」；〔註17〕方東樹亦言：「此詩夾敘夾議，詫爲問答，屈了《漁父》之恉。注謂時必有人勸公出仕者，是也。」〔註18〕其實，陶淵明與屈原一樣都有過「猛志逸四海，騫翮思遠翥」

〔註11〕黎靖德編，朱熹撰《朱子語類》，卷一百七，中華書局，1986 年，第 2674 頁。
〔註12〕朱熹《楚辭集注》，上海古籍出版社，1979 年，第 9～10 頁。
〔註13〕王應麟撰、翁元圻注《困學紀聞》卷一七，商務印書館，1959 年，第 109 頁。
〔註14〕姚燧《牧庵集》卷八，文淵閣四庫全書本，臺灣商務印書館，1986 年。
〔註15〕引自吳澄《詹若麟淵明集補注序》，見陶澍《靖節先生集》卷首《諸本序錄》，四部備要本，中華書局，1936 年。
〔註16〕本文所引陶淵明詩皆引自《陶淵明集校箋》，上海古籍出版社，2007 年。
〔註17〕邱嘉穗《東山草堂文集》，齊魯書社，1997 年，第 56 頁。
〔註18〕方東樹《昭昧詹言》卷四，人民文學出版社，1961 年，第 114 頁。

（《雜詩》其五）的政治理想，但他還是斷然拒絕田父「願君汨其泥」的勸告，堅持「吾駕不可回」，正如屈原拒絕漁父「世人皆濁，何不淈其泥而揚其波」的勸說一樣。陶淵明跟屈原一樣以君子固窮的精神堅守精神家園，拒絕隨同流俗。他們的區別在於陶淵明不僅在行爲上沒有任何過激的表示，還與田父「且共歡此飲」，以共醉的方式溫和地保持獨清，收斂起怨憤與孤高；屈原卻以憤然赴死的方式堅持獨清。正如梁啓超所說：「（《飲酒》）這些話和屈原的《卜居》、《漁父》一樣心事，不過屈原的骨鯁顯在外貌，他卻藏在裏頭罷了。」〔註19〕

對於以上三個方面，在宋代屈陶相融的模式中，他們保留了屈、陶共有的高潔，不提陶的政治品格而代之以隱遁高情，不提其固守的堅持而代之以持醉的淡泊。因爲宋人著眼的是陶淵明處窮的態度，所以，陶淵明精神中所包含的「人皆盡獲宜，拙生失其方」（《雜詩》其八）的牢騷、「孟公不在茲，終以翳吾情」（《飲酒》其十六）的孤獨以及「豈忘襲輕裘，苟得非所欽」（《詠貧士》其三）的高傲都被排除在視域之外。這樣，屈原之「醒」精神內核中的高潔、廉正、執著與陶潛之「醉」中的高潔、淡泊、平和結合而成全新的「屈陶相融」的人格模式，完成了對屈原之「醒」精神內核的深層重構。「屈陶相融」的人格一如屈原與陶淵明那樣具有獨立高潔的道德情操，無論窮達陞降，皆思兼濟天下且不忘獨善其身，「既有屈子處窮持醒的苦志修身，又有淵明處窮持醉的逸情醉趣，傲骨與高情的融合，體現了宋人引陶入屈後屈陶相融的最佳之境。」〔註20〕

王安石罷相後所作《和平甫寄陳正叔》一詩云：「且同元亮傾樽酒，更與靈均續舊文。此道廢興吾命在，世間膝口任云云。」詩人在政治窘境時一面以陶淵明飲酒的方式自娛自樂，一面以「與靈均續舊文」的擬騷方式堅持絕不同流合污的政治品格，並表現出「此道廢興吾命在」的擔當。紹興和議其間，受到秦檜排斥打擊的趙鼎，頓生「平生遍插茱萸處，短夢悠悠行路難」的悲歎，卻依然堅持「擬借靈均蘭作佩，尙餘陶令堪菊餐」，（《九日晚坐獨酌一杯》）既推崇屈原佩蘭的高潔自持，又欣賞陶淵明採菊的悠然自處。李彌遜《飲酒》詩云：「淵明不止酒，屈原長獨醒。一樽有妙理，二子未忘形。車上

<hr />

〔註19〕梁啓超《陶淵明之文藝及其品格》，陳引馳《梁啓超學術論著集：文學卷》華東師範大學出版社，1998年。
〔註20〕王德華《屈騷精神在宋代的缺失與修復》，載《學術月刊》，2006.2。

無垂墜,眼中誰白青。陶然醒醉外,物外兩冥冥。」既像陶淵明一樣飲酒自樂,又能像屈原一般堅持獨醒,而後陶然於醒醉之外,獲得物我兩忘的境界,如莊周夢蝶之境。陳傑《得菊花絕黃》:「佳色足陪陶令醉,落英還慰屈原譏」,讚美菊花兼容了陶潛「採菊東籬下」的悠然醉意與屈原「夕餐秋菊之落英」的對道德修持。張九成《十二月二十四夜賦梅花》則以梅花傲寒清遠之態自喻,寫出了處窮時「苦如靈均佩蘭花,遠如元亮當醉眠」的固守與曠達。樓鑰《題桃花源王少卿占山亭》曰:「逸叟眞成陶令隱,高懷長似屈原醒。」能夠在生活中像陶淵明那樣悠然自得,在精神上又可以如屈原那樣獨醒高懷,這正是宋人所期望的生存狀態,陶潛的醉隱與屈原的獨醒有機地併合於屈陶相融的精神中。

　　屈陶相融的重構並不只是以陶淵明的樂窮置換屈原的憂累,同時也將陶的隱遁與屈的仕進這看似矛盾的兩方結合於一體。宋代崇陶者首推蘇軾,東坡一生歷盡宦海沉浮,摹寫了大量的擬陶詩追慕陶潛,亦早有歸隱的打算,因「烏臺詩案」被貶黃州時也曾明言「小舟從此逝,江海寄餘生」(《臨江仙》(夜歸臨皋)),但他始終都沒有離開仕途。王安石、歐陽修、辛棄疾等人亦是如此,當他們被貶退居時,既如陶潛般樂處,又猶存屈原之志,當朝廷一有任命,他們便欣然前往。所以,宋代雖極爲崇尚隱逸之風,但除了林逋、戴復古、郭祥正等少數隱居不仕者,宋代士大夫的主體都沒有身體力行地隱居田園並拒絕出仕,他們將屈陶相融而成居官猶隱的「吏隱」狀態。與陸游、范成大等人交好的士人陳造《次韻梁廣文重午弔古》詩曰:「古人獨醒怨不逢,時搴施薋棄蘭芷。吏隱顧竊詩酒樂,自公委蛇容食寐」,以「吏隱」之樂超越屈原「獨醒」之怨。據蔣寅的研究,「吏隱」一詞在唐初已開始使用,到了宋代,「吏隱」一詞便成爲常語,爲人所津津樂道。〔註21〕「吏隱」將仕與隱這兩種矛盾的生存方式統一起來。這與宋代的文化背景直接相關,宋代儒釋道三教合一的社會思潮使宋代士大夫的文化性格不同於前代文人,他們「對傳統的處世方式進行了整合,承擔社會責任與追求個性自由不再是互相排斥的兩級。前代文人的態度大致上可分成仕、隱二途,仕是爲了兼濟天下,隱是爲了獨善其身。這兩者是不可兼容的。宋人則不然。宋代士人都有參政的熱情,經科舉考試而入仕是多數人的人生道路。入仕之後也大多能勤於政務,

〔註21〕見蔣寅《古典詩歌中的「吏隱」》,載《蘇州大學學報》(哲學社會科學版),2004.2。

勇於言事。然而他們在積極參政的同時，仍能保持比較寧靜的心態，即使功業彪炳者也不例外。」〔註 22〕當宋人面對屈原與陶淵明這兩種人格典範時，一方面，道家任自然、輕去就的思想和佛家追求解脫的思想讓他們自覺追求一種超然曠達、隨緣自適的心態，陶淵明安貧樂道的處世方式爲宋人所崇尚；另一方面，宋代士大夫獲得了前所未有的政治地位及優厚的俸祿，宋人高漲的經世熱情和自覺的社會責任感，讓他們又不能以陶淵明隱醉的淡泊完全否定屈原之「醒」中對政治功名的執著。因此，即使宋人頻頻以「醉」排斥屈原之「醒」，他們也不可能像仕進無望的元代人那樣對屈原之「醒」的精神內核進行全方位的否定。宋代的頌陶非屈的批評本質上是屈原之「醒」與陶潛之「醉」相融的重構，屈陶相融而成的人格讓宋代士大夫在仕進的時候悠然自處，在退居的時候亦心懷蒼生社稷，在窮達得失之時皆力圖保持高潔的道德情操與廉正的政治品格。

〔註 22〕袁行霈《中國文學史》第三卷，高等教育出版社，1999 年，第 9 頁。

第五章　屈騷文體批評

第一節　屈騷的文體歸屬

　　對於屈原的作品，歷來有不同的稱謂，或稱「楚辭」、「楚詞」、「楚歌」、或稱「賦」，或稱「騷」。其中，最爲通行的名稱是「楚辭」。「楚辭」一詞最早出現於司馬遷《史記‧酷吏列傳》：「始長史朱買臣，會稽人也。讀《春秋》，莊助使人言買臣，買臣以『楚辭』與助俱興。」〔註1〕而後，劉向將屈宋等人的作品結集成書，名之「楚辭」（依王逸說）。可見，「楚辭」一詞是作爲具有楚地特色的一類作品的總稱，一開始就不單指屈原作品，而包含宋玉及漢人的擬作在內。班固《漢書‧藝文志》「詩賦略」沿用《七略》的分類，將屈原作品歸於「賦」中的第一類，即「屈原賦之屬」，共錄20家；《漢書‧地理志》亦載：「始楚賢臣屈原被讒流放，作《離騷》諸賦以自傷悼」。〔註2〕東漢時，王逸在劉向的基礎上編撰《楚辭章句》，收錄了屈原二十五篇作品以及宋玉、賈誼、東方朔、王褒等人的擬作，此時，「楚辭」又爲書名。爲了將屈作與其它作品區別開來並提高其經學地位，王氏將屈原作品全部稱爲「離騷」，《離騷》一篇則稱之「離騷經」。此時，「騷」作爲比「楚辭」更爲狹義的概念用來專指屈原作品，「騷」或「離騷」成爲「楚辭」這一大類中的一類。我們在這裏討論的主要是屈原作品的歸屬問題，《楚辭》一書中的宋玉以下的作品皆不列爲考察對象，所以下文指稱屈原作品時一律採用「屈騷」這個概念，涉及屈原之外的作品時則使用「楚辭」這一稱呼。同時，《章句》所錄楚辭作品

〔註 1〕司馬遷《史記》，中華書局，1982 年。卷一百二十二，第 3143 頁。
〔註 2〕班固《漢書》，中華書局，1962 年。卷二八，第 1668 頁。

皆不以「賦」名篇，賈誼《弔屈原賦》亦被排除在外，或是王逸有意將「楚辭」與「賦」區別開來。儘管王逸未曾稱呼屈原作品為「賦」，但《章句》中對所收錄的漢人楚辭作品卻多處以「賦」相稱，可見，王逸也是以楚辭為賦。可以說，將楚辭歸屬於賦體是漢人的普遍認識。

自漢代屈原論爭開始，《詩》就一直是屈騷評價的首要參照，尊騷者和抑騷者往往都是通過將屈騷與《詩》的比較來立論，或類比見其同而褒揚，或對比見其異而貶斥。淮南王劉安說，「《國風》好色而不淫，《小雅》怨誹而不亂，若《離騷》者，可謂兼之」；〔註3〕而班固則針鋒相對地提出反對意見，認為屈騷「多稱崑崙、冥婚、宓妃虛無之語，皆非法度之政、經義所載。謂之兼《詩》風雅，而與日月爭光，過矣！」〔註4〕劉、班二人的褒貶態度截然不同，而雙方的評價標準卻是相同的，他們都是以是否合「詩」的經學標準來觀照屈騷。漢人以《詩》評「騷」一方面是因為《詩》是先於屈騷存在並且被普遍接受的文學傳統，另一方面在於漢代「獨尊儒術、罷黜百家」之後，《詩》被列為儒家經典之一具有超越文學之上的意識形態意義。在整個封建時代，儒學的官學地位幾乎未曾受到根本性動搖，於是，以《詩經》為標準評價屈騷便成為貫穿傳統屈騷批評的一條主要線索，「詩」「騷」或「風」「騷」並稱成為常例。

基於屈騷一開始就與「賦」和「詩」有著理不清的關係，宋代士人對屈騷文體歸屬問題的思考亦無法脫離於二者而單獨進行，他們吸收了由漢至宋的學術成果，將屈騷置於整個文學發展史的視野中考察其文體歸屬，在其與「詩」和「賦」的關係中辨明楚辭的文體。相對於漢人一致以楚辭為賦的觀點，宋人對屈騷的文體歸屬並沒有統一的看法，他們或認同漢人的「賦」體說，或將之歸屬於「詩」一類，或視之為獨立的「楚辭」體或「騷」體，或籠統地以之為文或雜文，這些不同的觀點體現了宋人對屈騷文體觀的新認識。以下我們分類敘之。

一、屈騷為詩體說

在宋代以《詩》評屈的批評實踐中，持肯定意見的一方在王逸等前輩的基礎上層層挖掘屈騷與《詩經》的相似之處，積累屈騷與《詩經》的共同點

〔註 3〕劉安《離騷傳》，見洪興祖《楚辭補注》，中華書局，1983 年，第 50 頁。
〔註 4〕班固《離騷序》，見洪興祖《楚辭補注》，中華書局，1983 年，第 51 頁。

而忽略其不同。這種批評方式不斷深化屈騷與《詩經》的關係，甚至逐漸將屈騷偏離辭賦而納入「詩」的文體系統。吳泳《沈宏甫琴瑟錄序》云：「夫三百篇，詩之祖也。離騷十六章，詩之宗也」，﹝註 5﹞將屈騷與《詩經》並列為詩歌的源頭與典範。林希逸《竹溪鬳齋十一稿續集》卷八《離騷》中說，「不知詩之旨趣，無以知騷之風骨；不知詩之蹊徑，無以知騷之門戶。詩者，騷之宗；而騷者，詩之異名也。」﹝註 6﹞林光朝曰：「江漢在楚地，詩之萌芽自楚人發之，一變為楚辭，屈原為之唱，是文章鼓吹多出於楚。《離騷》去《風》、《雅》為甚近，一篇三致意。此正為古詩體，非太史公所謂也。」﹝註 7﹞其中，「太史公所謂也」指的是司馬遷以屈作為賦，如稱屈原「乃作《懷沙》之賦」。林氏認為屈騷應為古詩體，其與《風》、《雅》相類，並非司馬遷等漢人所以為的賦體。趙孟堅說：「自《庚歌》、《國風》、《雅》、《頌》而《離騷》，皆歸於詩之正也。」﹝註 8﹞他們都將屈騷類比於《詩經》，並以之為詩之正體。高似孫認為屈騷的文詞和內容與《詩經》是一樣的，甚至可以成為《詩經》的部分：

> 離騷不可學，可學者，章句也；不可學者，志也。楚山川奇，草木奇，原更奇。原人高志高文又高，一發乎詞，與《詩》三百五文同志同……嗚呼，《詩》矣，《春秋》不作矣，《騷》亦不可再矣。獨不能忘情於《騷》者，非以原可悲也，獨恨《騷》不及一遇夫子耳。使《騷》在刪《詩》時，聖人能遺之乎？嗚呼！余固不能窺原作，猶或知原志者。輒抱微欵，妄意抒辭，題曰「騷略」。﹝註9﹞

在此，屈原及屈騷被提升到一個不可企及的經典高度，與儒家經典之《詩》與《春秋》並列。高氏並由此聯繫孔子刪《詩》而感歎屈騷生不逢時，認為若是屈騷生於聖人的時代，那麼，孔子整理刪定《詩經》時定會將之收錄其中，因為屈騷「與《詩》三百五文同志同」。在此，高氏不只是將屈騷與《詩經》進行部分類比，而是直接將《離騷》納入《詩經》系統，確定其「詩」

﹝註 5﹞吳泳《鶴林集》卷三十六，文淵閣四庫全書本，臺灣商務印書館，1986 年。
﹝註 6﹞林希逸《竹溪鬳齋十一稿續集》，見吳文治《宋詩話全編》，江蘇古籍出版社，1998 年，第 8643～8645 頁。
﹝註 7﹞林光朝《艾軒集》卷六，文淵閣四庫全書本，臺灣商務印書館，1986 年。
﹝註 8﹞引自吳文治《宋詩話全編》，江蘇古籍出版社，1998，第 8080 頁。
﹝註 9﹞高似孫《騷略》，引自吳文治《宋詩話全編》，江蘇古籍出版社，1998，第 8827 頁。

之正統的地位。南宋理學家陳普亦持類似的看法，其《詠史》一詩曰：「仲尼死後百年期，定把《離騷》繼四詩」；廖行之亦云：「《詩》亡自昔周之東，末乃賴有三閭翁。」（《呈四表兄求樓碧遺文》）；曾豐云：「孔子所取者，《雅》、《頌》、《風》而已，不及於《騷》，時則《騷》未作也。…余知收《騷》入於《詩》，必矣。彼曰『刪後更無詩』，爲徇騷之流者設可也。」〔註10〕上述觀點都企圖將屈騷納入《詩經》體系，借《詩經》確定屈騷爲古詩體，並認定其爲詩之正體。值得注意的是，在上述以屈騷爲詩體的觀點中，他們所議論的主體是專指屈騷尤其是《離騷》，而非包括宋玉以下作品在內的「楚辭」概念。

二、屈騷爲賦體說

漢代一致以屈騷爲賦體，這種觀點在宋代仍然被普遍接受，直到今天，賦體說仍然是主流看法。不過，與漢代統一的賦體說不同，宋人需要面對宋前及宋代出現的不少詩體說、騷體說的觀點。於是，堅持賦體說者往往需要在批駁非賦體說中立論，大有撥亂反正之意，代表人物有洪興祖、吳子良等人。洪興祖《楚辭補注》在《漁父》篇末補曰：「《藝文志》云：屈原賦二十五篇，然則《騷經》至《漁父》皆賦也。後之作者苟得一體，可以名家矣。而梁蕭統作《文選》，自《離騷》、《卜居》、《漁父》之外，《九歌》去其五，《九章》去其八……《史記·屈原傳》獨載《懷沙》之賦，揚雄作《伴牢愁》，亦旁《惜誦》至《懷沙》。統所去取，未必當也。自漢以來，靡麗之賦，勸百而諷一，無復惻隱古詩之義。」〔註11〕洪氏認同《漢書·藝文志》以屈原二十五篇作品皆爲賦體的認定，不滿蕭統《文選》單列「騷」類並將《懷沙》等十五篇作品排除在外；並強調屈賦具有古詩的惻隱之義，有別於漢賦「勸百而諷一」的靡麗。在此，洪氏將屈騷明確歸屬於賦體，同時從其內涵類於古詩而將其與漢賦區別開來，說明了屈賦與詩及漢賦的關係。錢文子認爲《離騷》將「賦」從《詩》的六義中獨立出來爲固定的文體，而「離騷」不過是文章的名字而已，其爲錢杲之所撰《離騷集傳序》云：

> 古者詩有六義，唯風、雅、頌以名其篇，而賦與比興疊行其間，
> 無定體。至《離騷》之作，則自其生而長，長而仕，仕而不得志，

〔註10〕曾豐《緣督集》卷一八《高元之變離騷後序》，文淵閣四庫全書本，臺灣商務印書館，1986年。
〔註11〕洪興祖《楚辭補注》，中華書局，1983年，第181頁。

不得志而不得去，終始本末實敷言之，而賦之體具矣。騷，猶擾也，
自傷離此擾擾，以名其賦也。漢王逸以離爲別，騷爲愁，經爲徑，
既失其旨；而梁蕭統選文，乃特名之以「騷」。彼徒習其讀不得其義，
又爲畏之，不敢以齒諸賦，則遂摭其目而名之。夫《關雎》、《鵲巢》，
不繫曰詩，而夫人知其爲詩。《離騷》不繫曰賦，而王逸、蕭統遂不
知其爲賦。不亦異哉！〔註12〕

錢氏以爲《離騷》與《關雎》、《鵲巢》一樣皆爲篇名，《離騷》當爲賦與《關
雎》之爲詩一樣是無可置疑的，對蕭統、王逸以「騷」相稱表示疑惑與不滿。
持相同觀點的還有吳子良，其《林下偶談》卷三「《離騷》名義」一條說：「太
史公言『離』訓『遭』，『騷』訓『憂』。《離騷》者，離騷以此命名，其文則
賦也。故班固《藝文志》有屈原賦二十五篇。梁《昭明文選》不並歸於賦門，
而別名之騷，後人沿襲皆以騷稱，可謂無義。篇題名義且不知況文乎？」〔註13〕
洪興祖對蕭統的批駁更側重於《文選》對屈原作品的選篇上，而錢文子、吳
子良則單獨針對《文選》另立「騷」體提出反對意見，他認爲「離騷」二字
只是文章的題名而已，其文體應屬「賦」類，《文選》⋯⋯反《漢書・藝文志》
而將其從「賦」類中獨立爲「騷」類的做法是不正確的，「騷」之爲體是不能
成立的。宋代的各種類書、選本多數是將楚辭歸於賦體，如祝穆《古今事文
類聚》於「別集」文章部「賦」類中首列「楚漢之賦」，其中，楚賦即指屈、
宋之作；王欽若《冊府元龜》卷八「總錄部」亦稱屈原賦二十五篇；林之奇、
呂祖謙的《觀瀾文集》在「賦」類中收錄《離騷經》、潘岳《閑居賦》及蘇軾
《前赤壁賦》、歐陽修《秋聲賦》等作品，其中，對《離騷》的注釋採用五臣
注（當時洪興祖、朱熹二人注本皆未出）；李昉等人修《太平御覽》「文部」
詩賦類的賦中收錄《離騷》。晁公武《郡齋讀書志》於集部中首列楚辭類，其
小序云：「按《漢書志》屈原賦二十五篇。今起《離騷經》至《大招》凡六，
《九章》、《九歌》又十八，原賦存者二十四篇耳。」〔註14〕王應麟《漢藝文
志考證》卷八亦以「屈原賦」、「《離騷》諸賦」〔註15〕指稱屈原的所有作品。

〔註12〕見陳仁子《文選補遺》卷二十八「離騷」類注文錄錢文子《離騷集傳序》，文
　　　　淵閣四庫全書本，1986 年。
〔註13〕吳子良《林下偶談》，卷二，引自李誠《楚辭評論集覽》，湖北教育出版社，
　　　　2003 年，第 200 頁。
〔註14〕晁公武《昭德先生郡齋讀書志》卷四上，上海書店出版社，1935 年。
〔註15〕見王應麟《漢藝文志考證》，北京圖書館出版社，2006 年，第 112 頁。

眞德秀《文章正宗》曰：「賦莫深於《離騷》」，〔註16〕其《西山文集》亦言「更協楚騷之賦」。〔註17〕此類例子不勝枚舉，茲不贅述。應該說，以楚辭爲賦體是自漢代而下約定俗成的常例，宋人自然接受了以班固爲代表的漢代人以「賦」稱「騷」的說法，將屈騷歸屬於「賦」體是仍是宋代的主流觀點，朱熹、洪興祖、錢杲之等楚辭注家都是持這一觀點。

三、騷體說及騷體特徵

作爲楚辭學的空前繁榮時期，在《楚辭》專著頻出，擬騷作品日見的學術背景之下，宋代很多學者並不滿足於對漢人的沿襲，在屈騷與詩和賦的比較中更多的看到屈騷異於兩者的獨特性，認爲楚辭既不是「詩」，也不是「賦」，它應該成爲獨立的「楚辭」體或「騷」體。這種獨立的騷體觀初步形成於南北朝時期，梁代蕭統編《文選》將所選詩文作分體分類的編排，在詩、賦、辭、頌諸體特別單立「騷」類，其中收錄屈原作品十首，分別是《離騷》、《九歌》中的《東皇太一》、《雲中君》、《湘君》、《湘夫人》、《少司命》、《山鬼》共六首、《九章》中的《涉江》一篇、《卜居》、《漁父》以及宋玉《九辯》、《招魂》、劉安《招隱士》。此時，「騷」像「楚辭」一樣成爲文體名稱，並與「詩」、「賦」等文體並列。於是，「騷」不再如《楚辭章句》那樣專指屈原作品，而涵蓋了其它具有騷體特徵的文學作品。所以，在此之後，我們觀照後人的「騷」稱時需要區分清楚，有時它指的是《離騷》一篇，有時它指屈原的所有作品，有時它指包括宋玉及漢人在內的所有楚辭作品，「騷」即「楚辭」，既可以是作品總稱，也可以是文體名稱。劉勰《文心雕龍》則在《明詩》、《詮賦》篇之外另著《辨騷》篇，說屈原「軒翥詩人之後，奮飛辭家之前」，論及從《離騷經》到《漁父》的所有屈原作品以及《九懷》等擬作，特意將「騷」與「賦」區別而論。此外，從目錄學史來看，班固《漢書·藝文志》將楚辭歸於賦類，而南北朝時期則開始將楚辭獨立爲一類，梁代阮孝緒著《七錄》，開啓了在目錄學史上將《楚辭》獨立爲類的先河。該書內篇「文集部」又分四部，分別爲：楚辭部、別集部、總集部、雜文部。而後，《隋書·經籍志》改《七錄》「文集部」爲「集部」，其下分爲三類：楚辭、別集、總集（「雜文部」歸入「總集部」而名之「總集」）。從此，幾

〔註16〕眞德秀《文章正宗》卷十四，文淵閣四庫全書本，臺灣商務印書館，1986年。
〔註17〕眞德秀《西山文集》卷二十二，文淵閣四庫全書本，臺灣商務印書館，1986年。

乎所有的官修及私修目錄皆沿用此例，將楚辭獨立為「集部」中的一類。宋代的各類目錄亦是如此，歐陽修《新唐書》、晁公武《郡齋讀書志》、陳振孫《直齋書錄解題》等書都是單立「楚辭類」；惟獨宋仁宗時王堯臣等人所撰官修目錄《崇文總目》將《楚辭》併入總集類，與《文選》、《文苑英華》等書並列。其實，就性質而言，自漢代《楚辭章句》至宋代《楚辭補注》、《楚辭集注》等各種楚辭專書都是包括了屈原、宋玉等多人作品的集子，按理說，《楚辭》應當屬於總集類。那麼，為何宋代及以後的各種書目並沒有襲用《崇文總目》納楚辭於總集類的做法？對此，《四庫全書總目》集部楚辭類小序有很好的說明：

> 裒屈宋諸賦定名「楚辭」，自劉向始也。……《隋志》集部，以《楚辭》別為一門，歷代因之。蓋漢魏以下，賦體既變，無全集皆作此體者。他集不與《楚辭》類，《楚辭》亦不與他集類。體例既異，理不得不分著矣。〔註18〕

此段文字要點有三：第一，屈原作品的文體屬性是「賦」體；第二，「楚辭」為屈宋等人作品的總稱，其書應是總集，《總目》即稱《楚辭章句》為總集之祖；第三，歷代在總集之外獨立楚辭一類的原因在於其獨特性，無法併入他類。可見，清代的《四庫》館臣們仍然延續漢人以楚辭為賦體的觀點。儘管楚辭獨立為類並不意味著楚辭可獨立為楚辭體；然而，這已然顯示出梁代、唐代之後歷代學者對楚辭文體獨特性的重視。正如《總目》所言，在賦體演變的歷史中，屈宋諸作已與後世賦作大不相同。那麼，當後人日益關注楚辭與後世賦體的差異性時，單獨的楚辭類便有可能進一步變成獨立於賦體之外的楚辭體。不過，《七錄》及上述目錄學著作終究沒有確立楚辭為獨立的文體。而蕭統也沒有對騷體分類及選篇情況作特別的說明，更沒有分析「騷」體的體式特徵。劉勰《辨騷》對屈騷作了詳細的辨析，從情感、辭采、技巧等方面研究屈騷的藝術特性，提出屈騷之於《詩經》的「四同」、「四異」說；然而《詮賦》篇在敘述賦體發展過程中稱「靈均唱騷，始廣聲貌。然賦也者，受命於詩人，拓宇於楚辭也」〔註19〕，儼然將屈原視為賦體的創始者。這也就意味著，《辨騷》篇對屈騷獨特性的論述並非在將屈騷視為獨立文體的基礎上。於是，屈騷文體的問題便有待於宋人進一步理清。

〔註18〕紀昀等《四庫全書總目提要》，中華書局，1997年，第1973頁。
〔註19〕引自洪興祖《楚辭補注》，中華書局，1983年，第51～52頁。

　　宋代楚辭注家面對歷代累積的大量楚辭作品，他們沿用了王逸的做法，《補注》與《集注》皆以「離騷」代指屈原所有作品，將屈騷與宋玉以下作品區別開來，朱熹則進一步將宋玉及漢代以下作品稱爲「續離騷」以示區別，並稱《七諫》、《九懷》、《九歎》、《九思》等皆爲騷體。呂祖謙所編《宋文鑒》一書在賦、詩等文體之外單列「騷」一類，選錄了宋代劉敞《屈原騀辭》、王安石《寄蔡氏女》、鮮于子駿《九誦》等二十三篇呂氏所認定的騷體作品。不過，呂氏亦未嘗就此說明騷體特徵以及上述諸篇爲何得以選入騷類的原因。實際上，宋代眞正對楚辭的體式特徵進行概括的當屬黃伯思，黃氏不滿於陳說之等人以屈作爲「離騷」、屈原之外的作品爲「楚辭」的說法，而將屈宋諸騷歸納於「楚辭」體，其曰：

> 楚辭雖肇於楚，而其目蓋始於漢。自漢以還，文師詞宗，慕其軌躅，摛華競秀，而識其體要者亦寡。蓋屈、宋諸騷，皆書楚語、作楚聲、紀楚地，名楚物，故可謂之「楚辭」。若「些」、「只」、「羌」、「誶」、「謇」、「紛」「侘傺」者，楚語也；悲壯頓挫、或韻或否者，楚聲也；沅、湘、江、澧、修門、夏首者，楚地也；蘭、茝、荃、藥、蕙、若、芷、蘅者，楚物也。率若此，故以楚名之。自漢以還，去古未遠，猶有先賢風概。而近世文士，但賦其體，韻其語，言雜燕、粵，事兼夷、夏，而亦謂之「楚辭」，失其旨矣。〔註20〕

黃氏從語言、聲調、名物等各個角度界定「楚辭」的文體特性，創造性地指出屈騷的獨特性在於「書楚語、作楚聲、紀楚地、名楚物」，使楚辭體與其它文學形式區別開來。這一觀點在宋代得到不少響應，爲人們認識楚辭文體的獨特性提供了明確的思路。自此而後，宋人逐漸清晰地認識到楚語、楚聲是騷體的一個本質特徵，並以之爲評判後世擬騷作品的重要標準。高似孫模擬屈騷作《騷略》，其對漢代以來擬騷之作不滿的一個重要原因就是其不復楚語本色，其觀點完全套用黃氏之說：「今觀屈宋騷辭，所以激切頓挫，有人所不可爲者，蓋皆發於天。如羌、誶、謇、紛、侘、傺、些、只、者，楚語也。沅、湘、江、澧、修門、夏首者，楚地也。蘭、茝、荃、藥、蕙、若、蘋、蘅者，楚物也。以其土風，形於言辭，故風雅比興一出於《國風》、《二雅》之中，不可及已。漢以降，後才士但襲其體、追其韻，言雜燕粵、事兼夷夏，

〔註20〕黃伯思《翼騷序》，引自李誠《楚辭評論集覽》，湖北教育出版社，2003年，第 139 頁。

亦謂之楚辭，失其旨矣。」〔註 21〕宋人或就楚語、楚聲的形式層面認定楚辭的文體特徵，或就楚地、楚物的描寫對象認識楚辭的特殊性，葉適《習學記言》云：「隋僧道騫讀《楚辭》，能為楚聲，音韻清切，後傳《楚辭》者皆祖騫之音。辭以義為主，音必歸於正。若楚人之辭，必為楚音，則五方異域不勝其音，而文義奚取？雖三百篇亦殽亂，而不知所裁矣，此固淺儒俗人之通患，學者不可不知也。」〔註 22〕這是從楚聲的「音韻清切」的特點來認識楚辭的特性，葉適認為，音與義是緊密相連的關係，若不識其音，則對文義亦無所取。朱熹在晁補之《續楚辭》與《變離騷》二書的基礎上編著《楚辭後語》，收錄歷代楚辭體作品，二人選篇的一個基本標準就是楚聲、楚語，如《楚辭後語·垓下帳中歌》小序說：「羽固楚人，而詞慷慨激烈，泣數行下。此歌正楚聲也。」〔註 23〕可見，朱熹是有意識地以黃氏的楚聲、楚人說來認識楚辭作品，楚聲所蘊含的慷慨激烈之氣成為騷體的一個重要標誌。《楚辭後語》卷一的所有作品皆點明其為楚聲，錄荀子《成相》、《佹詩》是「以其詞託於楚而作」；〔註 24〕《易水歌》是「非楚而楚」；〔註 25〕《越人歌》是「以其自越而楚……得其餘韻」；〔註 26〕選《垓下帳中之歌》時特別指出「羽固楚人」；而劉邦《大風歌》「正楚聲也」；〔註 27〕錄《鴻鵠歌》時特別交代了項羽作此歌時對戚夫人所說「為我楚舞，吾為若楚歌」〔註 28〕之語。可以說，楚人與楚聲是朱熹選錄戰國及漢初楚辭作品的一個基本標準。不論是楚語、楚聲還是楚地、楚物，都是從地域性的角度對楚辭的文體進行界定。自此，楚辭學研究領域逐漸對楚文化給予更多的關注，黃伯思之說成為後世乃至現今楚辭文化研究中的一個重要引證。

　　宋人除了從楚聲、楚語的形式層面對騷體特徵進行界定之外，張表臣還從騷體的情感、風格等藝術層面對騷體進行全新界定，其《珊瑚鉤詩話》卷三曰：「余近作《示客》云：刺美風化，緩而不迫謂之『風』；採摭事物，摛華布體謂之『賦』；推明政治，莊語得失謂之『雅』；形容盛德，揚厲休功謂

〔註 21〕高似孫《緯略》，中華書局，1985 年，第 10 頁。
〔註 22〕葉適《習學記言》卷三十七，文淵閣四庫全書本，臺灣商務印書館，1986 年。
〔註 23〕朱熹《楚辭集注》，上海古籍出版社，1979 年，第 222～223 頁。
〔註 24〕朱熹《楚辭集注》，上海古籍出版社，1979 年，第 209 頁。
〔註 25〕朱熹《楚辭集注》，上海古籍出版社，1979 年，第 221 頁。
〔註 26〕朱熹《楚辭集注》，上海古籍出版社，1979 年，第 222 頁。
〔註 27〕朱熹《楚辭集注》，上海古籍出版社，1979 年，第 223 頁。
〔註 28〕朱熹《楚辭集注》，上海古籍出版社，1979 年，第 224 頁。

之『頌』；幽憂憤悱，寓之比興謂之『騷』；感觸事物，託於文章謂之『辭』……」
〔註29〕張氏在與風、雅、頌、賦及辭眾體的比較中考量騷體特質，概括其特
徵爲「幽憂憤悱，寓之比興」，即情感的憂憤悱惻、內容上的比興寄託以及幽
隱的藝術風格。需要指出的是，張氏所謂的騷體並非獨立於詩體之外，他認
爲騷、賦與風、雅、頌等都是詩體範疇裏的不同種類。不過，當他把騷體與
賦體及風、雅、頌諸體並列而論時，這裏的詩體便是一個寬泛的概念，與我
們上文所敘述的以屈騷爲詩體中的詩體概念已不相類。張氏的理論概括反映
了宋人對騷體特徵的共識，即情感上的哀怨憤懣與內容上的諷諫寄託。宋代
有關屈原作品的評論大都離不開這兩個中心論題，宋人以屈騷爲《詩》之流
及賦之祖的主要立論依據也在於此，而這也是晁補之與朱熹編錄楚辭選本的
去取標準。關於宋人對屈騷這兩個基本特徵的具體看法，我們將在下文討論
屈騷源流問題時再作分析。將黃伯思的界定與張表臣的概括兩種論說結合起
來，就形成了宋人對屈騷文體特質的總體看法，即：以楚語、楚聲爲形式特
徵，抒發哀怨憤懣的情感並寄託諷喻之旨。

　　相對於對騷體特徵達成的基本共識，宋人對屈騷的文體歸屬問題的看法
不僅很不統一，甚至還有點混亂。例如，呂祖謙在《宋文鑒》中在「詩」、「賦」
之外獨立「騷」類，收錄了宋人的騷體作品；而在與林之奇共同編注的《觀
瀾文集》中又將《離騷經》歸於「賦」類的第一篇。李昉等人編撰《文苑英
華》在「賦」、「詩」之外列「雜文」類，將「騷」與「雜說」、「辯論」等體
並列錄於「雜文」類，「騷」類中收錄了皮日休《九諷》、柳宗元《弔屈原賦》、
岑參《招北客文》諸篇；而同爲李昉等編的宋代另一大類書《太平御覽》中
卻是在文部「詩賦」的「賦」類中收錄《離騷》。姚鉉所編《唐文粹》中未列
「騷」類，具有騷體特徵的作品被歸入「詩」類，如皮日休的《九諷》、《反
招魂》等；而《九諷》在《文苑英華》一書中卻歸屬於雜文類中的「騷」小
類。樓昉所編《崇古文訣》中的先秦文部分收錄十三篇文章，其所收屈原作
品分別是：《卜居》、《漁父》兩篇及《九歌》中的《東皇太一》、《雲中君》、《湘
君》、《湘夫人》、《大司命》、《少司命》、《東君》、《河伯》、《山鬼》九篇。與
這十一篇屈騷一起收錄其中的是樂毅《答燕惠王書》與李斯《上秦皇逐客書》；
而其後的兩漢文部分則收錄了賈誼的《過秦論》、《弔屈原賦》與《服賦》等

〔註29〕張表臣《珊瑚鉤詩話》，何文煥《歷代詩話》本，中華書局，1981年，第475
　　　頁。

篇。相比較而言，姚鉉《唐文粹》中「文」是一個廣義的概念，包括詩、賦、古文諸體，而樓昉《崇古文訣》中的「文」並非廣義的文章，而是與詩、賦諸體相對的一個文體的概念。也就是說，樓昉將上述十一篇屈騷皆歸屬於文章體而非詩體或賦體之類。由此可見，宋人對屈騷的文體歸屬不僅因人而異，有時同一人編著的不同選本中對屈騷的文體歸屬亦不盡相同。

那麼，屈騷的文體歸屬問題在宋代為何會顯得如此複雜？這一方面是由於宋人對文體的劃分與漢代相比呈現出由簡到繁的發展趨勢。隨著文學的發展，漢代以後出現了大量的文體，魏晉時期士人對這些文體進行了自覺的分體及理論總結，如曹丕的「四科八體」說，陸機所論及的詩、賦、碑等十體，摯虞分詩、賦、頌、箴等十一體，劉勰《文心雕龍》二十一篇文體論涉及三十四體，蕭統《文選》分三十九種文體收錄歷代詩文。在魏晉這種文體觀的影響之下，宋人的文體意識日益增強，對文體的劃分也越來越細，如呂祖謙《宋文鑑》就北宋詩文即分為五十二體，據曾棗莊對宋代總集與別集的粗略統計，宋人分體多達一百二十餘種。〔註30〕當文體的劃分達到如此繁雜瑣細的程度，反而會導致分體不清的現象，許多不同文體之間或存在交叉重疊現象，或出現文體的大類與小類的並列。與此相對的是，宋人同時又強調諸體的互通，甚至可以從眾體皆源於古詩的角度將許多文體一起納入詩體的範疇。基於這兩點，我們就不難理解為何宋人有時將屈騷視為獨立的騷體，有時以之為賦體，有時納其為詩體，有時又歸其於散文類。另一方面，宋人對屈騷文體歸屬的分歧與屈騷本身的文體複雜性也有關係，騷體既像詩又似賦，故有騷體詩、騷體賦之稱。而屈騷內部各篇亦存各體，如《離騷》為長言長篇、《天問》是四言長篇、《漁父》、卜居為短篇對話體，其體式、字數、風格等皆有不同，其文體屬性或更接近詩體，或更近於賦體，或更像散文，故《文苑英華》乾脆歸騷體於雜文類。可見，屈騷的文體特性並非詩與賦所能容納，屈騷應是獨立與詩體及賦體之外的騷體或楚辭體。儘管獨立的騷體說在宋代並非主流，但不論是詩體說者還是賦體說者都充分注意到了屈騷的獨特之處，他們亦在詩體或賦體的範圍內認可騷之為獨特一體。因此，以下我們所論及的「騷體」是一個籠統的概念，不再細分它是與詩體與賦體相對的獨立文體，還是詩、賦範疇內的騷體類。儘管宋人最終並沒有堅定而明確地將騷體獨立於詩體、賦體之外並就此對騷體形成一個完整而準確的概念，

〔註30〕見曾棗莊《宋代文學與宋代文化》，上海人民出版社，2006年，第8頁。

但他們對騷體的界定及特徵的闡釋都體現出對前人的超越，並給後世以借鑒，明代胡應麟就在此基礎上提出了較完整的騷體觀，《詩藪‧內編》云：「紆回斷續，騷之體也；諷喻哀傷，騷之用也；深遠優柔，騷之格也；閎肆典麗，騷之詞也。句語無甚相遠，體裁則大不同。騷複雜無傷，賦整蔚有序；騷以含蓄深婉爲當，賦以誇張宏富爲工。」〔註31〕在獨立的騷體觀形成的過程中，宋代成爲連接魏晉南北朝的初步形成期和明清基本定型期之間的重要過渡階段。

第二節　騷體探源

「源流批評是我國古代文學批評的傳統形式之一，它是指從尋源溯流的角度考察文學創作中創作取徑、作品文本、藝術技巧、語言運用等在歷時和共時視域中所受到影響的批評方法。」〔註32〕至鍾嶸《詩品》而後，文學批評中的尋源溯流之風日益濃厚，源流批評成爲宋代詩學批評的重要方法。宋代的騷體批評主要採用的就是源流批評方式。關於騷體的淵源，至今仍然說法不一，有源於古詩說、源於戰國諸子說及源於楚地民歌說等等。其中，佔據主流的說法主要有兩種：一是騷體起源於《詩經》，一種是源於楚地民歌，並且後一種說法在現代楚辭學中逐漸佔據上風。在宋代屈原批評領域，人們對騷體淵源的探索也包含了上述兩個方面的內容；不過，宋人普遍認爲，騷體在形成的過程中主要是受到《詩經》的影響，尤其是《風》、《雅》的影響，屈騷是《詩經》之流變。嚴羽《滄浪詩話》：「《風》、《雅》、《頌》既亡，一變而爲離騷，再變而爲西漢五言，三變而爲歌行雜體，四變而爲沈、宋律詩。」〔註33〕在此，嚴氏勾勒出由《詩經》→屈騷→五言詩→歌行體→律詩的演變史。眞德秀《文章正宗綱目‧論詩賦說》云：「古者有詩，自虞《庚歌》、夏《五子之歌》始，而備於孔子所定《三百五篇》，若楚辭，詩之變，而賦之祖也。」〔註34〕眞德秀將屈騷的源頭繼續往前追溯到夏、商二代更爲古老的詩歌，其過程爲：古詩（《詩經》）→楚辭→賦。嚴氏、眞氏二人觀點的不同在於：前者是在詩體的範疇內探討屈騷的流變，後者分析的是詩體、楚辭體與

〔註31〕胡應麟《詩藪》卷一，上海古籍出版社，1979 年，第 19 頁。
〔註32〕胡建次《清代詩學對批評方法的運用》，《遼東學院學報》，2008.12。
〔註33〕嚴羽《滄浪詩話》，《歷代詩話》本，中華書局，1981 年，第 689 頁。
〔註34〕眞德秀《文章正宗》卷四，文淵閣四庫全書本，臺灣商務印書館，1986 年。

賦體三者的源流關係。不過，他們都一致認同以《詩經》爲代表的古詩是屈騷的淵源，後者是前者之流變。如上節所述，宋人對屈騷的文體歸屬問題還未達成一致的看法；與此相對，他們對屈騷淵源的判斷卻比較一致，他們普遍認爲屈騷源於《詩經》。對於屈騷的流變問題，相對於嚴羽的從屈騷到五言詩而至律詩之說，宋人更多認同眞德秀的由屈騷而至漢賦的說法，朱熹、周必大等皆持此說。而晁補之、項安世諸人則在一個更廣闊的視野中觀察屈騷的流變，將賦與五言詩等全部納入屈騷的流變史，其線索爲：古詩（《詩經》）→屈騷→賦→五言詩→雜言（長謠、銘等）→律詩。晁補之《續楚辭序》中說：「自風雅變而爲《離騷》，至《離騷》變而爲賦，譬江有沱，乾肉爲脯，謂義不出於此，時異然也。傳曰：賦者，古詩之流。故《懷沙》言賦，《桔頌》言頌，《九歌》言歌，《天問》言問，皆詩也，《離騷》備矣。《離騷》至漢而爲賦，其後賦變爲詩，又變而爲雜言、長謠、問、對、銘、贊、操、引，苟類出於楚人之辭而小變也。」〔註35〕晁補之以文學史家的眼光看待文體的演變，認爲古詩流至楚而爲離騷，至漢而爲賦，其後賦變爲詩，又復變爲雜言、長謠、銘等。晁氏的解讀對騷體文學流變給了一個較爲系統而完整的勾勒，重新梳理了漢代以來的詩、賦合流觀點，其學術基礎正是班固「賦者，詩之流」〔註36〕的理論。曾豐對於這種文體流變有精到的概括：「詩之源止於雅，其流止於騷。初疑騷不可復變，變則洄流，翻而繹之，意所欲者。變騷爲風，變風爲雅，蓋還原之道也。雖各變也，其之者異乎人之變也。」〔註37〕從古詩到屈騷，再從屈騷到律詩，構成了一種循環往復的演變規律。在這種演變的整個鏈條中，宋代評屈者最爲關注的是屈騷與《詩經》的源流關係。

一、屈騷與《詩經》的源流關係

關於《詩經》與屈騷的關係，宋以前主要有三種看法：一種認爲屈騷與《詩經》具有天然的血緣關係，前者是對後者的承繼，以劉安、王逸爲代表；一種是把屈騷當作《詩經》的對立面來看待，以班固、顏之推爲代表；一種持一分爲二的看法，認爲二者既有相同點亦有相異處，以劉勰爲代表。宋人不再像漢人那樣執於兩端，他們更多繼承了劉勰「變乎騷」之說，視屈騷爲

〔註35〕晁補之《續楚辭下》，《雞肋集》卷三六，文淵閣四庫全書本，臺灣商務印書館，1986 年。
〔註36〕班固《兩都賦序》，費振剛等校注《全漢賦》，廣東教育出版社，第 464 頁。
〔註37〕曾豐《緣督集》卷一八《高元之變離騷後序》，文淵閣四庫全書本，1986 年。

《詩經》之變，如陳傅良云：「屈原變《風》、《雅》、《頌》而爲離騷」；〔註38〕韓元吉《張國安詩集序》曰：「詩之作，得於志之所寓也。周詩既亡，屈平始爲《離騷》」；〔註39〕曹彥約論曰：「口奏、聲律起於《風》、《雅》、《頌》。散文起於《典謨》、《訓誥》。《風》《雅》、《頌》一變而爲《離騷》」〔註40〕……宋人在普遍認同屈騷源於《詩經》的命題之下，有的則進一步細化了屈騷與《風》、《雅》、《頌》三者的對應關係，或認爲其源於《風》，如姜夔曰：「詩有出於《風》者，有出於《雅》者，有出於《頌》者。屈宋之文，《風》出也」〔註41〕；或認爲屈騷各篇各有所祖，如周密《浩然齋雅談目錄》卷上云：「子厚曰：《九歌》蓋取諸《國風》，《九章》蓋取諸二《雅》，《離騷》蓋取諸《頌》，考之信然」。〔註42〕除此之外，宋人大部分都是認爲屈騷是源於《風》和《雅》，晁補之就說：「《風》、《雅》變而爲《離騷》」；〔註43〕戴復古：《立春後二首》詩曰：「《離騷》變《風》、《雅》，當效楚臣爲」；陸九淵《與程師書》云：「《風》、《雅》之變，壅而溢然也。湘纍之騷，又其流也。」〔註44〕林光朝曰：「《離騷》去《風》、《雅》爲甚近，一篇三致意」；〔註45〕李綱《著迂論有感》詩曰：「離騷體風雅，光可爭日月」；王十朋詩曰：「《六經》變《離騷》。日月爭光明。」（《題屈原廟》）宋人以屈騷爲《風》、《雅》之變，主要就屈騷中的怨憤不平之氣而言，並視之爲屈騷的顯著特點，如梅堯臣詩曰：「屈原作《離騷》，自哀其志窮，憤世嫉邪意，寄在草木蟲。」（《答韓三子華韓五持國韓六玉汝見贈述詩》）；劉一止說：「《國風》、《雅》、《頌》，和而質也。騷人逐客，忠而激也。巍巍湯湯，奔放而峴岌，切切呢呢，怨斷而幽憤。」〔註46〕洪咨夔云：「詩亡而《離騷》作，《騷》之憤世疾邪，蓋出於《小雅》之變。後世之詩，

〔註38〕《七十二家批評楚辭集注》第一冊《楚辭總評》，明天啓六年。蔣之翹忠雅堂刻本，第8A頁。

〔註39〕韓元吉《張國安詩集序》，引自吳文治《宋詩話全編》，江蘇古籍出版社，1998年，第4380頁。

〔註40〕曹彥約《經幄管見》，文淵閣四庫全書本（686冊），臺灣商務印書館，1986年。，卷二，第44頁。

〔註41〕姜夔《姜氏詩說》，中華書局，1985年，第21頁。

〔註42〕周密撰，鄧子勉校點《浩然齋雅談》，遼寧教育出版社，2000年，第32頁。

〔註43〕晁補之《續楚辭下》，《雞肋集》卷三六，文淵閣四庫全書本，臺灣商務印書館，1986年。

〔註44〕陸九淵《陸九淵集》，中華書局，1986年，第479頁。

〔註45〕林光朝《艾軒集》卷六，文淵閣四庫全書本，臺灣商務印書館，1986年。

〔註46〕引自吳文治《宋詩話全編》，江蘇古籍出版社，1998年，第3574頁。

又以出於《騷》爲近《雅》。」〔註47〕這樣，屈騷就與《詩經》相連，宋人在此基礎上討論屈騷對儒家經典的承繼與變異，以儒家詩教對其進行或褒或貶的評價。褒揚者多立足於屈騷對《詩經》諷諫寄託的傳統的繼承，而貶斥者則就其異於《詩經》的怨憤失中的特徵立論。對此，黃履翁《古今源流至論》別集中有很好的概括：「屈平之《騷經》蓋效《詩》之比興也，以香草比君子，以龍鳳比忠正，美人以喻時君，惡鳥以況小人。……然《詩》之體尚忠厚，騷之體類迫切。是原蔽於怨而作也。此或者所以有異經典之誚焉。」〔註48〕

顯然，「《風》《雅》之變」中的「變」就不只是的演變、變化之意，「變」還與「正」相對。這樣，宋代屈原批評中的騷體源流批評就包含了濃厚的正變思想，王銍《題洛神賦圖詩並序》就明確以正變論屈騷，「《風》、《雅》、《頌》爲文章正，至屈原《離騷》兼文章正變」〔註49〕這就牽涉到《詩經》學中的風雅正變問題。「風雅正變」說是《詩經》學史上的一個基本問題，其肇始於《毛詩序》，其後經歷鄭玄、孔穎達而發揚光大。《詩大序》曰：「至於王道哀，禮義廢，正教失，國異政，家殊俗，而變《風》變《雅》作矣。」〔註50〕鄭玄《詩譜序》云：

> 文、武之德，光熙前緒，以集大命於厥身，遂爲天下父母，使民有政有居……及成王，周公致太平，制禮作樂，而有頌聲興焉，盛之至也。本之由此風雅而來，故皆錄之，謂之詩之正經。後王稍更陵遲。懿王始受譖亨齊哀公，夷身失禮之後，邶不尊賢。自是而下，厲也，幽也，政教尤衰，周室大壞……勃而俱作，眾國紛然，刺怨相尋。五霸之末，上無天子，下無方伯，善者誰賞，惡者誰罰，紀綱絕矣！故孔子錄懿王，夷王時詩，訖於陳靈公淫亂之事，謂之變風變雅。〔註51〕

正變說將詩歌內容與時代、政治緊密結合起來，主張盛世爲正，衰世爲變。與此相應，在禮崩樂壞的亂世所作的詩就是變風、變雅。變風、變雅之於正風、

〔註47〕洪咨夔《嬾窟詩槁序》，引自吳文治《宋詩話全編》，江蘇古籍出版社，1998年，第 7749 頁。

〔註48〕林駉、黃履翁《古今源流至論》卷六，文淵閣四庫全書本，臺灣商務印書館，1986 年。

〔註49〕王銍《雪溪集》，文淵閣四庫全書本，臺灣商務印書館，1986 年，第 551 頁。

〔註50〕孔穎達《毛詩正義》，十三經注疏本，上海古籍出版社，1997 年，第 271 頁。

〔註51〕孔穎達《毛詩正義》，十三經注疏本，上海古籍出版社，1997 年，第 262～263 頁。

正雅的主要不同在於怨刺，這種「怨」卻是「發乎情，止乎禮義」。〔註52〕在屈騷的淵源問題上，蘇軾、晁補之等人就在變《風》、變《雅》之上進一步提出屈騷乃變《風》、變《雅》之再變。蘇軾《與謝民師書》一文云：「屈原作《離騷經》，蓋《風》、《雅》之再變者，雖與日月爭光可也。可以其似賦而謂之雕蟲乎？」〔註53〕其《次韻張安道讀杜詩》亦云：「《大雅》初微缺，流風困暴豪。張為詞客賦，變作楚臣《騷》。」蘇軾對屈騷是極為讚賞的，「蓋《風》、《雅》之再變」所強調的屈騷精神內核與《詩經》的相似處，並就此將屈騷與形似的漢賦區別開來。以「風雅正變」之說論屈騷，晁補之可謂用力最深，《離騷新序上》曰：

> 先王之時，四詩各得其所。王道衰而變《風》變《雅》，猶曰達於事變，而懷其舊俗。舊俗之亡，惟其事變也。故詩人傷今而思古，情見乎辭，猶詩之《風》、《雅》而既變矣。孟子曰：「王者之迹息而《詩》亡。」然則變《風》、變《雅》之時，王迹未熄，《詩》雖變而未亡。《詩》亡而後《離騷》之辭作，非徒區區之楚事不足道，而去王迹逾遠矣！一人之作，奚取於此也？蓋《詩》之所嗟歎，極傷於人倫之廢，哀刑政之苛。而人倫之廢，刑政之苛，孰甚於屈原時邪？……其辭止乎禮義可知。則是《詩》雖亡，至原而不亡矣。……謂原有力於《詩》亡之後，豈虛也哉！〔註54〕

晁氏採用《毛詩序》「風雅正變」說，從治世、亂世的時代背景看待變《風》、變《雅》中的怨傷情感，並就此分析屈原所處時代「人倫之廢，刑政之苛」遠甚於變《風》、變《雅》之世，而屈原「履正著書，不流邪說」，〔註55〕「其辭止乎禮義可知」。晁氏還以《小弁》之怨解讀屈騷中的怨憤情感，稱其「附益於六經之教，於《詩》最近」，並引用司馬遷「《國風》好色而不淫，《小雅》怨誹而不亂，若《離騷》者，可謂兼之矣」對屈騷給予至高的評價。晁氏亦在《續歲時雜詠序》一文中論及騷體與《詩經》的相似處，「《詩》之亡久矣。豳詩《七月》，其記日月星辰、風雨霜露、草木鳥獸之事盛矣。屈原、宋玉為離騷，最近於《詩》，而所以託物引類，其感在四時，可以慷慨而太

〔註52〕孔穎達《毛詩正義》，十三經注疏本，上海古籍出版社，1997年，第272頁。

〔註53〕蘇軾《與謝民師推官書》，《蘇軾文集》卷四九，中華書局，1986年，第1418頁。

〔註54〕晁補之《離騷新序上》，《雞肋集》卷三六，文淵閣四庫全書本，1986年。

〔註55〕晁補之《變離騷序二》，《雞肋集》卷三六，文淵閣四庫全書本，1986年。

息，想見其忠潔」，〔註56〕認爲二者的共同點在於觸物感興，體現了忠潔之心。晁氏之論在宋代很有代表性，宋人將屈騷附於《詩經》之後所著眼基本都是諷諫的內容與忠正的情感，而無涉藝術性層面，這種論說比比皆是，如周必大《書高端叔〈變離騷序〉》曰：「《國風》及秦不及楚，已而屈原《離騷》出焉。衍《風》、《雅》於詩亡之後，發乎情，主乎中直，殆先王之遺澤也。」〔註57〕王應麟《漢藝文志考證》：「屈原離騷出焉，衍《風》、《雅》於詩亡之後，發乎情，主乎忠直。」張元幹云：「《風》、《雅》之變，始有《離騷》，與『六義』相表裏，比興雖多，然卒皆正而不淫，哀而不怨，宜乎古今推屈、宋爲盟主。」〔註58〕當他們把屈騷繼於變《風》、變《雅》之後，便可以套用《詩大序》中對變《風》、變《雅》「發乎情，止乎禮義」的權威解說評判屈騷，從而將屈原作品中的騷怨情感合理化。趙夢堅：「自庚歌、《國風》、《雅》、《頌》而《離騷》，皆歸於正之詩也。」〔註59〕宋詩中也常見歌詠屈騷之怨的篇章，如方回《宋常德教趙君》曰：「《風》《雅》之後聞屈原，千古哀怨《離騷》傳」；歐陽修《江上彈琴》云：「詠歌文王《雅》，怨刺《離騷經》」，都是將屈騷與《風》、《雅》並稱，就詩歌諷諫之義而對騷怨給予肯定。宋人對屈騷之怨解讀爲怨刺、目的爲諷諫，一切皆是出於忠正之心，故堪比經典，正如羅璧所說，「《離騷》怨而實忠，所以《騷》名『經』」。〔註60〕

　　與上述說法截然相對的是朱熹、胡寅等理學家的意見，他們從溫柔敦厚的詩教出發，指斥屈騷中類於變《風》、變《雅》的怨憤情緒有失中庸之道。朱熹《楚辭集注·目錄》稱其「獨馳騁於變《風》、變《雅》之末流，以故醇儒莊士或羞稱之」；〔註61〕《集注·離騷序》中對此作了細緻的闡釋：「不特詩也，楚人之詞，亦以是而求之，則其寓情草木，託意男女，以極遊觀之適者，變《風》之流也；其敘事陳情，感今懷古，以不忘乎君臣以義者，變《雅》之類也。至於語冥婚而越禮，擯怨憤而失中，則又《風》、《雅》之再變矣。

〔註56〕晁補之《續歲時雜詠》，《雞肋集》卷三四，文淵閣四庫全書本，1986年。
〔註57〕周必大《文忠集》，卷五，文淵閣四庫全書本，臺灣商務印書館，1986年。
〔註58〕張元幹《蘆川歸來集》，引自吳文治《宋詩話全編》，江蘇古籍出版社，1998年，第3296頁。
〔註59〕趙孟堅《彝齋文編》卷三《趙竹潭詩集序》，引自吳文治《宋詩話全編》，江蘇古籍出版社，1998年，第8798頁。
〔註60〕羅璧《羅氏識遺》卷四，引自《楚辭評論資料選》，湖北人民出版社，第249頁。
〔註61〕朱熹《楚辭集注·目錄》，上海古籍出版社，1979年，第2頁。

其語祀神歌舞之盛，則幾乎《頌》，而其變也，又有甚焉。」〔註62〕朱熹以《詩》之「六義」注釋屈騷，一方面從作品內容與情感等方面分析屈騷與變《風》、變《雅》及《頌》的相似處，藉此發掘屈原作品中的君臣之義；另一方面又不滿於屈騷「語冥婚而越禮，攄怨憤而失中」之處，將其歸於變《風》、變《雅》之再變而加以貶斥。南宋另一理學家胡寅亦對屈騷之怨頗有微詞，「而《離騷》者，變《風》變《雅》之意，怨而迫，哀而傷者。其發乎情則同，而止乎禮義則異」。〔註63〕胡氏以屈騷爲《風》、《雅》之變，著眼的是屈騷異乎經典之處，認爲其「怨而迫、哀而傷」而不合禮義規範。王之望更是直接指責屈騷中的怨憤更甚於變《風》，其《代石光錫上宰相書》一文曰：「某嘗觀變《風》之什，不遇之仁人，窮處之賢者，往往羈愁憤懣，以譏刺其上。其後屈原遭讒放逐，《離騷》之詞作。其揚己露才，忿嫉當世，視變《風》爲尤甚。當竊陋之」。〔註64〕何夢桂說：「騷蓋古詩變，《風》、《雅》之遺也。騷深於怨，古詩怨而不傷，而騷近之。怨非詩之正聲也，商之聲直以肆，周之聲和以柔，一變爲《國風》，再變爲《黍離》甚也，而騷又甚焉。」〔註65〕顯然，在很大程度上，這裏的「變」並非一個中性詞，而帶有貶義；當他們將屈騷視爲《詩經》之變時，「變」字本身即顯示了言說者的價值判斷。不論視其爲變《風》、變《雅》還是變《風》、變《雅》之再變，事實上都是把屈騷局限於儒家詩教的框架內。這種比附於《詩經》的方式儘管可以提高屈騷的正統地位；然而，正如朱熹、胡寅所認爲的那樣，屈騷情感內容中激烈的怨憤情緒並非變《風》、變《雅》之怨刺所能夠完全容納，屈騷之於《詩經》的變異已然超出了儒家經典的範疇，正如晁補之所駁斥的那樣，「乃固與玁所論，必《詩》之正，如無《離騷》可也。」〔註66〕

二、屈騷與楚文化的關係

於是，宋代學者開始在經典之外尋找屈騷的淵源，他們注意到屈騷的獨特個性與其所屬的楚地文化有關。黃伯思《翼騷序》中「書楚語，作楚聲，

〔註62〕朱熹《楚辭集注》，上海古籍出版社，1979年，第2頁。
〔註63〕胡寅《斐然集》，文淵閣四庫全書本，臺灣商務印書館，1986年，第547頁。
〔註64〕王之望《代石光錫上宰相書》，引自吳文治《宋詩話全編》，江蘇古籍出版社，1998年，第4319頁。
〔註65〕何夢桂《潛齋集》，文淵閣四庫全書本，臺灣商務印書館，1986年。
〔註66〕晁補之《離騷新序》上，《雞肋集》卷三六，文淵閣四庫全書本，臺灣商務印書館，1986年。

紀楚地，名楚物」的界定已經明確將楚辭歸源於楚地特有的文化，南宋韓元吉藉此作了發揮，《張國安詩集序》云：「詩之作，得於志之所寓也。周詩既亡，平始爲《離騷》。荀卿、宋玉又爲之賦，其實詩之餘也。至其託物引喻，憤惋激烈，有《風》《雅》所未備，比興所未及，而皆出於楚人之詞。後之學者，執筆慕而終身不能道其一二。或曰楚之地富於東南，其山川之清淑，草木之英秀，文人才士遇而有感，足以發其情致而動其精思，故言語輒妙可以歌詠而流行……豈無所謂發情致而動其精思，眞楚人之遺意哉？」〔註67〕韓氏把《離騷》續於《詩》之後，在二者的對比中凸現屈騷異於《風》、《雅》之處，認爲屈騷中憤惋激烈的情感與託物隱喻的手法超乎《詩經》的怨刺與比興的範疇之外，並且將這種不同歸因於屈原的楚人身份。韓氏著眼於楚地的自然風貌，即「楚地」、「楚物」對屈騷的影響，並從觸物感興的角度分析屈原的創作動因。宋代許多學者都認識到，楚地所屬的南方文化正是造成楚辭與《詩經》不同的重要原因，黃震《黃氏日抄》云：「自屈原賦離騷而南國宗之，通號楚辭」；〔註68〕林光朝也說：「十五《國風》如周南之國、召南之國，蓋自周召以南之國，如江漢、汝墳小國何數，其風土所有之詩並見之「一南」，則詩之萌芽，楚人爲得之又一變爲《離騷》耳」；〔註69〕陳仁子也從楚文化的精神特質上認識屈騷的獨特風格：「《詩》宏於天地之氣，《曹》奢《魏》褊，《秦》悍《齊》詐，各以地異。楚無《詩》，接與之歌，《離騷》之經，聲牙倔強，其風氣尙可想像。」〔註70〕楚地特有的風情所造就的獨特的楚地文化，不僅具有博大精深的內涵，而且呈現了豐富鮮明的獨特個性，它具有奔放、深宏闊大以及汪洋恣肆等特色。騷體正是在楚文化的土壤中汲取豐富的營養孕育而生的，而具有鮮明地域色彩和聲律特點的楚地民歌正是騷體的一個直接淵源。儘管朱熹在《楚辭集注》中不滿於屈騷異乎經典之處，貶斥屈原「馳騁於變《風》、變《雅》之末流」，「不知學於北方」；但他業已敏銳地認識到這種不同正是由於屈騷所屬的南方文化所致。《楚辭辯證·天問》說：「而此《問》之言，特戰國時俚俗相傳之語。如今世俗僧伽降無之祈、許遜

〔註67〕韓元吉《張國安詩集序》，引自吳文治《宋詩話全編》，江蘇古籍出版社，1998年，第4380頁。

〔註68〕黃震《黃氏日抄》卷三十五，北京圖書出版社，2005年。

〔註69〕林光朝《與宋提舉去葉》，引自吳文治《宋詩話全編》，江蘇古籍出版社，1998年，第4331頁。

〔註70〕陳仁子《牧萊脞語二稿》卷六《李氏九思翁詩序》，引自吳文治《宋詩話全編》，江蘇古籍出版社，1998年，第10292頁。

斬蛟蜃精之類，本無稽據，而好事者遂假託撰造以實之。明理之士，皆可以一笑而揮之。」〔註71〕在此，朱子指出屈騷中大量的神話是取材於南方的典籍與民間傳說，所以與北方學者任典籍中的記載很不相同。這種看法還集中體現於《集注》的《九歌》闡釋中，《九歌序》云：

> 昔楚南郢之邑，沅、湘之間，其俗信鬼而好祀，其祀必使巫覡
> 作樂，歌舞以娛神。蠻荊陋俗，詞既鄙俚，而其陰陽人鬼之間，又
> 或不能無褻慢淫荒之雜。原既放逐，見而感之，故頗爲更定其詞，
> 去其泰甚，而又因彼事神之心，以寄吾忠君愛國眷念不忘之意。是
> 以其言雖若不能無嫌於燕呢，而君子反有取焉。〔註72〕

朱熹繼承了王逸《章句》將《九歌》與楚國祭祀之俗相聯繫的注釋，從楚國民間盛行的巫風入手，認爲《九歌》源於民間祭祀的巫歌，屈原在此基礎上進行對其文詞進行改造，並以此寄託忠君愛國之意。雖然，朱氏最終出於其理學家的立場而指斥屈騷中的南方文化因素異於儒家經典，但他畢竟同時注意到了屈騷的兩個淵源：一爲《詩經》，一爲楚地文化，而《九歌》正是屈原以北方正統的思想改造楚地巫歌的產物。總體來說，宋人對屈騷淵源的探索主體還是朝著《詩經》的方向，視屈騷爲《詩經》之流變，從而將其圈進儒家詩教的框架內；同時，以黃伯思、朱熹爲代表的部分宋代學者還看到屈騷特異於《詩經》傳統之處，並就此分析了楚文化爲屈騷的另一淵源。兩宋時期，儘管屈騷源於楚文化說根本無法與源於《詩經》說抗衡，但宋人開始對屈騷中的楚文化因素給予越來越多的關注，進一步開拓了騷體批評的視野。

第三節　騷體流變

一、屈騷與賦的源流關係

宋代學者對屈騷文體特點的研究一方面往上推源，從其與《詩經》的關係考察其對《風》、《雅》傳統的繼承與背離；另一方面則往下溯流，就其與賦的關係研究其文體特點及對後世的影響。自屈騷產生之日起，「騷」與「賦」就存在著難以割裂的聯繫，數千年來騷和賦始終是互相滲透，難分界限。漢人普遍以騷爲賦，宋代亦存在大量以賦稱騷的情況，爲了與漢賦及漢以後的

〔註71〕朱熹《楚辭集注》，上海古籍出版社，1979 年，第 192 頁。
〔註72〕朱熹《楚辭集注》，上海古籍出版社，1979 年，第 29 頁。

賦體作品區別而論，屈騷又被稱爲楚賦、騷賦等。關於賦的起源問題，眾說紛紜，或認爲源於《詩》，或以爲源於屈騷，或謂源於戰國諸子，或謂出於縱橫家之言，至今未有定論。馬積高《賦史》一書將賦分成三類，即騷體賦、文賦和詩體賦，騷體賦即以屈騷爲代表。馬氏就此三類分別探尋賦之源，認爲其各有淵源：騷體賦源自楚歌，文賦由諸子問答體和遊士的說辭演變而來，詩體賦則源於《詩》三百篇。在上述各種說法之間，歷史上的主流看法是源於詩說，由班固首倡，《漢書・藝文志・詩賦略》稱「賦者，古詩之流也」，認爲屈原賦、陸賈賦、荀卿賦、雜賦四類皆源自古詩，賦成爲詩體流變發展產生的一種新文體。後世遂本此說，直到清代仍以此說爲主。摯虞《文章流別論》曰：「賦者，敷陳之稱，古詩之流也。前世爲賦者有孫卿、屈原，尚頗有古詩之義，至宋玉則多淫浮之病矣。楚詞之賦，賦之善者也。故揚子稱賦莫深於離騷。賈誼之作則屈原儔也。」〔註73〕摯虞延續班固以古詩爲賦之源的觀點，以荀子、屈原爲賦之始，並認爲以《離騷》爲代表的楚辭是賦之善者，同時貶抑宋玉而將賈誼提高到比類於屈原的地位。之後，劉勰《文心雕龍・詮賦》更是對賦體的源流演變作了精彩的論述，《詮賦》篇將賦體的淵源追溯到《詩經》「六義」之一的「賦」，同時指出，《國語》召公所謂賦詩言志的「不歌而誦」與《毛傳》裏大夫「登高能賦」的不入樂的徒歌，皆爲賦體的最終成型提高了必不可少的條件，這是賦的萌芽。劉勰認爲，賦體「受命於詩人，拓宇於《楚辭》」至屈騷而「始廣聲貌」，「討其源流，信興楚而盛漢矣」。《詮賦》篇考察了賦體從楚到漢直至南北朝的整個歷史演變史，並在這種縱向的比較中讚美屈騷「精彩絕豔，難與並能」。〔註74〕從班固以古詩爲賦之源，到摯虞在此基礎上強調楚辭爲賦之善者，再到劉勰突出屈騷之於賦的開創性作用，屈騷在賦中的典範性地位日益突出，這成爲宋人探究「騷」、「賦」關係的學術基礎。

跟前人相比，宋人儘管也認同源於古詩之說，不過，他們特別指出從詩到賦的演變並不是直接的，強調楚辭是兩者之間重要的承接階段。上文我們分析過，晁補之等人對騷體演變的線索勾勒爲：古詩（《詩經》）→屈騷→漢賦→五言詩→雜言（長謠、銘等）→律詩。在文學演變的鏈條上，從古詩變

〔註73〕摯虞《文章流別論》，引自穆克宏、郭丹編著《魏晉南北朝文論全編》，江蘇教育出版社，2004年，第90頁。

〔註74〕劉勰著，范文瀾注《文心雕龍注》，人民文學出版社，1958年，第134頁。

爲屈騷，再由屈騷衍成漢賦。在他們看來，屈騷才是漢賦的直接來源。晁補之《變離騷序》曰：「咸古詩風刺所起，戰國時皆散矣，至原而復興。則列國之《風》《雅》，始盡合而爲《離騷》，是以由漢而下，賦皆祖屈原。」〔註75〕以屈騷爲辭賦之祖的觀點倡於宋祁，《宋景文公筆記》卷上云：「予謂老子《道德》篇，爲元言之祖。屈原《離騷》，爲辭賦之祖，司馬遷《史記》，爲紀傳之祖。後人爲之，如至方不能加矩，至圓不能過規矣。」〔註76〕宋人多認同、引申此說，如彭乘《續墨客揮犀》卷二引宋祁云：「混元皇帝《道德經》，爲至言之祖；屈平《離騷》爲辭賦之祖；司馬遷《史記》，爲紀傳之祖。後人爲之，如至方不能踰矩，至圓不能過規。左邱明工言人事，莊周工言天。二子之上無有矣！雖聖人復生，篾以加云。」〔註77〕眞德秀《文章正宗・綱目・詩賦》云：「若《楚辭》，則又《詩》之變，而賦之祖也。」〔註78〕劉克莊《答陳卓然畫》稱《離騷》爲「詞賦宗祖」。周必大認爲晁補之《續楚辭》所錄宋玉以下至宋朝的辭、賦、問、序等各種文章都源於屈騷，其《題趙遹可文卷》曰：「揚雄有言：『事辭稱則經。』此爲屈原發也。自《國風》、《雅》、《頌》之後，能庶幾於此者，其《離騷》乎？或推爲經。雖爲太過，未爲無據也。晁補之《續楚辭》二十卷，自宋玉及漢、唐、至於本朝諸賢，辭、賦、問、對、歌、詩、序、引之類咸在。雖一代英傑盡心力而爲之，遂以名，然其源皆出於《離騷》，特體制殊耳。」〔註79〕與以《詩》評騷的思路類似，當宋儒考量屈騷與漢賦的關係時，他們常常也都是以屈騷爲立足點來觀照和評價後世之賦。正如以詩爲騷之源是爲了突出騷對詩的諷諫傳統的繼承；宋人強調屈騷爲賦之源，立意也是在於考察賦對騷所秉承的古詩傳統的承繼。依照風雅正變說，屈騷是《風》、《雅》之再變；那麼，漢賦則是屈騷之變。就《詩》、《騷》而言，《詩》爲正，《騷》爲變；就《騷》、賦而言，《騷》爲正，賦爲變。也就是說，屈騷與賦之間的源流關係實際上也變成了正變關係，宋人強調騷爲賦之源或賦之祖，就是要確立屈騷的正統地位，以之爲賦的典範。晁

〔註75〕晁補之《變離騷序上》，《雞肋集》卷三六，文淵閣四庫全書本，1986 年。

〔註76〕宋祁《宋景文公筆記》，引自吳文治《宋詩話全編》，江蘇古籍出版社，1998 年，第 139 頁。

〔註77〕彭乘《續墨客揮犀》卷二，引自吳文治《宋詩話全編》，江蘇古籍出版社，1998 年，第 559 頁。

〔註78〕眞德秀《文章正宗・綱目・詩賦》，文淵閣四庫全書本，臺灣商務印書館，1986 年。

〔註79〕周必大《益公題跋》，中華書局，1985 年，第 60 頁。

補之《變離騷序一》論述了自屈原至宋玉到漢、魏晉南北朝再到唐代的賦體演變史，以屈騷爲標準收錄後人之賦編成《變離騷》一書，並特別說明爲何取名爲「變離騷」而非「變楚辭」，其《變離騷序一》云：「要不必同，同出於變，故皆以附《變離騷》。若謂之變《楚辭》乎，則《楚辭》已非《離騷》。《楚辭》又變，則無《離騷》矣。」〔註80〕晁氏認爲，《楚辭》一書中屈原以下作品已非《離騷》，可謂《離騷》之變；若以諸作爲「變楚辭」，則爲《離騷》之再變，就不復有《離騷》之面目。從「離騷」到「楚辭」再到「續楚辭」直至「變離騷」，晁氏以屈騷爲正宗整合了歷代賦體作品，概括了屈原對後世包括宋代賦體的影響。陸九淵更是直斥司馬相如、揚雄諸賦缺乏騷體本應有的諷諫之義，屈騷演變至此已幾乎喪失了古詩傳統，《與程師書》云：「《風》、《雅》之變，墜而溢然也。湘纍之騷，又其流也。《子虛》、《長揚》之賦作，而騷幾亡。」〔註81〕朱熹則在呂祖謙分《詩經》正變爲經傳之說的基礎上將屈騷的正變之說與經傳之別聯繫，《朱子語類》云：「……《風》、《雅》之正則爲經，《風》、《雅》之變則爲傳；如屈平之作《離騷》即經也，如後人作《反騷》與大《九辯》之類則爲傳耳」。〔註82〕在此，屈騷爲正，宋玉諸作爲變；前者爲經，後者爲解經之傳。朱熹以經傳說解讀屈騷與漢擬騷之賦的關係，足見其對屈騷正統地位的尊崇。宋人尊騷爲賦之祖，所重視的其實就是屈騷的諷諫特點。正如呂祖謙所言：「昔人有以屈完（原）作《離騷》可配《風》、《雅》者，亦以其有念念不忘君之心。觀《離騷》一篇三致意，始言高飛遠舉，鴻蒙廓落，神仙幻化之術；中言富貴華麗，聲色音樂，世間可喜之事；終言三江五湖，洞庭彭蠡，世間遊觀之樂。三者皆不足以解憂，而終歸於愛君，後世稱《離騷》爲辭賦之祖，以此也」。〔註83〕呂氏明確指出，屈騷之所以被視爲《詩經》之流與辭賦之祖，都是因爲屈原在作品所寄託的愛君不忘之義。儘管呂氏因屈騷的怨憤激切而貶抑其有失《詩》之正的評價並不恰當；但他對關於屈騷對《詩》與賦源流關係的剖析卻代表了宋代的典型看法，即從《詩》的諷諫確立屈騷爲辭賦之正統。

　　自漢代開始，班固就以古詩的諷諫之義爲標準確立了屈騷與荀卿之賦的

〔註80〕晁補之《變離騷序一》，《雞肋集》卷三六，文淵閣四庫全書本，臺灣商務印書館，1986 年。

〔註81〕陸九淵《陸九淵文集》，中華書局，卷二八，第 213 頁。

〔註82〕黎靖德編，朱熹撰《朱子語類》，卷八十，中華書局，1986 年，第 2093 頁。

〔註83〕呂喬年。輯《麗澤論説集錄》卷七，北京圖書館出版社，2003 年。

正統地位，《漢書‧藝文志‧詩賦略》云：「大儒孫卿及楚臣屈原，離讒憂國，皆作賦以風，咸有惻隱古詩之義。其後宋玉、唐勒，漢興枚乘、司馬相如，下及揚子雲，競爲侈麗閎衍之詞，沒其風諭之義。」〔註84〕既然宋儒之尊「騷」與班固之揚「騷」都是基於其諷喻之義，那麼，二者有何不同？首先，在詩、騷、賦三者的關係中，班固在「賦者，詩之流」的命題下將屈騷在內的諸賦一起納入詩的範疇；而宋人不僅重視屈騷作爲詩之流的特點，而且強調其爲賦之源。作爲《詩經》之流變，屈騷繼承了古詩的諷諫傳統；作爲賦之源，它既傳承了古詩傳統，又另外具有了賦「鋪才摛文，體物寫志」，〔註85〕體現出不同於《詩經》的華麗鋪張等特點。其次，宋人將屈騷提升到更高的地位。班固分賦爲四種，分別爲屈原賦之屬、陸賈賦之屬、荀卿賦之屬及雜賦。屈賦只是賦的一種，與荀賦一起受到推崇；而宋人將屈騷單獨列爲辭賦之祖，以其爲歷代之典範。這與稱其爲詩之流相比，更加強調屈騷的獨立性，而不只是詩的附庸。經過魏晉南北朝時期對文體的相關討論，宋人對屈騷及賦不同於詩的文體特點有了進一步的認識。劉勰認爲賦是「寫物圖貌，蔚似雕畫。抑滯必揚，言庸無隘。風歸麗則，辭剪美稗」，〔註86〕與班固的貶斥不同，劉勰對宋玉以下的賦作持肯定的態度，稱宋玉、枚乘、司馬相如、賈誼、王褒、班固、張衡、揚雄等與荀賦一樣都是「辭賦之英傑」，重視賦的內在藝術特性。然而，宋人並未沿著這種思路作進一步的探索。關於屈騷與賦的源流問題，宋人反而又將視野局限於內容上的諷諫，在此標準之下，他們延續摯虞抑宋（玉）揚賈（誼）之說，賈誼的地位被晁補之、朱熹等人進一步擡高。晁補之說：「然宋玉親原弟子，《高唐》既靡，不足於風。《大言》、《小言》，義無所宿，至《登徒子》靡甚矣。」〔註87〕朱熹對賈誼之賦尤爲讚賞，「獨賈太傅以卓然命世英傑之材，俯就騷律，所出三篇非一時諸人所及」。〔註88〕也就是說，宋人關注屈騷的源流演變，其實立意就是在於一點，即對《詩經》諷諫傳統的承襲或背叛，而不在於文詞上的借鑒與創新通變。在辭與義之間，他們沒有進一步發揚劉勰等南北朝文學批評家對賦體藝術性的發明，反而更接近於漢代的諷喻之見。這是宋代賦學批評的退步麼？如果尊騷只是尊騷的諷

〔註84〕班固著，陳國慶編《漢書藝文志注釋彙編》，中華書局，1983年，第186頁。
〔註85〕劉勰著，范文瀾注《文心雕龍注》，人民文學出版社，1958年，第134頁。
〔註86〕劉勰著，范文瀾注《文心雕龍注》，人民文學出版社，1958年，第136頁。
〔註87〕晁補之《變離騷序上》，《雞肋集》卷三六，文淵閣四庫全書本，1986年。
〔註88〕朱熹《楚辭集注》，上海古籍出版社，1979年，第206頁。

喻，那麼，尊騷與尊詩又有何不同？宋人尊騷爲賦之祖與漢代以賦爲《詩》之流的本質其實並無太大不同，只是文體發展到宋代越來越多樣化，宋人的分體意識日益明確，賦與詩已是完全不同的兩種文體，二者相差巨大。爲了比附承接《詩》的傳統，在《詩》與賦之間需要有一個媒介，此時，亦詩亦賦、非詩非賦的屈騷就承擔了這樣的責任。於是，他們繼承、發展了班固延續下來的古詩之流說，從諷諫之義的角度而非文辭體式的角度將屈騷立爲辭賦之祖。

　　這一方面與宋代理學的思潮有關，道統思想導致文學批評中出現重理輕文的傾向；另一方面，這更與宋賦的發展情況有直接關係。從漢賦到魏晉南北朝賦到唐賦，賦體本身也經歷了很大的變化，在漢代散體賦之外又產生了駢賦與律賦。賦體發展至宋代，除了承續前代駢賦與律賦之外，又在繼承了韓柳古文運動對賦體改造的成果而形成了文賦之體，其典型特徵是以文爲賦，賦體經歷了再一次變體。項安世就從賦體的起源上認定文賦的合法地位，《項氏家說・詩賦》說：「予常謂賈誼之《過秦》、陸機之《辨亡》皆賦體，大抵屈宋以前，以賦爲文，周莊、荀卿二書，體義聲律，下句用字，無非賦體。自屈宋以後爲賦，而兩漢特盛，遂不可加。唐至於宋朝，復變爲詩，皆賦之變體也。」〔註89〕宋代的以文爲賦是對魏晉南北朝駢賦、唐代律賦過分重視形式技巧的一種糾正，是向古賦的一種回歸。宋人往往將文賦與古賦互稱，以文賦爲古賦。這既是因爲宋人的賦體分類意識尚不明確，也是因爲其志在復古，以古賦確認當代文賦的合法性，藉以排斥駢賦、律賦的形式之風。而事實上，宋人的以文爲賦造成了賦近於文的現象，日漸模糊了賦與文的區別，淡化了賦的文體特性，可以說，宋文賦是有別於古賦的新賦體。儘管宋人混淆宋文賦與古賦之分，但朱熹等人卻充分注意到宋代所謂的古賦與屈宋之古賦的差異，視之爲對賦之正統的背離。在這種情況下，宋代賦學領域裏的尊騷爲賦之祖的論點就是有的放矢，具有撥亂反正之用意。所以，朱熹說：「古賦惟熟看屈、宋、韓、柳所作，乃有進步處，本朝來騷學殆絕，秦、黃、晁、張之徒不足學也。」〔註90〕對於宋賦不足學的內在原因，北宋史學家劉攽早有概括：「古人之賦，詞約而旨暢；今人之賦，理弱而文壯。原

〔註89〕項安世《項氏家說》卷八，引自李誠《楚辭評論集覽》，湖北教育出版社，2003年，第168頁。

〔註90〕黎靖德編，朱熹撰《朱子語類》卷一百三十九，中華書局，1986年，第3298頁。

屈宋而瀰漫，下卿雲而流宕，豈所謂言勝則道微，華盛而實喪者哉！」〔註91〕
劉氏所評判的「今人之賦」就籠統的宋賦而言，包括宋代的駢賦、律賦以及
文賦諸種賦體，認為其辭勝於義，重形式而輕內容，是對屈騷所承繼的諷諫
之旨的背叛。而朱熹則明確針對以文為賦提出批評：「宋朝文明之世，自前世
莫不推歐陽文忠公，南豐曾公與眉山蘇公相繼迭起，各以其文擅名一世，獨
於楚人之賦未有數數然者。蓋以文為賦，則去《風》、《雅》日遠也。」〔註92〕
在此，朱熹將宋人賦作與「楚人之賦」即屈騷區別開來，認為歐陽修、曾鞏、
蘇軾等人之賦雖名盛一世，卻皆偏離了屈騷的軌範。基於理學家的道統立
場，朱熹對宋人以文為賦的批判自然並非立足於宋文賦過於重理的缺點，而
是在於宋賦對屈騷正統背離，也就是對屈騷所承繼的《風》、《雅》傳統的背
離。其後，元人祝堯在《古賦辨體》一書中發展了這一觀點：「後山謂歐公
以文體為四六，但四六對屬之文也，可以文體為之。至於賦，若以文體為之，
則專向於理而遂略於辭，昧於情矣。俳律卑淺，固可去；議論後發，亦尚可；
而風之優柔，比興之假託，《雅》、《頌》之形容，皆不復兼矣。非特此也，
賦之本義當直述其事，何嘗專以論理為體邪？以論理為體，則是一片之文但
押幾個韻爾，賦於今何有？今觀《秋聲》、《赤壁》等賦，以文視之，誠非古
今所及；若以賦論之，恐仿雷大使舞劍，終非本色。」〔註93〕祝堯從三個方
面批判了宋賦，一是不復屈騷比興寄託之指，二是昧於賦體敘事的文體特質
而轉於說理，三是形式上以文為賦。於是，祝堯在宋人尊屈騷為賦之祖的
基礎上提出了「祖騷宗漢」說，以革除文賦之流弊。總的來說，宋人在騷體
流變的視野中尊崇屈騷為賦之祖，跟其強調屈騷為詩之流的用意是一樣的，
主要都是為了突出諷喻之旨。這種道統論的批評思想發展到極致便是反對騷
與賦，甚至指責屈騷是後世文辭的華麗之弊的始作俑者，如魏了翁《跋胡復
半野詩稿》云：「古之為文，皆以德盛仁熟流於既溢之餘，故所肆筆脫口而
動中音節，非特歌詩為然也；《禮》辭《易》象亦莫不然。自《離騷》作，
而文辭之士與世之以聲律為文者，傅會牽合，始與事不相儷，文人才士習焉
而不之察也。」〔註94〕夏竦亦言：「若孫卿暢幽惻之意，屈宋起迂誕之說，

〔註91〕劉攽《彭城集》卷二，文淵閣四庫全書本，臺灣商務印書館，1986 年。
〔註92〕李調元《賦話》卷五引，上海古籍出版社，1995 年，第 176 頁。
〔註93〕祝堯《古賦辨體》卷八，文淵閣四庫全書，臺灣商務印書館，1986 年。
〔註94〕魏了翁《鶴山先生大全文集》卷六二，文淵閣四庫全書，臺灣商務印書館，
　　　　1986 年。

相如閎衍以前導，揚雄淫麗而後殿，賦之體隳矣。」〔註95〕這種完全以儒家
經典的標準來考量屈原作品，排斥其文學性因素的看法代表了宋代理學家們
的典型觀點。與此相對的是，宋代有的人正是從經學之外的文學角度確定屈
騷為辭賦之祖的地位，汪藻《鮑欽止小集序》：「逮左氏傳《春秋》，屈原作
《離騷》，始以文章自為一家，而稍與經分。」〔註96〕魏慶之《詩人玉屑》
於「晦庵謂學詩必本之三百篇」後評曰：「《三百篇》，情性之本。《離騷》，
辭賦之宗。學詩者不本於此，是亦淺矣。」〔註97〕屈騷是獨立於儒家經典之
外的文學作品，它與《詩經》固然有相合之處，但若是處處以經評騷，則抹
煞了屈騷的文學特性，正如晁補之所說，「必《詩》之正，若無《騷》可也」
〔註98〕。然而，在宋人對屈騷源流的探索過程中，不論是視其為《詩經》之
流，還是尊其為辭賦之祖，絕大部分著眼的都是屈騷內容上類於經典的諷諫
寄託之旨，以此確立屈騷的典範性地位，為宋代賦體創作提供借鑑。

二、楚辭選本中的騷體觀

　　宋人不僅對騷體的文體特徵進行理論分析，考察其源與流，並且在楚辭
選本的編輯中實踐了其文體觀。在中國古代的文學批評中，選本是一個重要
的批評形式，「選」這一行為具有很大程度的主觀性，編者通過刪汰繁蕪選編
而成的集子，不再是客觀的作品集合，而打上了編選者自身的烙印，作品的
去取之間體現了編者的文學思想。《楚辭》最早的本子為劉向所編，共十六卷，
而後王逸在此基礎上增加了其所作《九思》並加以注釋，遂成《楚辭章句》
十七卷，這是宋以前唯一的《楚辭》傳本，其所錄作品及其編排次序皆具有
權威性。故後世楚辭集子若對《章句》篇目有所增刪、或改變其次序，都會
引起討論，人們往往就此分析編者的用意並評騭優劣。如洪興祖就特別不滿
蕭統《文選》騷類中刪減屈原作品，尤其是大量刪減《九章》之作，其《補
注》則完全沿用《章句》的篇目及次序，表示了對劉向、王逸的認同。與洪
興祖相對的是晁補之、朱熹二人，他們不僅對《章句》本的篇目及次序進行
了調整並加以分類，而且增收了歷代與屈騷相類的作品編成新的《楚辭》選

〔註95〕夏竦《文莊集》卷二○，文淵閣四庫全書本，臺灣商務印書館，1986年。
〔註96〕王正德《餘師錄》，引自吳文治《宋詩話全編》，江蘇古籍出版社，1998年，
　　　　第6182頁。
〔註97〕魏慶之《詩人玉屑》卷十三，上海古籍出版社，1985年，第95頁。
〔註98〕晁補之《離騷新序》下《雞肋集》卷三六，文淵閣四庫全書本，1986年。

本。晁補之的《續楚辭》、《變離騷》二書,這是繼劉向之後首次對騷體作品作大規模的輯錄,在楚辭學史上意義非凡,陳造評之曰:「歸來子之於楚騷,古今源流正變之意備且盡矣。」〔註99〕此後朱熹便在晁氏二書的基礎上進行增刪,收錄由漢至宋的五十二篇騷體作品編訂而成《楚辭後語》一書,並廣爲流傳。其後,明代的蔣之翹又在此基礎上變成《續楚辭後語》一書,收錄明人擬騷作品二十六篇。此外,呂祖謙《宋文鑒》「騷」類中亦收錄了王安石、黃庭堅等二十三篇宋代騷體作品,可與晁補之、朱熹之選本參看。宋人選錄騷體作品是建立在其詩、騷、賦並融的文體認識上,從騷體源流演變發展的廣闊視野中選錄騷體作品,將歌、詩、辭、賦、操、文諸體中具備騷體特徵的篇章皆收納其中,其中又以賦爲主體。那麼,這些騷體選集的輯錄標準是什麼?晁、朱二人對於其所選作品大都有特別說明其選錄原因,不過,晁氏《續楚辭》、《變離騷》二書皆以亡佚,根據存於《雞肋集》中的二書序言以及朱熹《楚辭辯證》、《楚辭後語》和晁公武《郡齋讀書志》所談及的相關內容可知,朱熹與晁補之的選篇及次序雖有出入,但二人的選擇標準是大體一致的,其選錄作品大體或以楚語、楚聲爲形式特徵,或抒發哀怨憤懣的情感、寄託諷喻之旨,或兼而有之。這種標準從二人對王逸舊本的改動就可見一斑。晁補之《重編楚辭》、朱熹《楚辭集注》對王逸《楚辭章句》的改動詳見下表:

	《楚辭章句》	《重編楚辭》	《楚辭集注》
屈原作品	離騷經	離騷經	離騷經
	九歌	**離騷·遠遊**	離騷·九歌
	天問	**離騷·九章**	離騷·天問
	九章	**離騷·九歌**	離騷·九章
	遠遊	**離騷·天問**	離騷·遠遊
	卜居	離騷·卜居	離騷·卜居
	漁父	離騷·漁父	離騷·漁父
		離騷·大招	
屈原以	九辯	楚辭·九辯	續離騷·九辯
	招魂	楚辭·招魂	續離騷·招魂
	大招		續離騷·大招

〔註99〕陳造《題〈變離騷〉》,引自吳文治《宋詩話全編》,江蘇古籍出版社,1998年,第6243頁。

外騷體作品	惜誓	楚辭·惜誓	續離騷·惜誓
	招隱士	楚辭·七諫	**續離騷·弔屈原賦**
	七諫	**楚辭·哀時命**	**續離騷·服賦**
	哀時命	**楚辭·招隱士**	**續離騷·哀時命**
	九懷	楚辭·九懷	**續離騷·招隱士**
	九歎	楚辭·九歎	
	九思		

　　在《重編楚辭》與《楚辭集注》中，晁補之與朱熹都對舊錄進行了分類，晁氏以「離騷」與「楚辭」、朱氏以「離騷」與「續離騷」分別代指屈作與他人擬作，從而將屈騷與後人擬騷之作明確區別開來。《重編楚辭》對《楚辭章句》所作的改動有三：一是改變了屈原作品的次序。「離騷」部分，將《遠遊》從第五篇提前到第二篇、《九章》從第四提到第三；而將本往第二篇的《九歌》移到第四篇，《天問》從第三後移至第五；在「楚辭」部分，把《招隱士》移至《哀時命》之後。晁氏的解釋是：因為《遠遊》和《九章》是屈原「自敘其意，近《離騷經》也」，〔註100〕故將其緊緊次於《離騷經》之後；而《九歌》與《天問》是「攬楚祠廟鬼神之事，以攄憤者」，〔註101〕所以將其移往《九章》之後。二是將《大招》確定為屈原作品，因為「《大招》古奧」。三是刪去王逸所作《九思》是因為此非劉向舊錄，且「《九思》視向以前所作，相闊矣」；〔註102〕另外因為《章句》之本流傳已久，而仍存《九思》於《續楚辭》上卷終篇。《楚辭集注》對《章句》本中的屈原作品未作任何改動，而對宋玉以下作品作了大刀闊斧的增刪，舊錄十篇僅存六篇，其刪《七諫》、《九懷》、《九歎》及《九思》四篇，代之以《弔屈原賦》和《服賦》。對此，朱熹解釋是，《七諫》等四篇「雖為騷體，然其詞氣平緩，意不深切，如無所疾痛而強為呻吟者」；〔註103〕而賈誼「有經世之才，文章蓋其餘事，其奇偉卓絕，亦非司馬相如輩所能彷彿」。〔註104〕儘管晁、朱二人對王逸舊錄的改動有所不同，但他們所依據的標準還是基本一致的，主要都是從內容上的諷諫、哀怨情感的深切真摯這兩個方面考量。

〔註100〕晁補之《離騷新序中》《雞肋集》卷三六，文淵閣四庫全書本，1986年。
〔註101〕同上。
〔註102〕同上。
〔註103〕朱熹《楚辭集注·楚辭辯證》，上海古籍出版社，1979年，第2頁。
〔註104〕朱熹《楚辭集注》，上海古籍出版社，1979年，第159頁。

關於晁補之與朱熹新錄騷體作品的標準，朱熹說：「晁氏之為此書（《續楚辭》、《變離騷》），固主於辭而亦不得不兼於義。今因其舊，則其考於辭也宜益精，而擇於義也當益嚴矣。」〔註105〕可見，朱熹的選錄思路與晁補之是類似的，《楚辭後語》是以晁氏二書為參本進行增刪而成。朱氏對晁氏選本所作的改動主要是刪減，所增篇目極為有限；而且，朱熹的改動集中於魏晉南北朝和宋代部分。造成《楚辭後語》與晁補之二書不同的原因並不在於二人對騷體認識的不同，而在於朱熹以更為精嚴的態度去取作品，故刪去了晁補之評價不高卻仍舊錄入的作品。在「辭」與「義」之間，朱熹認為其與晁氏都是兼顧二者，但晁氏側重於「辭」，朱氏本人則更加重視「義」的層面，導致二者對個別作品的判斷有所出入，如揚雄《反離騷》、摯虞《思遊賦》等。朱子《楚辭後語・目錄》說：「故今所欲取而使繼之者，必其出於幽憂窮蹙、怨慕淒涼之意，乃為得其餘韻，而閎衍鉅麗之觀，懽愉快適之語，宜不得而與焉。至論其等，則又必以無心而冥會者為貴，其或有是，則雖遠且賤，猶將汲而進之；一有意於求似，則雖迫真如揚、柳，亦不得已而取之耳。」〔註106〕由此可見，朱熹對騷體特徵的整體把握是「幽憂窮蹙、怨慕淒涼」，《後語》的選錄標準仍然是以內容上的諷諫寄託及情感上哀怨情感的深切真摯為主。

上文我們探討過，宋人的騷體源流批評都是為了突出屈騷諷喻寄託的主旨，這是宋人對騷體特徵的首要認識，朱熹就認為《離騷》是「冀君覺悟，反於正道」而作、「復作《九歌》、《天問》、《九章》、《遠遊》《卜居》、《漁父》等篇，冀伸己志，以悟君心」。〔註107〕所以，宋人對騷體作品選錄的首要標準也在於諷諫寄託的內容。晁補之錄荀子之賦於《變離騷》之首原因是「荀卿非蹈原者，以其後原，皆楚臣，遭讒為賦以諷，故取其七篇，列《變離騷》之首，類《離騷》而少變。」〔註108〕朱熹亦將其置於《楚辭後語》之首，並解釋道：「首篇所著荀卿子之言，指意深切，詞調鏗鏘，君人者誠能使人朝夕諷誦，不離於其側，如衛武公之抑戒，則所以入耳而著心者，豈但廣廈細旃，明師勸誦之益而已哉！此固余之所為眷眷而不能忘者」〔註109〕；「如荀卿子諸

〔註105〕朱熹《楚辭集注》，上海古籍出版社，1979年，第9頁。
〔註106〕同上。
〔註107〕朱熹《楚辭集注》，上海古籍出版社，1979年，第2頁。
〔註108〕晁補之《變離騷序上》，《雞肋集》卷三六，文淵閣四庫全書本，臺灣商務印書館，1986年。
〔註109〕朱熹《楚辭集注》，上海古籍出版社，1979年，第9頁。

賦，皆高古，而《成相》之篇，本擬工誦箴諫之詞，其言姦臣蔽主擅權，馴致移國之禍，千古一轍，可爲流涕」〔註110〕；「今以其詞亦託於楚而作，又頗有補於治道，故錄以附焉。」〔註111〕由於過分強調諷諫的內容，晁、朱將荀賦收錄騷體選集，並視之爲騷體正宗，進一步消泯了騷與賦的界限。在《後語》各篇小序裏，朱熹反覆強調所收作品的政治意義，如《易水歌》：「於此可以見秦政之無道」〔註112〕；《垓下帳中之歌》：「若其成敗得失，則亦可以爲強不義者之深戒云」〔註113〕；《瓠子之歌》「乃閔然有籲神憂民惻怛之意云」〔註114〕；收《長門賦》是因爲：「歸來子曰『此諷也，非《高唐》、《洛神》之比。』」〔註115〕朱子對後世騷體作品的總體評價不高，甚至認爲宋代是騷學殆絕之時，其尊屈騷爲辭賦之祖的著眼點是在於借屈騷所繼承的《詩經》的諷諫傳統摒棄辭賦辭采華麗的文體特質。這一點在《後語·哀二世賦》的序言中有很好的說明：「蓋相如之文，能侈而不能約，能諷而不能諒。其《上林》、《子虛》之作，既以誇麗而而不得如於楚詞；《大人》之於《遠遊》，其漁獵又泰甚，然亦終歸於映也。特此二篇《長門賦》、《哀二世賦》，爲有諷諫之意，而此篇所爲作者，正當時之啇監，尤當傾意極言以寤十聽，顧乃低個局促，而不敢盡其詞焉，亦足以知其阿意取容之可賤也。不然豈將死而猶以《封禪》爲言哉！」〔註116〕從《集注》的闡釋和《後語》的選篇來看，朱熹能夠對騷體給予文學的關注，如其雖批評《越人歌》「其義鄙褻不足言」，卻也能因爲「其自越而楚，不學而得其餘韻，且於周太師六詩之所謂興者，亦有契焉」〔註117〕而收入《後語》；然而，道學家的身份決定了朱熹仍是以義理爲根本，如其評價《擬招》曰：「蓋以寓夫求放心，復常性之微意，非特爲詞賦之流也。」〔註118〕按照朱子的觀點，若非隱含諷喻深意，則不過爲辭賦之流，足見其對辭采華茂的辭賦的輕視態度。也正是因爲過於強調這個標準，朱熹對宋玉諸作大加指責，「若《高唐》、《神女》、《李姬》、《洛神》之屬，其詞若不可廢，

〔註110〕朱熹《楚辭集注》，上海古籍出版社，1979 年，第 206～207 頁。
〔註111〕朱熹《楚辭集注》，上海古籍出版社，1979 年，第 209 頁。
〔註112〕朱熹《楚辭集注》，上海古籍出版社，1979 年，第 221 頁。
〔註113〕朱熹《楚辭集注》，上海古籍出版社，1979 年，第 222 頁。
〔註114〕朱熹《楚辭集注》，上海古籍出版社，1979 年，第 227 頁。
〔註115〕朱熹《楚辭集注》，上海古籍出版社，1979 年，第 231 頁。
〔註116〕朱熹《楚辭集注》，上海古籍出版社，1979 年，第 233 頁。
〔註117〕朱熹《楚辭集注》，上海古籍出版社，1979 年，第 222 頁。
〔註118〕朱熹《楚辭集注》，上海古籍出版社，1979 年，第 225 頁。

而皆棄不錄，則以義裁之，而斷其爲禮法之罪人也」〔註119〕；同時，《後語》
還特地收錄了揚雄《反離騷》與蔡琰《胡笳》等爲反面教材，「以明天下之大
戒也」，〔註120〕這樣的過激之辭未免過當。

　　而對於屈騷情感上的怨憤特點，朱熹雖對此頗有微詞，批評其有失中庸
之道不可爲訓；但基於其爲屈子「窮而呼天，疾痛而呼父母之詞」，〔註121〕
其怨憤激切的情感眞摯而自然地流露於字裏行間，故在很大程度上肯定了這
一特點，並以之爲選錄騷體作品的一個重要標準，以此反對無病呻吟之作。
朱子特別點明收錄《易水歌》「於此可以見秦政之無道……又特以其詞之悲壯
激烈」〔註122〕；《垓下帳中之歌》「其詞慷慨激烈，有千載不平之餘憤」〔註123〕；
《烏孫公主歌》「極悲哀，固可錄。然並著其本末者，亦以爲中國結婚夷狄，
自取羞辱之戒云」〔註124〕；而在晁錄之外增添《胡笳》的原因在於：「東漢文
士有意於騷者多矣，不錄而獨取於者，以爲雖不規規於楚語，而其哀怨發中，
不能自己之言，要爲賢於不病而呻吟者也。……琰失身胡虜，不能死義，固
無可言。然猶能知其可恥，則與揚雄《反騷》之意又有間矣。今錄此詞，非
怨琰也，亦以甚雄之惡云爾。」〔註125〕由此可見，朱熹選入上述諸篇的一個
原因是其情感的眞摯怨切。同時，朱熹又特別強調這種情感的抒發應該不失
其正，要舒緩從容的，以致於認定屈騷的風格是平淡沖和，其語言是平易曉
暢的，「《楚辭》平易，後人學做者反艱深了，都不可曉」〔註126〕，體現了「詩
貴平易」說的主張。因此，朱熹雖然將怨憤激切的強烈情感作爲選錄騷體作
品的標準，但他還是更爲讚賞那些平和中正的作品，這樣我們就可以理解爲
何在上述各篇小序中，朱子都要在情感之外特別強調其義理之深意。這種態
度集中體現於《後語》對《歸去來辭》的評價中：「陶翁之詞，晁氏以爲中和
之發，於此不類，特以其爲古賦之流而取之，是也。抑以其自謂晉臣恥事二
姓，則其意亦不爲不悲矣。序列此文，又何疑焉！」〔註127〕「其詞義夷曠蕭

〔註119〕朱熹《楚辭集注》，上海古籍出版社，1979年，第9頁。
〔註120〕同上。
〔註121〕同上。
〔註122〕朱熹《楚辭集注》，上海古籍出版社，1979年，第221頁。
〔註123〕朱熹《楚辭集注》，上海古籍出版社，1979年，第222頁。
〔註124〕朱熹《楚辭集注》，上海古籍出版社，1979年，第230頁。
〔註125〕朱熹《楚辭集注》，上海古籍出版社，1979年，第255頁。
〔註126〕同上。
〔註127〕朱熹《楚辭集注》，上海古籍出版社，1979年，第9頁。

散，雖託楚聲，而無其尤怨切蹙之病云。」〔註128〕朱子特別將情感、風格等方面皆與屈騷不類的《歸去來辭》收錄《後語》，大有借其平淡蕭散以正楚聲「尤怨切蹙之病」的用意，故其褒揚《自悼賦》：「至其情雖出於幽怨，而能引分以自安，援古以自慰，和平中正，終不過於慘傷」〔註129〕；《寄蔡氏女》「然其言平淡簡遠，翛然有出塵之趣。」〔註130〕

　　晁補之與朱熹的以楚辭選本的實踐方式進行他們的騷體源流批評，他們將《越人歌》等楚歌以及荀卿《成相》諸賦一起包容進楚辭體，前者為人們從楚文化角度認識屈騷的特殊性提供了思路，後者卻模糊了屈騷與賦的區別、淡化了騷體的特性。晁氏《續楚辭》、《變離騷》與朱熹的《楚辭後語》以及呂祖謙《宋文鑑》中的騷體類選集都是泛騷體觀的產物，這樣固然可以在一個更廣闊的範圍考察騷體的影響，開拓楚辭研究的視野；但騷體界限的模糊導致了上述各書諸體雜陳，選錄標準的不確定使得各書面目各異。不過，他們對屈騷本體的認識還是比較一致的，也代表了宋人的基本觀點，即以楚語、楚聲為形式特點，以內容上的諷喻寄託與真摯的騷怨情感為內在特點，且重點突出內容的寄託功能，並在很大程度上忽略屈騷文辭華美的特點，在理學與文學的雙重文化背景之下，宋人在肯定屈騷文學特性的同時，更加強調其義理深意，體現了宋人文統與道統相融的文學批評觀念，屈騷在文學史上的地位也正是基於這個兩方面的雙重考量才得以確立。

〔註128〕朱熹《楚辭集注》，上海古籍出版社，1979 年，第 262 頁。

〔註129〕朱熹《楚辭集注》，上海古籍出版社，1979 年，第 234～235 頁。

〔註130〕朱熹《楚辭集注》，上海古籍出版社，1979 年，第 299 頁。

第六章　屈原創作技巧批評

第一節　「賦比興」的手法

　　在漢代以《詩》評騷的經學背景之下，王逸首倡以《詩》的比、興手法解讀《離騷》，《楚辭章句·離騷經序》曰：「《離騷》之文，依《詩》取興，引類譬喻。故善鳥香草，以配忠貞；惡禽臭物，以比讒佞；靈修美人，以媲於君；宓妃佚女，以譬賢臣；虬龍鸞鳳，以託君子；飄風雲霓，以為小人。」〔註1〕事實上，這不僅是王逸對《離騷》的解讀方式，也是其闡釋整部《楚辭》的基本手段，屈騷的微言大義正是藉此得以顯現。在《詩經》學的範疇之內，「賦比興」本就是個模糊而複雜的概念，其首先出現於《周禮·春官》：「太師教六詩：曰風、曰賦、曰比、曰興、曰雅、曰頌。」〔註2〕《詩大序》稱「六詩」為「六義」：「《詩》有六義焉：一曰風、二曰賦、三曰比、四曰興、五曰雅、六曰頌。」〔註3〕對於賦、比、興三者的內涵，二書皆沒有給出明確的界定。最早界定「比」與「興」內涵的是東漢經學大師鄭眾，其曰：「比者，比方於物；興者，託事於物。」〔註4〕鄭玄云：「賦之言鋪，直鋪陳今之政教善惡；比，見今之失，不敢斥言，取比類以言之；興，見今之美，嫌於諂媚，取善事以喻勸之。」〔註5〕應該說，人們「賦」的認識相對明確，基本認同其

〔註1〕見洪興祖《楚辭補注》，上海古籍出版社，1983年，第2頁。
〔註2〕鄭玄注、賈公彥疏《周禮注疏》，上海古籍出版社，1997年，第796頁。
〔註3〕孔穎達《毛詩正義》，上海古籍出版社，1997年，第271頁。
〔註4〕鄭玄注、賈公彥疏《周禮注疏》，上海古籍出版社，1997年，第796頁。
〔註5〕鄭玄注、賈公彥疏《周禮注疏》，上海古籍出版社，1997年，第796頁。

為鋪陳、敘述之意，至於「比」與「興」的含義，則眾說紛紜，至今為止，
這仍然是學術界爭論不休的話題。從鄭眾、鄭玄的解釋來看，「興」與「比」
都有比喻之意，從這時開始，「興」就與「比」交纏在一起，故漢代學者普遍
把《毛詩》中所標注的「興」直接解釋為「喻」。劉勰《文心雕龍》以「比興」
一詞名篇，在具體的論述中雖是將「比」和「興」區別而論：「比者，附也；
興者，起也。附理者切類以指事，起情者依微以擬議」；但說「興則環譬以託
諷」則說明「興」兼有起情與譬喻兩層含義，具有了「比」的功能。最早將
「比」、「興」合為「比興」一詞的應該是唐代陳子昂，〔註6〕其《喜馬參軍相
遇醉歌序》云：「夫詩可以比興，不言曷著」，此處以「比興」指詩歌以反映
現實為內容、寄託政治懷抱的特徵，即陳氏所謂「興寄」。此後，「比興」常
常合稱，成為一個包含「比」、「興」又不同於「比」與「興」的概念。關於
「比」、「興」以及「比興」三者的不同，劉懷榮《賦比興與中國詩學研究》
認為，「從思維結構上講，比僅僅包含此物與彼物兩項；比興則需要在這兩項
之外還有屬於言外之意的寄託的第三項。至於比興與興的差別，最主要的在
於，比興始終將社會政治倫理內容的比附寄託作為其必要的歸宿；而興則更
關注由物象的觸發而引出的藝術審美感受和體驗。」〔註7〕從王逸以比、興說
《楚辭》到劉勰說「三閭忠烈，依《詩》製《騷》，諷兼『比』、『興』」，〔註8〕
漢唐之間，人們對屈原創作技巧的關注幾乎全部圍繞在這一點上。

　　上一章我們討論過，宋代屈原批評的主流仍然是以儒家詩教為標準，他
們繼承、發展了漢代以《詩》評騷的學術傳統，進一步深化了屈騷與《詩》
的關係。因此，宋代學者對屈騷藝術手法的解讀仍然像《章句》一樣以比興
為中心，張表臣甚至將「比興」視為騷體的一個本質特徵：「幽憂憤悱，寓之
比興，謂之騷」。〔註9〕不過，《章句》雖言比、興，卻把「興」混同於「比」，
實際上只論及「比喻」這一修辭手法。隨著文學批評理論的發展，宋人對「比」、
「興」的認識不再停留於漢人所理解的「比喻」之上，以朱熹為代表的宋代
學者以《章句》的「比」（「興」）為基礎，在理論上進行了新的開拓。《楚辭
集注》中，朱熹開創性地全面採用「賦」、「比」、「興」三種技巧來分析屈原
的創作，並嚴格區分了這三個概念，《集注‧離騷序》云：「賦則直陳其事，

〔註 6〕劉懷榮《賦比興與中國詩學研究》，人民出版社，2007 年，第 297 頁。
〔註 7〕劉懷榮《賦比興與中國詩學研究》，人民出版社，2007 年，第 311 頁。
〔註 8〕劉勰著，范文瀾注《文心雕龍注》，人民文學出版社，1958 年，第 603 頁。
〔註 9〕張表臣《珊瑚鈎詩話》，何文煥《歷代詩話》本，中華書局，1981 年，第 475 頁。

比則取物爲比，興則託物興詞」。〔註10〕而後，朱熹列舉《楚辭》中三個典型的例子來說明「賦」、「比」、「興」的不同：「其爲賦，則如《騷經》首章之云也；比，則香草惡物之類也；興，則託物興詞，初不取義，如《九歌》『沅芷澧蘭』以興『思公子而未敢言』之屬也。」〔註11〕在朱熹看來，《楚辭》中的「比」與「興」迥然不同：「比」是「以彼物比此物」，兩物之間在意義上緊密相連；「興」是「先言他物以引起所詠之詞」，「初不取義」，前後兩者之間在意義上沒有相關處，相當於發端、感興之義。洪興祖、錢杲之等人在闡釋屈原作品的比興手法時，雖沒有像朱熹一樣明確界定「比」與「興」的不同，但宋代這些楚辭專著在涉及楚辭中的譬喻手法時，基本不再使用「興」一詞表示，而全部用「比」、「喻」、「譬」等字眼，這說明宋代評屈者已普遍意識到「興」與「比」是兩個不同的藝術技巧。不過，除了朱熹之外，宋代各楚辭注家都只談及前人所強調的「比」的手法，皆未論及「興」，亦沒有明確「賦」的使用。可以說，對於屈原創作技巧的分析，朱熹不僅是集大成者，而且還是獨創者。一方面，《集注》以闡發義理爲旨歸，所重視的仍然是通過「比」或「比興」手法的分析來闡發屈原作品中忠君諷喻的內容，在很大程度上糾正並發展了王逸、洪興祖的比興之說；另一方面，朱熹創新性地引入「賦」以及獨立於「比」、「比興」之外的「興」的手法，首次全面以「賦比興」來闡釋屈原作品，不再將視野局限於王逸所謂引類譬喻。同時，朱熹還注意到屈原復合使用了賦、比、興的手法，故《集注》有「比而賦」、「賦而興」、「比而比」之類的提法。在「賦」、「比」、「興」三者之間，朱熹認爲屈原最常使用的手法「賦」與「比」，「《詩》之興多而比、賦少，《騷》則興少而比、賦多（按：此處「騷」代指屈原作品），要必辨此，而後詞義可尋，讀者不可以不察也。」〔註12〕按照朱熹的分析，屈原綜合使用了「賦」、「比」、「興」三種手法，其中，用「比」與用「賦」的比例是相當的，「興」的手法運用得較少，而這正是《楚辭》與《詩經》的不同之處。也正是因爲綜合使用了「賦比興」相結合的多種手法來闡釋屈原作品，使得《集注》雖重在闡發諷喻寄託之大義，卻沒有像《章句》一樣流於處處比附。以下我們以朱熹、洪興祖等楚辭注家爲代表，分別探討宋人對屈騷「賦」、「比」、「興」藝術手法的認識。

〔註10〕朱熹《楚辭集注》，上海古籍出版社，1979年，第2頁。
〔註11〕同上。
〔註12〕朱熹《楚辭集注》，上海古籍出版社，1979年，第2頁。

一、「賦」

在《楚辭集注・離騷經》中，朱熹明確標爲「賦」的有 13 章，標爲「比」的同樣也是 13 章，全篇皆無用「興」，「賦」與「比」平分秋色。《集注》所標「賦」處如下：「帝高陽之苗裔兮」至「字余曰靈均」兩章八句；「衆皆競進以貪婪兮，憑不厭乎求索。羌內恕以量人兮，各興心而嫉妬。忽馳騖以追逐兮，非余心之所急。老冉冉其將至兮，恐脩名之不立」兩章八句；「謇吾法夫前脩兮，非世俗之所服。雖不周於今之人兮，願依彭咸之遺則。長太息以掩涕兮，哀民生之多艱。余雖好脩姱以靰羈兮，謇朝誶而夕替」兩章八句；「忳鬱邑余侘傺兮，吾獨窮困乎此時也。寧溘死以流亡兮，余不忍爲此態也」一章；「屈心而抑志兮，忍尤而攘詬。伏清白以死直兮，固前聖之所厚」一章；「高余冠之岌岌兮，長余佩之陸離。芳與澤其雜糅兮，唯昭質其猶未虧」一章；「民生各有所樂兮，余獨好脩以爲常。雖體解吾猶未變兮，豈余心之可懲。女嬃之嬋媛兮，申申其詈余，曰：『鯀婞直以亡身兮，終然殀乎羽之野」兩章八句；「衆不可戶說兮，孰云察余之中情？世並舉而好朋兮，夫何煢獨而予聽」一章；以及卒章「已矣哉！國無人兮莫我知兮，又何懷乎故都！既莫足與爲美政兮，吾將從彭咸之所居」。《離騷》篇之外，朱熹特別點明運用了「賦」的手法的還有以下幾處：《九歌・湘夫人》「登白薠兮騁望，與佳期兮夕張」及「朝馳余馬兮江皋，夕濟兮西澨」四句；《九章・惜誦》標明「全篇用賦體，無他寄託」〔註 13〕；《九章・涉江》「懷信侘傺，忽乎吾將行兮」兩句。將上述幾處與《章句》和《補注》的釋文對照，我們發現，王逸與洪興祖等人基本上也是將它們認定爲直陳其事，而不作「比」、「興」之解，只是他們未曾像朱熹一樣明確指出其寫作手法爲「賦」。從某種程度上說，就單一的「賦」法而言，《集注》的闡釋與王、洪二書在實質上並沒有太大的不同。《集注》的獨特之處在於將「賦」與「比」結合，將大段的文字整體視爲「比」，對於其中具體的各章、句的行文則認爲是敘述其意，其闡釋過程不以一一對應的比喻作解，亦未挖掘文字層面之外的微言大義，避免了《章句》般支離破碎的比附。最典型的例子是《集注》將「啓九辯與九歌兮」直至「蜷局顧而不行」共五十二章，即全篇近七分之一的篇幅確定爲「比而賦」，這一部分的具體內容朱熹基本上是以賦作解，很少涉及比興，也沒有對此作義理的闡發，這就與《章句》句句託於比（興）的解讀截然不同。如「前望舒使先驅

〔註 13〕朱熹《楚辭集注》，上海古籍出版社，1979 年，第 78 頁。

兮，後飛廉使奔屬。鸞皇爲余先戒兮，雷師告余以未具。吾令鳳鳥沸騰兮，繼之以日夜。飄風屯其相離兮，帥雲霓而來御」兩章，《章句》認爲每一物象皆是比喻，望舒喻「臣清白」、飛廉喻「君命」、鸞皇比「仁智之士」、雷師以比於「君」、飄風喻「邪惡之眾」、雲霓以喻「佞人」，王逸借助於比興將這段文字的原意還原成「使清白之臣，如望舒先驅求賢，使風伯奉君命於後，以告百姓；使仁智之士，如鸞皇，先戒百官，將往適道，而君怠墮，告我嚴裝未具」〔註14〕之類。對此，朱熹嚴厲斥責其「穿鑿之甚，不知何所據而生此也」。〔註15〕除此之外，《集注·離騷》另標「賦而比」10 處，「比而賦」3 處，「賦」法的引入使得《集注》對屈騷比興的闡釋顯得更爲整體化及合理化。這種復合使用的情況主要涉及到「比」的問題，我們將在第三小節談及「比」時再作討論。

二、「興」

　　如果說朱熹以「賦」解「騷」只是對王逸、洪興祖已有的類似解說進行理論上的概括，其說法新穎而實無一致；那麼，《集注》標「興」則看似沿襲舊注之說，實際所論卻與之迥異，朱熹藉此對屈原的創作技巧給予了一種全新的解讀，在宋代屈原批評領域獨樹一幟。以「興」解「騷」最早出自王逸《章句》，所謂「《離騷》之文，依《詩》取興，引類譬喻」；〔註16〕但《章句》之「興」與《集注》之「興」的內涵完全不同。若是仔細分析《章句》中的相關注釋，我們會發現，王逸所說的「興」與「比」其實是相同的，二者皆是「引類譬喻」之義。《章句》以「興」字闡釋屈原作品主要有以下幾處：

　　　　《章句·離騷》：回風爲飄。飄風，無常之風，以興邪惡之眾也。〔註17〕（「飄風屯其相離兮」）

　　　　《章句·湘夫人》：言沅水之中有盛茂之芷，澧水之外有芬芳之蘭，異於眾草，以興湘夫人美好亦異於眾人也。〔註18〕（「沅有芷兮澧有蘭」）

〔註14〕洪興祖《楚辭補注·離騷後敘》，中華書局，1983 年，第 28～29 頁。
〔註15〕朱熹《楚辭集注》，上海古籍出版社，1979 年，第 180 頁。
〔註16〕見洪興祖《楚辭補注》，中華書局，1983 年，第 2 頁。
〔註17〕見洪興祖《楚辭補注》，中華書局，1983 年，第 29 頁。
〔註18〕見洪興祖《楚辭補注》，中華書局，1983 年，第 65 頁。

《章句·山鬼》：雷爲諸侯，以興於君。雲雨冥昧，以興佞臣。
猨猴善鳴，以興讒言。風以喻政，木以喻民。雷填填者，君妄怒也。
雨冥冥者，群佞聚也。猨啾啾者，讒夫弄口也。風颯颯者，政煩擾
也。木蕭蕭者，民驚駭也。〔註19〕（「靁填填兮雨冥冥，猨啾啾兮狖
夜鳴，風颯颯兮木蕭蕭」）

《章句·涉江》：日以喻君，山以喻臣，霰雪以興殘賊，雲以象
佞人。（「雲霏霏而承宇」）……鸞、鳳，俊鳥也。有聖君則來，無德
則去，以興賢臣難進易退也。〔註20〕（「鸞鳥鳳皇日以遠兮」）

《章句·哀郢》：德美大稱皇天，以興君也。〔註21〕（「皇天之
不純命兮」）

《章句·悲回風》：回風爲飄風，飄風回邪，以興讒人。（「悲回
風之搖蕙兮」）

以上七處，王逸全部是以「興」表示「比喻」的含義。其實，《章句·離騷經
序》這段總結性的文字已經說明「興」與「比」是通用的：「故善鳥香草，以
配忠貞；惡禽臭物，以比讒佞；靈修美人，以媲於君；宓妃佚女，以譬賢臣；
虯龍鸞鳳，以託君子；飄風雲霓，以爲小人。」〔註22〕很明顯，「配」、「比」、
「媲」、「譬」、「託」、「爲」諸字也都是同一意思的不同提法而已。這也就意味
著，《章句》對屈原創作方法的分析表面上看是「比」和「興」，而實際上就只
有於一種，即「比」，這與漢代普遍以「興」爲「比」的學術背景直接相關。

而對於朱熹而言，「興」與「比」已是兩種不同的藝術手法，不論是在《楚
辭集注》還是《詩集傳》中都明確持這種觀點。《集注》對屈原作品明確標明
爲「興」的共有四處，皆在《九歌》部分，分別是：

《集注·湘君》「石瀨兮淺淺，飛龍兮翩翩。交不忠兮怨長，期
不信兮告余以不間。」注曰：此章興而比也。蓋以上二句引起下句，
以比求神不答之意也……所謂興者，蓋曰石瀨則淺淺矣，飛龍則翩
翩矣，凡交以不忠，則其怨必長矣；期以不信，則必將告我以不暇
而負其約矣。〔註23〕

〔註19〕 見洪興祖《楚辭補注》，中華書局，1983 年，第 81 頁。
〔註20〕 見洪興祖《楚辭補注》，中華書局，1983 年，第 130～131 頁。
〔註21〕 見洪興祖《楚辭補注》，中華書局，1983 年，第 132 頁。
〔註22〕 見洪興祖《楚辭補注》，中華書局，1983 年，第 2 頁。
〔註23〕 朱熹《楚辭集注》，上海古籍出版社，1979 年，第 34 頁。

《集注・湘夫人》「沅有芷兮澧有蘭，思公子兮未敢言。荒忽兮遠望，觀流水兮潺湲。」注曰：此章興也。……所謂興者，蓋曰沅則有芷矣，澧則有蘭矣，何我之思公子，而獨未敢言耶？思之之切，至於荒忽而起望，則又但見流水之潺湲而已。其起興之例，正猶越人之歌所謂「山有木兮木有枝，心悅君兮君不知。」〔註24〕

《集注・少司命》「秋蘭兮麋蕪，羅生兮堂下。綠葉兮素枝，芳菲菲兮襲予。夫人兮自有美子，蓀何以兮愁苦？」注曰：上四句興下二句也。〔註25〕

《集注・少司命》「秋蘭兮青青，綠葉兮紫莖。滿堂兮美人，忽獨與余兮目成。」注曰：此亦上二句興下二句也。〔註26〕

（另，《楚辭後語・秋風辭》「蘭有秀兮菊有芳，懷佳人兮不能忘。」朱注曰：蘭秀、菊芳，以興下句之詞，與《湘夫人》及《越人歌》同法，知此則知興之體矣。）〔註27〕

以上四處，第二至四則皆單標「興」　第一則標「興而比」，「興而比」的提法將「興」與「比」並舉說明二者是兩種不同的概念。對於「興」與「比」兩者的不同，《集注》只在《離騷經序》中略作辨析：「比則取物為比，興則託物興詞……初不取義」；結合《朱子語類》所說：「比者，以彼物比此物也。興者，先言他物以引起所詠之詞也」，〔註28〕「比是以一物比一物，而所指之事常在言外。興是借彼一物以引起此事，而其事常在下句。但比意雖切而卻淺，興意雖闊而味長」。〔註29〕我們知道，朱熹所論之「比」與《章句》之「比」、「興」是同義，作「比喻」解；而「興」則是感發志意、發端興起的意思，是物對心的自然感發和心與物的自然冥合。按照朱熹對屈騷之「興」「初不取義」的界定，「興」之句並不表意，所言之事在「興」之下句，而上句與下文是沒有預設意義上的類比關聯處。故以上四處的釋文都只是簡單注釋字詞，未曾在上句與下句建立起意義上的聯繫，這與《章句》的闡釋完全不同。以上《湘夫人》與《少司命》三則王逸分別釋為：

〔註24〕朱熹《楚辭集注》，上海古籍出版社，1979年，第36頁。
〔註25〕朱熹《楚辭集注》，上海古籍出版社，1979年，第39頁。
〔註26〕朱熹《楚辭集注》，上海古籍出版社，1979年，第40頁。
〔註27〕朱熹《楚辭集注》，上海古籍出版社，1979年，第229頁。
〔註28〕朱熹《詩集傳》，上海古籍出版社，1958年，第2頁。
〔註29〕黎靖德編，朱熹撰《朱子語類》，中華書局，1986年，第2069頁。

《章句·湘夫人》「沅有芷兮澧有蘭」注曰：言沅水之中有茂盛之茝，澧水之內有芬芳之蘭，異於眾草，以興湘夫人美好亦異於眾人也。〔註30〕

《章句·少司命》「秋蘭兮麋蕪，羅生兮堂下。綠葉兮素枝，芳菲菲兮襲予。」注曰：言己供神之室，空閒清淨，眾香之草，又環其堂下，羅列而生，誠司命所宜幸集也……言芳草茂盛，吐葉垂華，芳香菲菲，上及我也。（五臣云四句皆喻懷忠潔也）〔註31〕

《章句·少司命》「秋蘭兮青青，綠葉兮紫莖。」注曰：言己事神崇敬，重種芳草，莖葉五色，芳香益暢也。〔註32〕

顯然，王逸將沅芷澧蘭與秋蘭綠葉的景物描寫都當作是香草美人的譬喻，本身隱含深意，與下句文意貫通。而《集注》都只作以上「興」下之解，認為它們都是物象描寫，本身並無寄託之意。儘管朱熹所解的「興」上句與下句沒有理性上的關聯，但因為上句的景物引發了下句的內容，「興」就不僅僅只是形式上發端的手法，而兼具了起辭與起情的功能，具備了「感物道情」、「感發志意」的情感特質。正所謂「感物曰興。興者，情也。謂外感於物，內動於情，情可不遏，故曰興。」〔註33〕同時，朱熹還發現有時用「興」的詩句，所興之物與下句之事或情之間，也包含有某種理性的能予以解說的情意聯繫，故《湘夫人》「石瀨兮淺淺，飛龍兮翩翩。交不忠兮怨長，期不信兮告余以不間」標為「興而比」，認為屈原在此同時使用了「興」與「比」兩種藝術手法，而以「興」為主。而對於「石瀨」、「飛龍」二句，《章句》的解釋是：「屈原憂愁，眺視川水，見石瀨淺淺，疾而下，將有所至；仰見飛龍，翩翩而上，將有所登。自傷棄在草野，終無所登至也」〔註34〕，明顯認定這兩句本身就有比興寄託之義；而朱熹分析的是「上二句引起下句，以比事神不答之意也」，「石瀨」、「飛龍」二句本身是不具備「比」的性質。對於「興而比」的內在生成原因，葉嘉瑩有很好的解釋：「所謂『興』的作品既是以感發為主，而情意之感發則可以因人因事而有千態萬狀的變化，並沒有一個固定的模式可以依循，因此所謂『興』的作品，其『物』與『心』的感發關係，便自然

〔註30〕見洪興祖《楚辭補注》，中華書局，1983年，第65頁。
〔註31〕見洪興祖《楚辭補注》，中華書局，1983年，第71頁。
〔註32〕見洪興祖《楚辭補注》，中華書局，1983年，第72頁。
〔註33〕賈島《二南密旨》，新文豐出版公司，1985年，第303頁。
〔註34〕見洪興祖《楚辭補注》，中華書局，1983年，第62頁。

可以有多種的不同。有時『物』的形象與『心』的情意之間，往往有極爲相似之處可以比類而說明者……這不過是在『興』的這種詩歌中之一類頗爲常見的現象而已。」〔註35〕朱熹創造性地引入「興」解《九歌》，從藝術與情感的角度解讀屈原作品，儘管所論不多，但與舊注以「興」爲「比」、附麗經義相比，體現了從經學釋騷到用藝術美學釋騷的一大進步。

三、以「比」爲中心的比興寄託藝術

朱熹同時使用了「賦」、「比」、「興」三種手法分析屈原創作技巧，不過，《集注》仍然是以「比」爲主闡釋屈騷的微義奧旨，這是朱熹與王逸注釋《楚辭》的一個共同點，也幾乎是漢、宋各代評屈者對屈原創作技巧的唯一關注點。這既是由屈騷的內在藝術特徵決定，亦與傳統文學批評專以比興論詩直接相關。宋人一方面延續《章句》比、興分析的傳統，補充或修正王逸對屈騷比喻手法的分析，進一步落實作品中各個物象的本體所指；另一方面他們又能超出　　對應的比喻範疇，從整體上把握屈騷的比興藝術，從情感寄託的角度分析其中所包含的屈原身世之感。就此而言，宋人對屈原的比興技巧的認識要比王逸更加深入而且豐富。以下我們就從宋人對王逸以比、興說騷的繼承和突破來探討他們對屈原創作技巧的認識。

王逸在《楚辭章句·離騷經序》曰：「《離騷》之文，依《詩》取興，引類譬喻。故善鳥香草，以配忠貞；惡禽臭物，以比讒佞；靈修美人，以媲於君；宓妃佚女，以譬賢臣；虬龍鸞鳳，以託君子；飄風雲霓，以爲小人。」〔註36〕這裏所歸納的這六種比（興）類型基本上涵蓋了屈騷中出現的所有物象，王逸的注釋就是通過這個比（興）系統，著眼於單個詞、單個物象還原其比喻的本體，將屈騷中的各種物象盡可能一一還原成現實政治的各種類別；而後，再借助史實進一步落實爲屈原政治生活中的相關人物等因素，從而闡發其中的君臣之義。以《離騷》「草木之零落兮，恐美人之遲暮」爲例，按照王逸總結的比興類型，「美人」對應爲「君」；依據王逸所認定的屈騷爲屈原政治自傳的性質，「君」則對應「懷王」，思路爲：美人——君——懷王。《章句》注爲：「美人，謂懷王也」，而後就此釋文意並闡發大義：「言天時運轉，春生秋殺，草木零落，歲復盡矣，而君不建立道德，舉賢用能，則年老

〔註35〕葉嘉瑩《迦陵論詩叢稿》，河北教育出版社，2000 年，第 12 頁。
〔註36〕見洪興祖《楚辭補注》，中華書局，1983 年，第 2 頁。

毫晚暮，而功不成，事不遂也。」〔註37〕這是王逸注釋屈原作品的基本模式，上述六種固定的譬喻類型則是整個闡釋的基礎。對於王逸所歸納的「善鳥香草——忠貞、靈修美人——君、宓妃佚女——賢臣、虯龍鸞鳳——君子、惡禽臭物——讒佞、飄風雲霓——小人」的比（興）系統，朱熹提出了不同意見：「今按逸此言，有得有失。其言配忠貞、比讒佞，靈修美人者，得之，蓋即《詩》所謂比也。若宓妃佚女，則便是美人；虯龍鸞鳳，則亦善鳥之類耳，不當別出一條，更立他義也。飄風雲霓，亦非小人之比。」〔註38〕於是，朱熹刪去了「飄風雲霓」比「小人」的類別，並對剩下的五類進行了合併，整合而成三類：善鳥香草、靈修美人以及惡禽臭物三個類型。洪興祖則從細節上修正了王逸的比興系統，上述「美人——君——懷王」之例，洪興祖補曰：「屈原有以美人喻君者，『恐美人之遲暮』是也；有喻善人者，『滿堂兮美人』是也；有自喻者，『送美人兮南浦』是也。」〔註39〕將朱熹與洪興祖的修正結合起來，可以看出王逸歸納的比興系統確實存在分類不明的問題，類與類之間出現交叉混淆，這樣便可能相應導致本體還原時的錯誤。如王逸將「靈修美人」與「宓妃佚女」分屬於兩個不同類型，分別對應「君」與「賢臣」，這也就意味著，「靈修美人」是不可指「賢臣」的。而《章句》注《河伯》「送美人兮南浦」曰：「美人，屈原自謂也」，這樣的注釋與文意是相合的，但與「靈修美人，以媲於君」之說自相矛盾。當然，王逸總體上還是堅持貫徹六種比（興）類型的對應關係，不過，穿鑿附會的問題卻相應而生。如《章句》一貫釋「靈修」為「懷王」，於是，《九歌·山鬼》「留靈修兮憺忘歸，歲既晏兮孰華予」就被注釋為：「言己留宿懷王，冀其還己，心中憺然，安而忘歸，年歲晚暮，將欲罷老，誰復當令我榮華也。」〔註40〕這樣牽強的解釋愈解愈亂，讓人一頭霧水，更使得整首詩支離破碎。王逸根據這個本身存在問題的比興系統還原文義，並進而坐實為具體的各種人物、事件，必然導致《章句》出現自相矛盾、文意錯亂等種種問題。相比之下，朱熹整合的比興系統則更加科學，即：善鳥香草（虯龍鸞鳳）——忠貞、君子；靈修美人（宓妃佚女）——君、賢臣；惡禽臭物——讒佞。按照這個系統，同樣以「美人」為例，

〔註37〕見洪興祖《楚辭補注》，中華書局，1983年，第6頁。

〔註38〕朱熹《楚辭集注》，上海古籍出版社，1979年，第173頁。

〔註39〕洪興祖《楚辭補注》，中華書局，1983年，第6頁。

〔註40〕見洪興祖《楚辭補注》，中華書局，1983年，第80頁。

自然既可指君王，亦可指賢臣，也可以是自喻；洪興祖雖基本沿襲《章句》的比興系統進行補注，卻能夠在具體的注釋過程突破王逸的系統，遵循屈作原意作出更為合理的解釋。

而宋人對於王逸比興解說的另一個超越則在於朱熹一改《章句》中一一對應的比喻之說，糾正王逸將比興的本體進一步坐實為懷王、子蘭等人，並以整體的比興寄託解讀屈騷，故《集注》多採用「寄意」、「詫為」等表達方式。同樣以「惟草木之零落兮，恐美人之遲暮」為例，《集注》曰：「美人，謂美好婦人，蓋託詞而寄意於君也。此承上章，言己但知朝夕修潔，而不知歲月之不留，至此乃念草木之零落，而恐美人之遲暮，將不得及其盛年而偶之，以比臣子之心，唯恐其君之遲暮，將不得及其盛時事之也。」〔註41〕相對於王逸以「美人」比「君」再還原為「懷王」的注釋，朱熹「蓋託詞而寄意於君」的解讀顯得委婉而接近文學化的闡釋。對於王逸坐實比興的做法，朱熹深為不滿，《辯證·離騷經》：「《離騷》以靈修、美人目君，蓋託為男女之辭而寓意於君，非以是直指而名之也。……今王逸輩直以指君，失之遠矣。」〔註42〕又說：「『兩美必合』，此亦託於男女而言之。注直以君臣為說，則得其意而失其辭也。下章『孰求美而釋女』，亦然。至說『豈惟是其有女』，而曰：豈惟楚有忠臣，則失之還矣。其以芳草為賢君，則又有時而得之。大率前人讀書，不先尋其綱領，故一出一入，得失不常，類多如此。」〔註43〕朱熹所批評的舊注不單指王逸，有時亦包括洪興祖。洪興祖對於王逸借比（興）還原政治現實的思路是認同的，《補注》基本延續《章句》的模式，進一步落實王逸所未點出的譬喻本體，並輔之以更為翔實的文獻材料。如《天問》「薄暮雷電，歸何憂」，王逸未作「比」解，洪興祖則補曰：「薄暮，日欲晚，喻年將老也。雷電，喻君暴怒也。」〔註44〕《離騷》「余以蘭為可恃兮」句，王逸注為：「蘭，懷王少弟，司馬子蘭也」，洪興祖對此毫無疑義，還補之以《史記》所載子蘭勸懷王入秦之事。對此，朱熹批評道：「又訛以為司馬子蘭、大夫子椒，而不復記其香草臭物之論。流誤千載，遂無一人覺其非者，甚可歎也。使其果然，則又當有子車、子離、子椒之儔，蓋不知幾人矣。」〔註45〕

〔註41〕朱熹《楚辭集注》，上海古籍出版社，1979年，第2頁。
〔註42〕朱熹《楚辭集注》，上海古籍出版社，1979年，第176頁。
〔註43〕朱熹《楚辭集注》，上海古籍出版社，1979年，第182頁。
〔註44〕洪興祖《楚辭補注》，中華書局，1983年，第117頁。
〔註45〕朱熹《楚辭集注》，上海古籍出版社，1979年，第183～184。

朱熹認爲王逸此處沒有貫徹其香草之比，導致了這樣的錯誤。而洪興祖則在下句補注曰：「子蘭有蘭之名，無蘭之實，雖與眾芳同列，而無芬芳也」〔註46〕，說明王逸的「子蘭」之解仍是本著比興之義而得出的，這跟解「美人」爲懷王是的思路是類似的，其錯誤的原因就在於過於坐實，這正是《集注》與《章句》對屈騷比興解說的最大不同之處。而《補注》對《章句》「比（興）」之解的進一步強化，雖有牽強附會之嫌棄，但洪興祖所指出的用比之例，很多已經是文學創作中約定俗成的常例。如《九歌·山鬼》「雲容容兮而在下。杳冥冥兮羌旦晦」二句，洪氏在王注「言山鬼所在至高邈，雲出其下，雖白且猶暝晦也」之下補注曰：「此喻小人之蔽賢也」。從《九歌》爲祭神曲而非比附君臣的角度看，朱熹所說的整體寄託忠君愛國之意保持了原文的統一連貫性，而洪興祖將此處的景物描寫解說爲小人蔽賢則顯得支離破碎。不過，宋詩話家潘淳、王楙等人都將《九歌》這兩句奉爲後世文學「浮雲白日」比興之例的源頭，王楙《野客叢書》曰：「《潘子眞詩話》云：『陸賈《新語》曰『邪臣蔽賢，猶浮雲之障日月也。』太白詩：『總爲浮雲能蔽日，長安不見使人愁。』蓋用此語。』僕觀孔融詩曰：『讒邪害公正，浮雲翳白日。』曹植詩曰：『悲風動地起，浮雲翳日光。』傅玄詩曰：『飛塵污清流，浮雲蔽日光。』《史記·龜筴傳》曰：『日月之明，蔽於浮雲。』枚乘詩曰：『浮雲蔽白日，遊子不顧返。』此皆祖離騷『雲容容兮而在下，杳冥冥兮羌旦晦』之意。注：『雲氣冥冥，使且日昏暗，喻小人之蔽賢也。』〔註47〕儘管《九歌》此句未必有比興之義，但從文學接受的角度而言，洪氏對於這兩句比興之義的解讀已爲人們所普遍接受。相比之下，朱熹的闡釋則弱化了洪興祖所發展的《章句》無處不在的譬喻對應，《集注》將舊注很多注爲比（興）之處，或以之爲直敘其事的「賦」；或以之爲發端的「興」；或超出一一對應的物象之間的比喻，通過從整個句子、整段文字甚至整篇文章闡釋屈騷「比」的手法。結合其「興而比」、「比而賦」的概括及「寄意」、「託意」的闡釋方式可知，朱熹對屈原創作手法的分析其實就相當於「比興寄託」的藝術理論。如《集注》將《離騷》「啓九辯與九歌兮」以下五十六章視爲一個整體，標爲「比而賦」，包括了三次求女的漫遊、占卜問卦等內容，在大段想像的敘述中寄寓君臣之意。這種賦、比、興復合的多層次分析方式更爲顯著地體現於《九歌》的闡釋中，《辯

〔註46〕洪興祖《楚辭補注》，中華書局，1983 年，第 41 頁。
〔註47〕引自吳文治《宋詩話全編》，江蘇古籍出版社，1998 年，第 7490 頁。

證・九歌》云：「蓋以君臣之義而言，則其全篇皆以事神爲比，不雜它意。以事神之意而言，則其篇內又或自爲賦、爲比、爲興，而各有當也。然後之讀者，昧於全體之爲比，故其疏者以它求而不似，其密者又直致而太迫，又其甚則並其篇中文義之曲折而失之，皆無復當日吟詠情性之本旨。」〔註48〕朱熹從整體上把握屈原的創作特點，既還原了《九歌》的祭歌性質，又感受到其中所蘊含的屈原個人的情感寄託，避免了舊注無處不在的比附與支離破碎的釋意，使得《九歌》的闡釋成爲《集注》最爲精彩的部分。

此外，宋人還在屈原的比興系統中突出了「香草美人」的表現手法。朱熹將王逸總結的六種比興類型整合爲善鳥香草、靈修美人與惡禽臭物三種，其中，香草、美人的比興類型因爲與《詩經》的比興方式相類，所謂「寓情草木，託意男女，以極遊觀之適者，變《風》之流也」〔註49〕，故「香草美人」又從這三種比興類型中脫穎而出，逐漸成爲屈騷比興象徵藝術的代稱。朱熹對屈騷比興闡釋基本理論前提就是以男女遇合託意君臣的文化傳統，《集注》就是借由這一機制將屈原作品中的男女相戀、人神相悅之辭轉化爲君臣之義的解說，《離騷》中的靈修、美人是「託爲男女之辭而寓意於君」〔註50〕；《九歌》諸篇都是以人慕神、鬼慕人之詞，以見臣愛君之意〔註51〕；《東皇太一》是「言其竭誠盡禮以事神，而願神指欣悅安寧，以寄人臣盡忠竭力，愛君無已之意，所謂全篇之比也」〔註52〕；《雲中君》是「言神既降而久留，與人親接，故既去而思之不能忘也，足以見臣子慕君之深意矣」〔註53〕；《湘君》「蓋爲男主事陰神之詞，故其情意曲折尤多，皆以寓忠愛於君之意」〔註54〕……朱熹《集注》與錢杲之的《離騷集傳》的注釋在很大程度上弱化了屈騷用「比」的特點，然而，涉及到「香草美人」意象時多持比興之說。儘管他們對比興的本體內容所指存有異議，如洪興祖與錢杲之都以求女喻求賢臣、美人指懷王，而朱熹以求女爲求賢君、美人喻君；但「香草美人」的比興是受到普遍認可的。與此相對，「飄風雲霓」的比興之例則在《集注》與《離騷集傳》逐漸淡化。關於「香草美人」的比興，宋人的解讀已經包含了豐富的象徵內涵，

〔註48〕　朱熹《楚辭集注》，上海古籍出版社，1979年，第180頁。
〔註49〕　朱熹《楚辭集注》，上海古籍出版社，1979年，第2頁。
〔註50〕　朱熹《楚辭集注》，上海古籍出版社，1979年，第176頁。
〔註51〕　朱熹《楚辭集注》，上海古籍出版社，1979年，第44頁。
〔註52〕　朱熹《楚辭集注》，上海古籍出版社，1979年，第29頁。
〔註53〕　朱熹《楚辭集注》，上海古籍出版社，1979年，第32頁。
〔註54〕　朱熹《楚辭集注》，上海古籍出版社，1979年，第35頁。

二者都兼有賢君、賢臣、自比的多重喻義，自足而成一個象徵系統。其中，「香草」系統又被獨立出來而受到宋人的特別關注，如梅堯臣《答韓三子華韓五持國韓六玉汝見贈述詩》詩曰：「屈原作《離騷》，自哀其志窮。憤世疾邪意，寄在草木蟲」。吳子良《吳氏詩話》：「自《離騷》以草為諷喻，詩人多傚之者。」〔註55〕吳仁傑《離騷草木疏》、林至《楚辭草木疏》、謝翱《楚辭芳草譜》都是專門研究楚辭草木的著作，說明了宋代楚辭研究的細化與深化，也為楚辭研究開闢了新的領域。上述三書除《楚辭草木疏》已佚而不可知其面目之外，其餘二書都不是專意於名物考證，而立意於闡發各種草木的比興寓意。吳仁傑《離騷草木疏後序》曰：「《離騷》以香草為忠正，蕕草為小人。蓀、芙蓉以下凡四十有四種，猶青史忠義獨行之有全傳也。蘦菉葹之類十一種，傳著卷末，猶佞倖姦臣傳也。彼既不能流芳後世，姑使之遺臭萬載云。」〔註56〕吳氏此書成於寧宗慶元三年，正是趙汝愚被罷，大禁道學之時，學界普遍認為吳氏是借品評楚辭芳草與惡草指謫現實、寄寓深意，正與朱熹《集注》的創作緣由類似。《離騷草木疏》分類收錄了屈作中出現的 44 種香草嘉木、11 種惡草，辯證其本質善惡，分析其精神氣質，將「香草」系統的比興之義作了極致的發揮，因此難免流於比附。如《九歌・山鬼》「餘處幽篁兮終不見天」句中「篁」被列為惡草，吳氏解曰：「篁竹在眾竹中最其下，故見斥於《離騷》，比之讒邪，正以其叢薄幽昧，蔽塞而已」〔註57〕，這種解釋明顯不合屈原原意。不過，《離騷草木疏》是楚辭學史上首次對楚辭草木的比興系統進行獨立分析與總結，直接影響了謝翱《楚辭芳草譜》對香草系列的單獨研究，明代屠本峻《離騷草木疏補》及清代祝德麟《吳仁傑離騷草木疏辯證》也都踵其武之作。

綜上所述，在屈原比興藝術手法的分析方面，朱熹不僅是宋代最傑出者，而且也代表了漢宋之間的最高成就。他不僅首次以「賦比興」的綜合手法全面分析屈原的創作技巧，突破舊注一一對應的譬喻之說而從整體上把握屈原的比興寓意，揭開屈騷以「比」為中心多層次的比興寄託方式；而且能夠在借比興還原屈騷微言大義、闡發義理之時重視作品的情感與文學特質，不似舊注那樣處處比附而致文意破碎、索然無味。然而，《集注》套用《詩集傳》

〔註55〕吳子良《吳氏詩話》卷上，引自李誠《楚辭評論集覽》，湖北教育出版社，2003年，第201頁。
〔註56〕吳仁傑《離騷草木疏》，北京圖書館出版社，2004年。
〔註57〕吳仁傑《離騷草木疏》卷四，北京圖書館出版社，2004年。

的解讀方式，儘管朱熹能夠認識到《騷》與《詩》不同，「《詩》之興多而比、賦少，《騷》則興少而比、賦多」；〔註58〕但是在以《詩》解《騷》的整體思維之下，朱熹以四句爲一章的「賦比興」解讀難免存在問題，因爲屈騷的藝術技巧畢竟與《詩經》有著很大的不同。對此，清人劉獻廷就批評說：「《離騷》注釋，不下數十家。獨王逸爲稍勝之。注釋名物，尚有可依據者。若考亭本處處以賦、比、興配之，每四句爲一裁，逐使氣脈斷絕，死板呆腐，令人愈讀愈惑。故《離騷》之旨一隱而不復再顯者，自考亭始也。」〔註59〕劉氏的批評雖不盡合理，卻也多少說明朱熹「賦比興」之釋的問題所在。或許朱子也意識到這種解讀有些力不從心，故而《集注》在《天問》以後便很少論及「賦比興」。以朱熹爲代表的宋代楚辭學者以「賦比興」爲主要手段分析屈原的創作技巧，較之前人已有了很大的發展與突破，其不可避免的不足之處亦留待後世學者的進一步研究。

第二節 「寓言」說

歷來對屈原藝術技巧的分析都集中於比興手法之上，而無法以比興來解讀的內容則不免遭貶斥，認爲其語意混亂而無所指，是荒誕不可知的越禮之言。班固《離騷序》指責《離騷》「多稱崑崙冥婚宓妃虛無之語，皆非法度之正，經義所載。」〔註60〕劉勰《文心雕龍·辨騷》云：「至於託雲龍，說迂怪，豐隆求宓妃，鴆鳥媒娀女，詭異之辭也。康回傾地，夷羿蔽日，木夫九首，土伯三目，譎怪之談也。」〔註61〕以怎樣的角度，如何正確評價屈騷中非比興可解的虛構之辭，成爲宋代屈原創作技巧批評不可迴避的重要問題。宋人對這部分內容的看法有：一是沿襲「詭異」、「譎怪」、「虛無」之說，以荒誕斥之。這種觀點完全否認了這部分內容的意義，不免遭到反對。如吳仁傑《離騷草木疏後序》中說：「《離騷》之文，多怪怪奇奇，亦非鑿空置辭，實本之《山經》。其言鷺、鸞凰、鴆鳥，與《詩》麟、騶虞、鳳凰何異？勰何足以知之！」〔註62〕但這些「怪怪奇奇」的文字，究竟該如何解釋評價，吳仁傑也

〔註58〕朱熹《楚辭集注》，上海古籍出版社，1979年，第2頁。
〔註59〕劉獻廷《離騷經總論》，見《離騷經講錄》，浙江圖書館藏鈔本。
〔註60〕班固《離騷序》，見洪興祖《楚辭補注》，中華書局，1983年，第49頁。
〔註61〕劉勰著，范文瀾注《文心雕龍注》，人民文學出版社，1958年，第55頁。
〔註62〕吳仁傑《離騷草木疏》，中華書局，1985年。

無法說清。二是力圖附之以諷諫寄託，建立其與比興寄託的聯繫。洪興祖繼承王逸的觀點，借助更多的文獻材料如《淮南子》、《山海經》等，以圖坐實楚辭中看似荒誕的內容，力爭將屈騷中不可解之辭附之以諷諫寄託，可以看出洪興祖肯定屈騷藝術的努力和用心，然不免附會牽強。林希逸《竹溪鬳齋十一稿續集》云：

> 夫內懷憂憤，情不自達，駕言出遊，以寫我憂，而寄情於無何有之地，此詩人之逸興也，何有於譎怪？夫遭窮遇厄，歲月易暮，懷疑蓄恨，委命於天，而欲求訊於冥漠之內，此詩人之眞情也，何有於虛誕？且其驅飛廉、指望舒，興言扶桑，屬意沅浦，其興若遠矣；而終篇乃有反乎故都之懷，則其所以若譎若怪者，子虛烏有之談耳，非眞有涉於神仙之蹟。且其要靈氛、召太卜，屬辭拂策，駕意卜居，其事若信矣；而終篇乃有龜策不能事之語，則其所以若虛、若誕者，假辭設問之類耳，非眞有涉於鬼神之事。演而伸之，觸而長之，則其所謂澆羿姚娥、驅雲役神者，皆詩人之寄興這也。反於吾心，苟有得於詩之遺味，則當於此一唱而三歎矣，又何暇議其曰經曰傳也哉？〔註63〕

林希逸從屈原的「內憂外憤」、「遭窮遇厄」等經歷出發，認爲屈騷所作均爲詩人之「逸興」、「眞情」，反對以「譎怪」、「虛誕」稱之。他把屈騷中所有虛幻之辭統歸爲「詩人之寄興」，雖不免片面，但他強調了屈騷中「演而伸之，觸而長之」的創作過程，是從藝術創作角度高度評價了屈騷中的虛幻之辭，是具有一定意義的。三是「寓言說」。這一觀點突破了「比興」之說的傳統束縛，是宋代楚辭批評中解讀屈騷虛構荒誕誇張之辭的重要論點。「寓言」一詞，最早見於《莊子・寓言》篇：「寓言十九，藉外論之」。《天下》篇云：「以重言爲眞，以寓言爲廣。」前者指出寓言假借外物以立論的技巧，後者則視寓言爲傳達意念的工具。陸德明《釋文》：「寓，寄也。以人不信己，故託之他人，十言而九見信也。」「寓言」與「比興」的共同點是「寄託」，但「比興」之「比」的喻體都是實有其物，而寓言之「寓」的內容則多爲虛構，甚至生發鋪衍成故事，其中多運用比喻、誇張、象徵等手法。

〔註63〕林希逸《竹溪鬳齋十一稿續集》，引自吳文治《宋詩話全編》，江蘇古籍出版社，1998 年，第 8643～8645 頁。

　　宋人的「寓言說」首先是基於反對劉勰諸人對屈騷荒誕怪譎的指責之辭，代表人物爲晁補之。晁氏《離騷新序下》云：

　　　　至言澆、羿、姚、娥，與經傳錯繆，則原之辭甚者。稱開天門，
　　駕飛龍，驅雲役神，周流乎天而來下，其誕如此。正爾託譎詭以諭
　　志，使世俗不得以其淺議已，如莊周寓言者，可以經責之哉？⋯⋯
　　劉勰文字卑陋不足言，而亦以原迁怪爲病。彼原嫉世，既欲蟬蛻塵
　　埃之外，惟恐不異，乃固與勰所論，必《詩》之正，如無《離騷》
　　可也。嗚呼！不識於同浴，而譏裸裎哉。〔註64〕

晁氏認爲《離騷》中「開天門、駕飛龍、驅雲役神」等內容是屈原「託譎詭以諭志」，是爲了避免世俗淺議有意寄託而作，正如莊子的寓言，是不該指責的。因而，他猛烈批評劉勰的觀點「卑陋不足言」，屈原的所謂「迁怪」正是因他「欲蟬蛻塵埃之外」，个同流俗的體現。如果像班固、劉勰那樣要求，《離騷》必須同《詩經》之正統，那就不是《離騷》了。晁補之看出屈騷「譎詭」之辭「諭志」的意義和作用，但他從維護屈原人格的角度出發，只是籠統地以「如莊周寓言者」肯定並祖護屈騷作品，未能從藝術角度進一步分析。

　　朱熹則以「寓言說」反對王逸、洪興祖等以比興穿鑿比附的論調。《楚辭集注・楚辭辯證・離騷》云：

　　　　卒章瓊枝之屬，皆寓言耳，注家曲爲比類，非也。〔註65〕

又云：

　　　　所言陳詞於舜，及上款帝閽，歷訪神妃，及使鸞鳳飛騰，鳩鳩
　　爲媒等語，其大意所比，固皆有謂。至於經涉山川，驅役百神，下
　　至飄風雲霓之屬，則亦泛爲寓言，而未必有所擬倫矣。二注皆曲爲
　　之說，反害文義。至於懸圃、閬風、扶桑、若木之類，亦非實事，
　　不足考信。〔註66〕

《楚辭集注・遠遊》云：

　　　　《遠遊》者，屈原之所作也。屈原既放，悲歎之餘，眇觀宇宙，
　　陋世俗之卑狹，悼年壽之不長，於是作爲此篇。思欲制煉形魂，排

〔註64〕晁補之《離騷新序下》，《雞肋集》卷三六，文淵閣四庫全書本，臺灣商務印書館，1986年。
〔註65〕朱熹《楚辭集注》，上海古籍出版社，1979年，第184頁。
〔註66〕朱熹《楚辭集注》，上海古籍出版社，1979年，第179頁。

空御氣，浮游八極，後天而終，以盡反覆無窮之世變。雖曰寓言，

然其所設王子之詞，苟能充之，實長生久視之要訣也。〔註67〕

朱熹將屈騷中虛構之辭分爲三種，一爲比興之詞，二爲寓言，三爲「非實事」者，反對一律以比興附之。他承認屈騷中「非實事」內容的存在，卻以「不足考信」的態度放棄探討考證。評注《遠遊》篇時以「寓言」探析進行屈原創作的緣由，解釋屈騷中部分虛構之辭。可以說，朱熹意識到屈騷虛構的藝術手段，並使其脫離經學「比興」的藩籬，還原其文學的本來面貌。但對「寓言」與「非寓言」的界定不清晰，藝術分析還未深入展開。於是，朱熹在某種程度上延續了劉勰的「怪異」說，而指責屈騷辭旨「流於跌宕怪神」，《天問》爲「怪妄」之談等等。對於屈騷中縱橫捭闔的虛構與想像，朱熹徘徊於「寓言」的解說與「怪妄」的指斥之間，未能給予這種藝術構思以正面的褒揚，這與儒家重寫實的正統文藝思想不無關係。朱熹以解《詩》的方式解《騷》，儘管能夠從文學的角度認識《騷》之於《詩》的不同，但《詩》一直是其解《騷》、評《騷》的參照標準，挖掘屈騷中與現實政治相關的義理深意是朱子注釋的主旨，故其無法超出《詩》的現實主義傳統而肯定屈騷浪漫主義的藝術特性。這種現實主義的文學批評思想在宋代乃至整個封建時代都是占主導地位，所以我們不難理解，即使宋人將屈騷中這些虛構的內容視爲「寓言」時，仍然存在「荒誕」、「漫語」等批評之語。袁燮《絜齋集》卷六《策問·離騷》云：

原眞忠臣之用心歟？雖然，「崑崙帝閽」、「傾地蔽日」、「九首三目」等語，類多荒誕。士女雜坐，娛酒不廢，又非法度之正，毋亦一時之寓言與？自原而下，若宋玉、景差、唐勒、枚乘、相如、子雲之流，亦足以闚原之閫域歟？〔註68〕

這裏雖以「寓言」指稱離騷中「荒誕」、「非法度之正」的內容，但態度十分矛盾，典型地反映了宋人對屈騷虛幻之辭難以評價的困境。

當宋人以「寓言」論屈騷時，往往將其比類與《莊子》「寓言」。如李塗《文章精義》云：

作世外文字，須換過境界。莊子《寓言》之類，是空境界文字。

〔註67〕朱熹《楚辭集注》，上海古籍出版社，1979年，第105頁。
〔註68〕袁燮《絜齋集》，引自吳文治《宋詩話全編》，江蘇古籍出版社，1998年，第7362頁。

　　　　靈均《九歌》之類，是鬼境界文字。……惟退之不然，一切以正大

　　　行之，未嘗造妖捏怪，此其所以不可及。〔註69〕

李塗的重點是高度評價韓愈的文章，不似《莊子》虛構，不似屈騷譎詭，實
際反對「造妖捏怪」創作。再如魏了翁云：

　　　　《離騷》作而文辭興，蓋聖賢詩書皆實有其事，雖比興亦無不

　　　實。自莊周寓言而屈原始託漁父、卜居者等為虛詞，司馬相如又詫

　　　為亡是公等為賦，自是以來多漫語。〔註70〕

把莊周寓言、屈騷虛詞、司馬相如的虛擬賦，視為「漫語」之始。這類評論
雖以屈騷與莊子寓言並提，但重點並非評價屈騷，相反對屈騷「捏怪」、「漫
語」流露出不滿情緒。但不可否認的是，屈原與莊子作品的共同點是思想情
感之憤激，創作上則想像豐富，虛構成份多，氣勢恢宏，這得益於象徵、比
喻、寓言的運用。錢文子《離騷集傳序》云：

　　　　蓋原之博物似子產，寓言似莊周，殺身似比干，而《離騷》之

　　　文則遂為詞賦之祖云。〔註71〕

錢文子高度評價《離騷》為「詞賦之祖」，促成這一結果的三個理由中，「博
物似子產」、「殺身似比干」，知識淵博和忠心死士畢竟是創作之外的因素，惟
有「寓言似莊周」這一因素是關乎藝術創作本身，雖然這裏並未具體闡釋創
作技巧，但屈騷藝術地位得到了較大提高。

　　值得注意的是宋代常見的「莊騷」、「莊屈」合稱現象。「莊騷」合稱始於
唐代或更早。韓愈《進學解》評價自己的文章時說：「上規姚姒，渾渾無涯，
周誥殷盤，佶屈聱牙，春秋謹嚴，左氏浮誇，易奇而法，詩正而葩，下逮莊
騷，太史所錄，子雲相如，同工異曲。」〔註72〕但宋代「莊騷」、「莊屈」並
稱卻成為普遍現象，大量出現在宋代詩文中。宋人「莊騷」合稱多著眼於「奇」、
「思」、「崛」等特點。曾鞏《祭歐陽少師文》中稱歐陽修之文：「體備韓馬，
思兼莊屈。」陸游稱自己：「材非異稟，家本至寒，蒼雅遺書，守先臣之孤學；

〔註69〕李塗《文章精義》，引自吳文治《宋詩話全編》，江蘇古籍出版社，1998年，
　　　　第6618頁。

〔註70〕魏了翁《鶴山集》卷一百八十《師友雅言》，文淵閣四庫全書本，臺灣商務印
　　　　書館，1986年。

〔註71〕見陳仁子《文選補遺》卷二十八「離騷」類注文錄錢文子《離騷集傳序》，文
　　　　淵閣四庫全書本，1986年。

〔註72〕韓愈《進學解》，引自朱東潤《中國歷代文學作品選》，上海古籍出版社，1980
　　　　年，第301頁。

莊騷奇作，誦諸老之舊聞。」《遣懷》：「小疾便幽翳，孤懷抱鬱陶。遺文誦史漢，奇思探莊騷。」《雨霰作雪不成大風散雲月色皎然》：「安得人間掣鯨手，共提筆陣法莊騷？」其他如：

> 虛艱高名擅顧陸，僅識妙思陵莊騷。（陳造《次韻解禹玉》）

> 周鴉莊騷略未究，浪摹月露綴語言。（陳造《魏知元有贈仍索詩此言別二首》）

> 崛奇莊騷語，雅淡產周頌。（程公許《贈修水黃君子行》）

> 搜奇薄莊騷，稽古極義吳。（仇遠《和蔣全愚韻》）

> 松風有際意無盡，莊騷不數惟易玄。（陳傅良《題僧法傳爲沈仲一畫聽松圖》）

不難看出，宋人對莊騷共同點的認識集中於藝術層面，想像宏富、巧妙奇特，語言奇崛，成爲與《詩經》、《史記》、《漢書》等嚴實平正風格作品相對舉的浪漫主義文學風格的代表。從文學藝術的角度上看，「虛構」是作家創造性的一種體現，是文學區別於歷史並高於現實的來源，是文學生命力不可或缺的成份。莊騷的虛構恰是文學性作品的典型特徵。正因此，「莊騷」合稱也逐漸成爲「文學藝術」的代名詞，如：

> 載筆敢言宗史漢，閉門猶得讀莊騷。（陸游《書志示子聿》）

> 精心窮易老，餘力及莊騷。（陸游《雨欲作步至浦口》）

> 且閣起莊騷，專看老易，課程尤省。（劉克莊《轉調二郎神》）

> 學晞邊商博，文慕莊騷爲。（魏了翁《次韻蘇和父自郫見寄》）

> 登高卻是今最高，九峰寺上誦莊騷。（陳藻《九峰過重陽》）

> 學到莊騷才止此，生逢周流定何如。（陳傅良《悼楊休甫》）

> 更得好花千百本，中間容我誦莊騷。（陳傅良《覓花》）

> 潤筆定須三百束，爲君滴露注莊騷。（舒岳祥《郭似山道士寄惠竹筆兩束啓緘乃羊毫也作詩戲》）

這裏的「莊騷」已非實指，而是文學藝術欣賞的代稱，流露出肯定、讚賞、仰慕的態度。作爲聯結屈騷與莊子重要紐帶，「寓言說」成爲宋人肯定甚至高度評價屈騷虛構之辭的有力支撐。

　　宋代屈原批評中的「寓言」說突破了以往專以比興論《騷》，並附之於經學的做法，開始對屈騷的虛構與想像給予關注。不過，在現實主義的儒家文藝思想體系內，當宋人以「寓言」說解讀屈騷相關內容時，所著眼的往往並非屈原想像無端的藝術性本身，而在於「寓言」中所託寓的現實意義，因此難免對於屈騷中虛構的內容與誇張的言辭持貶抑的態度。與此相對的是，宋詩中將「莊騷」並提時，往往是對屈騷奇特的想像藝術與瑰麗的文辭持肯定態度，並視之難以逾越的文學典範，甚至以「莊騷」代指文學藝術。總體而言，儘管宋人對屈騷虛構的浪漫主義色彩所持的態度比較矛盾，其「寓言」之說也未得到深入的藝術分析；但他們對屈騷的虛構內容給予的關注與肯定，在屈原批評史上具有開創性的意義，爲明清學者的進一步研究提供了思路，汪瑗「寓言而實」說、蔣驥「幻境」說以及陳第「實不離虛」說等都可視爲「寓言」說的深化與超越。

結　語

　　本文將宋代屈原批評從宋代楚辭學中獨立出來，圍繞屈原倫理思想批評、行為批評、人格批評以及屈騷文體批評和屈原創作技巧批評五個方面探討宋人對屈原其人其作的批評情況。本文的研究主要有以下幾個特點：一是打破按時間先後順序進行楚辭學史式描述的斷代研究常例。至今為止，由漢至清的楚辭學斷代研究有不少成果，研究思路基本都是以時間為序依次勾勒該時代的楚辭學情況，這種研究方式可以呈現出一個比較清晰的史的發展脈絡，卻不能就該時代楚辭研究的突出問題作集中的、整體的分析、概括，無法凸顯該時代楚辭研究的時代主題。本文的研究拋開宋代楚辭學史中有關名物考證、音韻訓詁等與屈原批評無涉的內容，在簡要概述宋代楚辭學及宋代屈原批評發展史的基礎上，圍繞宋代屈原批評的幾個中心議題考察宋人對屈原的認識和評判，在集中的類比或對比中彰顯宋人對屈原其人其作的基本看法。二是超出了楚辭學斷代研究中以楚辭注本為綱的研究視野。楚辭注本作為宋代楚辭學的主要成果自然是屈原批評研究的重點，但宋代楚辭學形式的多樣化是前代所未及的，除了楚辭專著之外，宋詩、宋詞、宋詩話、札記、序跋等材料中皆有大量有關屈原批評的論述，它們應該一併進入屈原批評研究的視野。相對於以注本為主要考察對象的楚辭學研究而言，本文的研究範圍更為廣闊。也正是因為此，以往被忽視的一些材料得以進入研究範圍，我們可以更加全面地考察宋代屈原批評的整體情況。三是在上述研究方法改變與研究視野拓寬的基礎上，我們可以針對屈原批評中的某個問題引用更豐富的佐證進行更加細緻而深入的微觀分析，從而帶來一些新發現。例如，對於屈原的忠君愛國思想，學界多只是就洪興祖、朱熹二人談宋人相關論點的提

出以及就陸游、辛棄疾等人談宋人對屈原愛國思想的接受，但實際上，朱熹
《楚辭集注》並未在注釋過程對屈原的愛國思想作具體的闡釋，其「忠君愛
國」說的實質仍然是忠君；而林希逸雖對屈原的愛國思想有細緻的闡釋，卻
沒有太大的影響，可以說，在宋代，屈原的愛國形象還未能獨立于忠君之外
而正式確立；又如關於宋人對屈原之醒的看法，人們往往籠統地肯定或否定，
卻沒有認識到屈原獨醒品格包含多種要素，當宋人否定屈原之醒而走向醉
時，並不是對屈原獨醒精神的完全叛離，而是重構了屈原之醒。宋代是屈原
批評的繁盛時期，相關的原始材料繁雜而瑣細，由於本人學力所限，雖是傾
力爲之，但在材料的搜集與運用上卻不免存在遺漏，對材料的駕馭和分析不
夠自如，整體的理論深度亦顯不足，這些問題都有待於改善，敬請方家批評
指正。

參考文獻

一、楚辭類

1. （宋）晁補之，《重編楚辭》，晁氏待學樓刊從書本，國家圖書館藏。
2. （宋）晁補之，《雞肋集》，文淵閣四庫全書本，臺北：臺灣商務印書館，1986。
3. （宋）洪興祖，《楚辭補注》，北京：中華書局，1983。
4. （宋）朱熹，《楚辭集注》，上海：上海古籍出版社，1979。
5. （宋）錢杲之，《離騷集傳》，南京：江蘇古籍出版社，1988。
6. （宋）楊萬里，《天問天對解》，《誠齋集》本，上海：商務印書館，1922。
7. （宋）吳仁傑，《離騷草木疏》，北京：北京圖書館出版社，2004.6。
8. （宋）謝翱，《楚辭芳草譜》，說郛本（卷一〇四），上海：上海古籍出版社，1989。
9. （漢）王逸，《楚辭章句》（四庫本），上海：上海古籍出版社，1987。
10. （明）蔣之翹，《七十二家評楚辭》，明天啓六年（1626）忠雅堂刻本。
11. （清）王夫之，《楚辭通釋》，上海：上海人民出版社，1975。
12. （清）蔣驥，《山帶閣注楚辭》，上海：上海古籍出版社，1984。
13. 姜亮夫，《楚辭書目五種》，上海：上海古籍出版社，1993。
14. 姜亮夫，《楚辭通故》，濟南：齊魯書社，1985。
15. 崔富章，《楚辭書目五種續編》，上海：上海古籍出版社，1993。
16. 廖棟梁，《古代楚辭學史論》，輔仁大學中國文學系博士論文，1997。
17. 廖棟梁，《倫理、歷史、藝術：古代楚辭學的建構》，臺北：里仁書局，2008.9。
18. 饒宗頤，《楚辭書錄》，香港：香港蘇記書莊，1956。

19. 洪湛侯，《楚辭要籍解題》，武漢：湖北人民出版社，1984。

20. 楊金鼎，《楚辭評論資料選》，武漢：湖北人民出版社，1985。

21. 李誠、熊良智，《楚辭評論集覽》，武漢：湖北教育出版社，2003。

22. 易重廉，《中國楚辭學史》，長沙：湖南出版社，1991。

23. 李中華、朱炳祥，《楚辭學史》，武漢：武漢出版社，1996。

24. 戴錫琦，《屈原學集成》，北京：中央編譯出版社，2007。

25. 潘嘯龍，《楚辭著作提要》，武漢：湖北教育出版社，2003。

26. 王學泰，《中國古典詩歌要籍叢談》，天津：天津古籍出版社，2004。

27. 陸侃如、馮沅君，《中國詩史》，天津：百花文藝出版社，1999。

28. 孟修祥，《楚辭影響史論》，武漢：湖北人民出版社，2003。

29. 李大明，《楚辭文獻學史論》，成都：巴蜀書社，1997。

30. 李大明，《漢楚辭學史》，北京：中國社會科學出版社，2004。

31. 周殿富，《楚辭源流選集‧楚辭餘》，長春：吉林人民出版社，2003。

32. 周殿富，《楚辭源流選集‧楚辭流》，長春：吉林人民出版社，2003。

33. 周殿富，《楚辭源流選集‧楚辭論》，長春：吉林人民出版社，2003。

34. 周建忠，《楚辭考論》，北京：商務印書館，2003。

35. 周建忠，《當代楚辭研究論綱》，武漢：湖北教育出版社，1992。

36. 黃中模，《現代楚辭批評史》，武漢：湖北教育出版社，1990。

37. 黃中模，《屈原問題論爭史稿》，北京：十月文藝出版社，1987。

38. 游國恩，《楚辭概論》，北京：北京大學印刷課，中華民國十五年。

39. 游國恩，《讀騷論微初集》，上海：商務印書館，中華民國二十六年。

40. 游國恩，《離騷纂義》，北京：中華書局，1980。

41. 蔣天樞，《楚辭論文集》，陝西人民出版社，1982。

42. 金開誠，《屈原辭研究》，南京：江蘇古籍出版社，1992。

43. 顏崑陽，《漢代「楚辭學」在中國文學批評史上的意義》，載陳平原、陳國球主編《文學史》（第二輯），北京：北京大學出版社，1995。

44. 褚斌傑，《屈辭體研究》，長沙：湖南人民出版社，1997。

45. 褚斌傑，《楚辭要論》，北京：北京大學出版社，2003。

46. 王德華，《屈騷精神及其文化背景研究》，北京：中華書局，2004。

47. 蔡守湘，《歷代詩話論詩經楚辭》，武漢：湖北教育出版社，1995。

48. 羅敏中，《屈騷與宋代愛國文學》，長沙：湖南出版社，2002。

49. 李誠，《楚辭論稿》，北京：華齡出版社，2006年。

50. 孫光,《漢宋楚辭研究的歷史轉型——〈章句〉、〈補注〉、〈集注〉比較研究》,河北大學博士論文,2006。

51. 朴永煥,《宋代楚辭學研究》,北京大學博士論文,1996。

52. 徐在日,《明代楚辭學史論》,北京大學博士論文,1999。

53. 陳煒舜,《明代楚辭學研究》,香港中文大學博士學位論文,2003。

54. 林潤宣,《清代楚辭學史論》,北京大學博士論文,1997。

55. 李青,《唐宋詞與楚辭》,蘇州大學博士論文,2006。

56. 蔣駿,《宋代屈學研究》,揚州大學碩士論文,2004。

57. 李薇,《宋代楚辭評論及其文學意義研究》,四川大學碩士論文,2008。

58. 趙險峰,《南宋騷體文學研究》,河北大學博士論文,2008 年。

二、今人其它論著類

1. 韋勒克著,劉象愚等譯,《文學理論》,南京:江蘇教育出版社,2005。

2. 弗萊著、吳偉仁等譯,《批評的解剖》,天津:百花文藝出版社,2006。

3. 王先霈,胡亞敏,《文學批評導引》,北京:高等教育出版社,2005。

4. 劉大杰,《中國文學批評史》,北京:人民文學出版社,1964。

5. 郭紹虞,《中國歷代文論選》,上海:上海古籍出版社,1979。

6. 郭紹虞,《中國文學批評史》,上海:上海古籍出版社,1979。

7. 蔣凡、顧易生,《先秦兩漢文學批評史》,上海:上海古籍出版社,1990。

8. 蔣凡、郁源,《中國古代文論教程》,北京:中國書籍出版社,1994。

9. 郭丹,《先秦兩漢文論全編》,南京:江蘇教育出版社,2001。

10. 穆克宏,郭丹,《魏晉南北朝文論全編》,南京:江蘇教育出版社,1996。

11. 張少康、劉蘭富,《中國文學理論批評發展史》,北京:北京大學出版社,1997。

12. 賴力行,《中國古代文論史》,長沙:嶽麓書社,2000。

13. 吳建民,《中國古代詩學原理》,北京:人民文學出版社,2001。

14. 張伯偉,《中國古代文學批評方法研究》,北京:中華書局,2002。

15. 李清良,《中國闡釋學》,長沙:湖南師範大學出版社,2001。

16. 周光慶,《中國古典解釋學導論》,北京:中華書局,2002。

17. 周裕鍇,《中國古代闡釋學研究》,上海:上海人民出版社,2003。

18. 鄧瑩輝,《兩宋理學美學與文學研究》,武漢:華中師範大學出版社,2007。

19. 張宏生,《江湖詩派研究》,北京:中華書局,1995。

20. 黃景進,《嚴羽及其詩論之研究》,臺北:文史哲出版社,1986。

21. 錢鍾書，《談藝錄》，北京：中華書局，1984。

22. 葉幼明，《辭賦通論》，長沙：湖南教育出版社，1991。

23. 詹杭倫、李立信、廖國棟，《唐宋賦學新探》，臺北：萬卷樓圖書股份有限公司，2005。

24. 鄔國平，《中國古代接受文學與理論》，哈爾濱：黑龍江人民出版社，2005。

25. 莫礪鋒，《朱熹文學研究》，南京：南京大學出版社，2000。

26. 李春青，《宋學與宋代文學觀念》，北京：北京師範大學出版社，2001。

27. 蕭華榮，《中國詩學思想史》，上海：華東師範大學出版社，1991。

28. 葛兆光，《中國思想史》，上海：復旦大學出版社，1998。

29. 梁啓超，《中國近三百年學術史》，天津：天津古籍出版社，2003。

30. 余英時，《士與中國文化》，上海人民出版社，2003。

31. 袁行霈，《中國文學史》，北京：高等教育出版社，1999。

32. 錢鍾書，《宋詩選注》，北京：人民文學出版社，2002。

33. 錢穆，《國學概論》，北京：商務印書館，1997。

34. 錢穆，《宋明理學概述》，北京：九州出版社，2010。

35. 曾棗莊，《宋代文學與文化》，上海：上海人民出版社，2006。

36. 游國恩，《楚辭概論》，北京：北京大學印刷課，1926。

37. 趙沛霖，《興的緣起》，北京：中國社會科學出版社，1987。

38. 劉懷榮，《賦比興與中國詩學研究》，北京：人民出版社，2007。

39. 葉嘉瑩，《迦陵論詩叢稿》，石家莊：河北教育出版社，2000。

三、宋代相關著作

1. 晁公武，《昭德先生郡齋讀書志》，四部叢刊本，上海：上海書店出版社，1935。

2. 陳振孫，《直齋書錄解題》，叢書集成本，上海：商務印書館，1935。

3. 北京大學古文獻研究所，《全宋詩》，北京：北京大學出版社，1991。

4. 曾棗莊等編，《全宋文》，上海：上海辭書出版社，2006。

5. 唐珪璋，《全宋詞》，北京：中華書局，2009。

6. 李學勤，十三經注疏標點本，北京：北京大學出版社，1989。

7. 吳文治，《宋詩話全編》，南京：江蘇古籍出版社，1998。

8. 何文煥，《歷代詩話》，北京：中華書局，1981.4。

9. 呂祖謙，《宋文鑒》，北京：中華書局，1992。

10. 林之奇、呂祖謙，《觀瀾文集》，江蘇古籍出版社，1988。

11. 脫脫，《宋史》，北京：中華書局，1977。

12. 程千帆，《兩宋文學史》，上海：上海古籍出版社，1991。

13. 鄭樵撰、王樹民點校，《通志二十略》，北京：中華書局，1995。

14. 黃伯思，《東觀餘論》，北京：中華書局，1988。

15. 黃震，《黃氏日鈔》，文淵閣四庫全書本，臺北：商務印書館，1985。

16. 蘇軾著、孔凡禮點校，《蘇軾文集》，北京：中華書局，1986。

17. 張美霞點校，《蘇轍全集》，長春：時代文藝出版社，2001。

18. 任淵等，《山谷詩集注》，上海：上海古籍出版社，2004。

19. 陸游，《陸遊集》，北京：中華書局，1976。

20. 李綱，《梁溪集》，文淵閣四庫全書本，臺北：商務印書館，1986。

21. 呂雪菊點校，《歐陽修全集》，長春：時代文藝出版社，2001。

22. 李之亮，《王安石詩集注補箋》，成都：巴蜀書社，2002。

23. 辛棄疾，《稼軒長短句》，北京：北京圖書館出版社，2003。

24. 司馬光，《資治通鑒》，上海：上海古籍出版社，1997年。

25. 朱熹，《詩集傳》，上海：上海古籍出版社，1980。

26. 朱熹，《朱元公文集》，上海：上海古籍出版社，1989。

27. 沈括《夢溪筆談》，北京：中華書局，1957。

28. 許顗，《彥周詩話》，何文煥《歷代詩話》本，北京：中華書局，1981。

29. 張表臣，《珊瑚鈎詩話》，何文煥《歷代詩話》本，北京：中華書局，1981。

30. 眞德秀，《文章正宗》，文淵閣四庫全書本，臺北：臺灣商務印書館，1986。

31. 眞德秀，《西山讀書記》，文淵閣四庫全書，臺北：臺灣商務印書館，1985。

32. 項安世，《項氏家說》，叢書集成初編本，北京：商務印書館，1936。

33. 姜夔，《姜氏詩說》，北京：中華書局，1985。

34. 林光朝，《艾軒集》，文淵閣四庫全書本，臺北：臺灣商務印書館，1986。

35. 王銍，《雪溪集》，文淵閣四庫全書本，臺北：臺灣商務印書館，1986。

36. 王應麟，《通鑒答問》，文淵閣四庫全書本，臺北：臺灣商務印書館，1986。

37. 王應麟撰、翁元圻注，《困學紀聞》，北京：商務印書館，1959。

38. 林希逸，《竹溪鬳齋十一稿續集》，文淵閣四庫全書本，臺北：臺灣商務印書館，1986。

39. 朱在編、朱熹注，《朱子大全》，《四部備要》本，北京：中華書局，1936。

40. 黎靖德編、朱熹撰，《朱子語類》，北京：中華書局，1986。

41. 費袞，《梁谿漫志》，上海：上海古籍出版社，1985。

42. 蘇轍，《古史》，北京：北京圖書出版社，2003。

43. 蘇轍著、陳宏天點校,《蘇轍集》,北京:中華書局,1990。

44. 葛立方,《韻語陽秋》,何文煥《歷代詩話》本,北京:中華書局,1981。

45. 史堯弼,《蓮峰集》,文淵閣四庫全書本,臺北:臺灣商務印書館,1986。

46. 黃宗羲,《宋元學案》,北京:中華書局,1986。

47. 揚雄著、張震澤校注,《揚雄集校注》,上海:上海古籍出版社,1993。

48. 張孝祥,《於湖集》,文淵閣四庫全書本,臺灣:臺灣商務印書館,1986。

49. 羅大經,《鶴林玉露》,北京:中華書局,1983。

50. 黃文煥,《楚辭聽直》,上海:上海古籍出版社,1995。

51. 呂祖謙,《麗澤論說集錄》,北京:北京圖書出版社,2003。

52. 程頤、程顥著、王孝魚點校,《二程集》,北京:中華書局,1981。

53. 吳泳,《鶴林集》,文淵閣四庫全書本,臺北:臺灣商務印書館,1986。

54. 高似孫,《騷略》,北京:中華書局,1985。

55. 高似孫《緯略》,北京:中華書局,1985。

56. 項安世,《項氏家說》,叢書集成初編本,北京:商務印書館,1936。

57. 魏慶之,《詩人玉屑》,上海:上海古籍出版社,1986。

58. 洪邁,《容齋隨筆》,上海:上海古籍出版社,1978。

四、期刊文章

1. 殷光熹,《從南宋詞作和楚辭研究看屈原的影響》,《雲南師範大學哲學社會科學學報》,1991.7。

2. 丁冰,《宋代楚辭學概觀》,《古籍整理研究學刊》,1985.2。

3. 李大明,《宋詩話中的楚辭評論》,《四川師範大學學報》,1991.4。

4. 王瑩,《宋代楚辭研究概述》,《大連大學學報》,1995.3。

5. 王瑩,《宋代歷史文化對楚辭研究的影響》,《大連大學學報》,2000.6。

6. 陳建樑(香港),《宋代〈離騷〉釋義考索》,《江漢論壇》,1996.5。

7. 陳建樑(香港),《宋代〈離騷〉名義說考索》,《文獻》,1997.2。

8. 王長紅,《宋代〈天問〉研究管窺》,《商丘師範學院學報》,2009.4。

9. 朴永煥,《南宋詩話中的評騷論點》,《中國典籍與文化》,2000.3。

10. 徐寶余,《宋人〈離騷〉辨體——從宋人對〈騷〉類作品的選評出發》,《蒙自師範高等專科學校學報》,2001.10。

11. 郭建勳,《論詞對楚辭的接受》,《求索》,2002.1。

12. 潘守皎,《試論楚辭與唐宋詞的共同文學特徵》,《齊魯學刊》,2003.4。

13. 熊良智,《屈原身世命運的關注與宋代士大夫的人生關懷》,《四川師範大學學報(社會科學版)》,2004.9。

14. 譚德興，《論宋代楚辭觀的新發展》，《衡陽師範學院學報》，2004.10。

15. 葉志衡，《宋人對屈原的接受》，《社會科學戰線》，2007.2。

16. 高獻紅，《宋人詩話之楚騷接受》，《蘭州學刊》，2007.11。

17. 鄧瑩輝，《論屈原在宋代文化語境中的受容》，《三峽大學學報》（人文社會科學版），2008.7。

18. 崔富章，《楚辭研究史略》，《語文導報》，1986.10。

19. 郭丹，《〈四庫全書總目〉中的楚辭批評》，《漳州師範學院學報》2007.3。

20. 郭在貽，《楚辭要籍述評》，《杭州大學報》，1988 增刊。

21. 李青，《唐宋詞論中的楚辭話語》，《蘇州大學學報》（哲學社會科學版），2005.4。

22. 陳煒舜，《高元之及其〈變離騷〉考述》，臺灣成大中文學報，200。